Sabine Richling

Liebe braucht keine Hexerei

Sabine Richling

Liebe braucht keine Hexerei

Liebesroman

Bibliografische Information der Deutschen Nationalbibliothek:
Die Deutsche Nationalbibliothek verzeichnet diese
Publikation in der Deutschen Nationalbibliografie; de-
taillierte bibliografische Daten sind im Internet über
http://dnb.dnb.de abrufbar.

Herstellung und Verlag: BoD – Books on De-
mand, Norderstedt

ISBN: 978-3-7504-0894-4

Dieses Buch widme ich meiner Mutter, die die Fertigstellung dieses Werkes leider nicht mehr miterleben konnte.

Liebe Mama,

danke für all Deine Liebe und Wärme, für jeden mütterlichen Rat und für Deine selbstlose Hilfsbereitschaft. Ich vermisse Dich, Deine Stimme und Dein fröhliches Lachen. In meinem Herzen und in meiner Erinnerung lebst Du weiter und alle schönen Momente, in denen wir zusammen herzhaft gelacht haben. Du warst eine Frohnatur und hast das Leben geliebt. Es war Dir wichtig, anderen eine Freude zu bereiten, sie zum Lachen zu bringen. Vielleicht gelingt es ja nun mir, den einen oder anderen mit diesem Buch zum Schmunzeln zu bringen.

Nicht nur in Sachen „Fröhlichkeit" warst Du ein Vorbild für mich. Aber darin warst Du wirklich absolute Spitze!

Ich liebe Dich!

Der Sitzstreik

„Ich weiche hier nicht eher von der Stelle, bis Sie mir einen Job geben", betone ich kampfeslustig und setze mich demonstrativ auf den kalten Fußboden vor diesen kleinen knochigen Mann, der gerade dabei ist, meine Zukunft in nur einer einzigen Minute zu ruinieren.

„Wir haben keinen Bedarf", ist seine vorschnelle Antwort, ohne mich auch nur einmal nach meinen Eignungen zu fragen. Auch wenn ich eigentlich keine nennenswerten Fähigkeiten für die Arbeit auf einem Gutshof mitbringe, so habe ich doch wenigstens das Recht, danach gefragt zu werden.

Ich brauche dringend Arbeit. Andernfalls kann ich meine weiteren Zukunftspläne an den Nagel hängen, denn Zukunftspläne kosten Geld. So ist das nun mal im Leben. Ich denke nicht daran, so schnell aufzugeben! Schließlich bin ich nicht nach Irland gereist, um ein paar Wochen später zurück nach Schottland zu fahren. Nein, mein Lieber, da hast du die Rechnung nicht mit mir gemacht! Ich, Jennifer Robertson, bin eine Kämpfernatur und wenn ich mir etwas in den Kopf gesetzt habe, gibt's gewissermaßen keine Hindernisse für mich!

So gesehen gibt es schon hin und wieder welche, aber ich versuche, sie beharrlich zu überwinden. Na gut, ich will ehrlich sein, die Überwindung von Hindernissen gelingt mir nicht öfter als jedem anderen Menschen, aber zumindest scheue ich mich nicht vor einer ausgiebigen, aber leider nicht selten vergeblichen Kontroverse, gleichwohl mit überzeugenden Argumenten zur Vertretung meines Standpunktes. In diesem Augenblick beispielsweise überzeugt mein Sitzstreik außerordentlich und nervös zappelt der knochige Mann um mich herum.

„Um Himmels willen, so stehen Sie doch endlich auf. Wenn Mr. Barclay Sie so sieht."

„Ja, was passiert denn, wenn er mich so sieht? Bekomme ich dann einen Job?"

„Sie können mir glauben, dass Ihnen das bloß Ärger einbringt, aber keinen Job."

„Wissen Sie, das bin ich gewohnt. ‚Ärger' ist gewissermaßen mein zweiter Vorname."

Mir ist natürlich klar, dass Mr. Barclay, auf dessen Anwesen ich mein kleines Sit-in verübe, mich in dieser Sitzposition möglichst nicht vorfinden sollte. Ich kenne ihn nicht weiter, nur seinen Namen – und seinen fragwürdigen Ruf. Falls an den Gerüchten etwas dran sein sollte, könnte er überaus cholerisch sein – und auf Schreiattacken bin ich heute nicht eingestellt. Für gewöhnlich bin ich allerdings für solche Fälle gerüstet. Da ich aber neu in dieser Gegend bin und dringend Geld benötige, bröckelt meine Selbstsicherheit ein wenig. Aus diesem Grund wäre ich verbalen Angriffen diesmal schutzlos ausgeliefert. Daher bin ich plötzlich geneigt, „Knochis" Ermahnungen Folge zu leisten und mich vom Boden zu erheben. Ich sitze ja praktisch inmitten des Innenhofes und habe einen guten Blick auf das prachtvolle Gebäude mit seinen Stallungen und Nebenhäusern. Nicht unwesentlich an diesem Sachverhalt ist, dass man von allen Fenstern sämtlicher Gebäude wiederum gewiss einen ausgezeichneten Blick auf den Innenhof hat – demzufolge auch auf mich.

„Nun stehen Sie doch bitte auf oder wollen Sie, dass ein Unglück passiert?", ermahnt mich „Knochi" erneut.

Was? Könnte es ein noch größeres Unglück geben, als keine Arbeit zu haben?

Rosefield, Mr. Barclays Gehöft, ist das einzige in dieser Gegend und sein gewaltiges Gut gibt über einem Drittel der hier ansässigen Menschen Arbeit. Es ist so gut wie ausgeschlossen, an anderer Stelle nach Arbeit zu fragen – absolut aussichtslos. Ich muss hier einfach arbeiten, eine andere Lösung gibt es nicht. Meine gerade bezogene Wohnung und die Schule müssen finanziert werden.

„Mr. ..." Wie soll ich ihn anreden? „Knochi" ist sicher nicht sein richtiger Name.

„Mein Name ist Downey", klärt er mich auf.

„Gut, Mr. Downey, ich flehe Sie an, Ihre Entscheidung zu überdenken. Es gibt keine Arbeit, die ich nicht bereit wäre anzunehmen. Und ich garantiere Ihnen, dass ich ordentlich und zuverlässig bin."

In diesem Augenblick kommt Mr. Barclay mit einem Geschäftspartner aus dem Haus und sieht erstaunt zu uns herüber. Oha, jetzt gibt's Ärger! Halt dich gut fest, Jenny. Ein Sturmtief kündigt sich an.

„Was ist denn hier los?", fragt Mr. Barclay unwirsch, nachdem er uns erreicht hat. Sein Geschäftspartner sieht von Weitem zu uns herüber und begibt sich ebenfalls interessiert in unsere Richtung. Auch noch Zeugen. Wie unpassend.

Mr. Downey zeigt mit seinem Finger auf mich und redet aufgeregt drauflos. Pack deinen unverschleierten Finger wieder ein! Das ist ungezogen!

„Mr. Barclay, diese junge Dame will einfach nicht einsehen ... Sie hat nach einer Anstellung gefragt ... Jetzt ist sie in den Sitzstreik getreten ... Was hätte ich tun sollen? ... Es ist mir schrecklich unangenehm. Bitte entschuldigen Sie die Unannehmlichkeiten, aber sie will nicht hören. Ich weiß ja auch nicht ..."

Mr. Barclays Gesichtszüge entgleisen. Wahrscheinlich kann ich seine aufbrausende Ader gleich live erleben. Oh, jetzt wird es spannend. Dabei kann ich mir überhaupt nicht vorstellen, dass dieser Mann die Fassung verlieren könnte. Er ist attraktiv und attraktive Männer sind in meiner Vorstellung schlichtweg nicht jähzornig.

„Sehen Sie zu, dass Sie der Dame einen Posten beschaffen", sagt er mit einem Mal unerwartet. „Sie sehen doch, dass ich Besuch habe. Was glauben Sie, was dieser Zirkus für einen Eindruck macht?"

„Aber wir haben nichts frei. Alle Stellen sind besetzt. Wo soll ich sie einsetzen?"

„Mr. Downey, Sie sind für die Koordination aller wichtigen und nichtigen Dinge zuständig. Wenn ich Ihnen solche Fragen beantworten könnte, bräuchte ich Sie hier nicht. So viel Verstand sollten Sie schon selbst besitzen, um dieses lästige Problem zu lösen."

Mr. Barclays Blick fällt auf mich.

„Kennen Sie sich mit Pferden aus?"

Kreidebleich schaue ich ihn an. Oh je, muss er mich ausgerechnet nach Pferden fragen?

„Ich bin als Kind mal auf einem Pony geritten."

Verlegen kratze ich mich hinterm Ohr. Was für eine blödsinnige Antwort. Ich hätte auch einfach nein sagen können, aber das wäre ja zu simpel gewesen. Wenn's richtig drauf ankommt, plappere ich dummes Zeug. Und jetzt kommt's richtig drauf an. Mir fehlt in den ausschlaggebenden Momenten oft das Verhandlungsgeschick. Das muss ich dringend üben. Wie auch immer, mit Pferden kenne ich mich nicht die Bohne aus. Diese Tiere sind mir viel zu groß und ehrlich gesagt fürchte ich mich vor ihnen – und sie sich vor mir.

„Knochi" wird zunehmend nervös, denn ihm entgeht genauso wenig wie mir, dass Mr. Barclay ungeduldig wird.

„Können Sie kochen? Wie sieht es mit Ihren hauswirtschaftlichen Fähigkeiten aus?", fragt er angespannt, denn ihm sitzt sein Geschäftspartner im Nacken, der zusehends näherkommt.

„Leider kann ich nicht kochen, aber wenn ich mir Mühe gebe, zaubere ich Ihnen zumindest ein nahezu schmackhaftes Omelett."

Gut gemacht, Jenny! Wenn du weiterhin nicht mehr Talent als ein Strohballen vorzuweisen hast, kannst du die Hoffnung auf eine Anstellung auf diesem Hof endgültig begraben.

Ich zwinkere mit einem Auge, doch Mr. Barclay schaut konsterniert auf mich.

„Sie werden doch wohl irgendetwas können."

Aber ja, ich kann „Kranke pflegen". Nur dieses Talent nützt mir hier wahrscheinlich nicht viel. Verdammt, ich verspiele jegliche Chance auf einen Job. Mr. Barclay ist bereit, mir jede erdenkliche Arbeit aufzudrängen, nur um mich schnellstens aus seinem Innenhof zu vertreiben. Das sind doch recht gute Aussichten – und das alles ohne cholerisches Geschrei. Die Anwesenheit seines Besuchs zwingt ihn dazu, sich gut zu benehmen. Warum preise ich meine nicht vorhandenen Talente nicht etwas mehr an? Weil ich nicht lügen kann. Selbst unter größten Mühen gelingt mir das nicht. Meine Tante hat mich zur Ehrlichkeit erzogen. Dafür könnte ich sie heute noch erwürgen. Was hat sie sich bloß dabei gedacht? Wer sagt schon unablässig die Wahrheit?

„Also gut", bemerkt Mr. Barclay nun verfügend, „die Stallgasse werden Sie ja wohl noch fegen können. Und erheben Sie sich jetzt sofort von meinem Grund und Boden, bevor ich mir meine Entscheidung wieder überlege!"

Freudestrahlend erhebe ich mich und bin geneigt, Mr. Barclay für dieses bescheidende Arbeitsangebot um den Hals zu fallen. Doch ich halte mich schweren Herzens zurück.

Ich darf die Stallgasse fegen! Das ist ja wunderbar!

„Danke, Mr. Barclay. Das ist wirklich großzügig von Ihnen."

„Mr. Downey klärt alle weiteren Formalitäten mit ihnen, Miss ...?"

„Oh, Robertson ist mein Name, Jennifer Robertson."

„Gut, Miss Robertson. Also dann ...", sagt er abschließend und wirft mir einen irritierten Blick zu. Offensichtlich fragt er sich selbst, was er gerade getan hat. Er hat einer Verrückten, die seinen Innenhof besetzt hielt, einen Job gegeben, obwohl sie für die Arbeit auf einem Gutshof eindeutig untauglich ist. Das muss ihm sofort klar gewesen sein.

Am nächsten Morgen erscheine ich pünktlich um neun Uhr zum Arbeitsantritt. Mr. Downey erwartet mich bereits und drückt mir einen großen Besen in die Hand.

„So, dann zeigen Sie mal, wie gut Sie im Fegen sind. Es gibt hier drei Stallgebäude. Ich hoffe, die Arbeit wird Ihnen nicht zu viel", amüsiert sich „Knochi" und zwinkert mir zu. „Ihr gestriger

Auftritt hat sich herumgesprochen. Einige Mitarbeiter sind schon neugierig auf Sie. Ich bin mir sicher, dass Sie sich schnell einleben werden. Herzlich willkommen!"

Er reicht mir seine dünne Hand. Das ist doch schon mal ein guter Anfang.

Am Nachmittag, als ich den Besen für eine Verschnaufpause beiseitelege, bekomme ich überraschend Besuch. Eine junge attraktive Dame in meinem Alter betritt den Stall und eilt in einem hastigen Tempo auf mich zu.

„Wenn du glaubst, dass du hier so reinschneien kannst, um mir ein zweites Mal das kaputt zu machen, was ich mir erarbeitet habe, täuschst du dich gewaltig. Ich werde das nicht zulassen."

Wow! Veronica Stephens. Wir kennen uns seit der Schulzeit und haben im selben Krankenhaus in Edinburgh gelernt. Während ich mich zu einer passablen Krankenschwester entwickelte, blieb sie auf dem Stand einer Vorzeitheilerin stehen. Das scheint sie mir ewig übel zu nehmen. Dabei bin ich vollkommen schuldlos an ihrer Misere. Trotzdem sieht es so aus, als ob sie mich heute noch für alles verantwortlich macht.

„Du brauchst dir keine Sorgen zu machen, Veronica. Es ist nicht meine Absicht, dir irgendetwas wegzunehmen. Ich brauchte lediglich einen Job. Oder möchtest du lieber die Stallgassen pflegen?", frage ich mit einem ironischen Unterton.

„Sei nicht albern", erwidert sie, „zu solch einer Arbeit würde ich mich nicht herablassen."

„Na bitte, dann hast du ja kein Problem mit mir. Denn ich mache diesen Job gern."

„Du hast dich schon früher durch die Hintertür eingeschlichen und mich ins Abseits gedrängt."

Langsam bin ich ernsthaft verärgert. Sie hat kein Recht, so mit mir zu reden. Schließlich habe ich ihr damals aus der Patsche geholfen. Offenbar hat sie ein verschrobenes Bild der Realität. Ich werde ihrem Gedächtnis mal auf die Sprünge helfen.

„Du weißt genau, Veronica, dass du dir alles selbst zuzuschreiben hast. Du solltest dir die Wahrheit eingestehen."

Sie wirft ihr blondes Haar energisch nach hinten und sieht mich provozierend an.

„Ich warne dich, Jennifer, solltest du deine Nase zu tief in Angelegenheiten stecken, die dich nichts angehen, werde ich dafür sorgen, dass du in dieser Gegend keinen Fuß mehr auf den Boden bekommst."

Wie eine Dampflok stampft sie hinaus und knallt rabiat die Tür ins Schloss.

Diese unerfreuliche Begegnung könnte mir hier den guten Start verderben. Am besten gehe ich Veronica möglichst aus dem Weg. Dann dürfte sich der Sturm im Wasserglas schon wieder legen. Hoffe ich.

Ich höre leises Lachen hinter mir. Erstaunt drehe ich mich um und erblicke „Knochi", der das unschöne Wiedersehensgespräch zwischen Veronica und mir detailgenau mitbekommen haben muss, denn er arbeitete unbemerkt in einer der hinteren Pferdeboxen.

„Sie sind ein couragiertes, furchtloses Mädchen. Ich kann mir vorstellen, dass Sie für Veronica Stephens eine gefährliche Konkurrenz werden könnten."

„Aber nein, ich habe keine Ambitionen auf eine Beförderung. Ich möchte nur in Ruhe meine Arbeit machen und genügend Zeit zum Lernen finden.

„Wir werden sehen", murmelt „Knochi" vieldeutig.

Weiß er bereits etwas, was mir bislang verborgen blieb? Dann würde ich es gern erfahren.

„Wie meinen Sie das?", will ich wissen.

Grinsend verlässt der alte Mann den Stall. Von einer Erklärung keine Spur. Seltsamer Kauz.

Nach ein paar Tagen habe ich mit einigen Mitarbeitern des Hofes Bekanntschaft gemacht. Die meisten von ihnen sprachen mich bewundernd auf meinen wagemutigen Sitzstreik im Innenhof an und konnten es kaum fassen, dass ich auf diese Weise zu einem Job gekommen bin. Tja, hätte ich auch nicht gedacht. Aber Hartnäckigkeit zahlt sich anscheinend aus. Das ist genetisch bedingt. Ich kann nix für meine Starrköpfigkeit. Meine

Tante ist wesentlich anstrengender als ich, was dazu führt, dass sich viele vor ihr fürchten.

Mir ist nicht entgangen, dass „Knochi" für die Aufgaben im Stall zu alt geworden ist. Seine Gesundheit leidet unter der schweren Arbeit und nicht selten schafft er sein Pensum nicht mehr in der vorgeschriebenen Zeit. Daher greife ich ihm unter die Arme und helfe ihm beim Ausmisten der Ställe.

Gedankenverloren stehe ich in der leeren Pferdebox und hebe das schmutzige Stroh auf die Mistgabel, um es in die Schubkarre fallen zu lassen, als sich meine Freundin Veronica Stephens meinen Bemühungen in den Weg stellt.

„Was hast du hier verloren? Ich kann mich nicht erinnern, dass Ställe ausmisten zu deinen Aufgaben gehört! Für dich ist einzig und allein der Besen reserviert."

Und sie scheint mir für die Aufgabe des Hofdrachens genau die Richtige zu sein. Es kann ihr doch egal sein, was ich mache, solange die Stallgassen immer sauber sind. Das Fegen füllt meinen Arbeitstag schließlich nicht aus. Und wenn ich Mr. Downey dabei helfen kann, sich zu schonen, ist das letztlich nur gut für alle Beteiligten.

„Ich verstehe nicht, wo dein Problem ist, Veronica? Solange wir beide uns nicht in die Quere kommen, kannst du doch beruhigt sein. Ich will dir nichts wegnehmen und habe kein Interesse an Pferden. Du hast also nichts zu befürchten."

Wie ich inzwischen erfahren habe, ist Veronica als Bereiterin angestellt. Da könnte ich ihr, selbst wenn ich es wollte, niemals den Rang ablaufen. Pferde hassen mich – jedenfalls glaube ich das.

„Bitte sehr, du willst also nicht hören. Dann werde ich wohl ein ernstes Gespräch mit Mr. Barclay führen müssen, ob Mr. Downey noch auf dem Hof benötigt wird. Sollte er gekündigt werden, kannst du es allein dir zuschreiben."

„Das meinst du nicht ernst, Veronica!"

Was für eine fiese Methode, Unschuldige in unsere Streitereien mit hineinzuziehen. Auf keinen Fall werde ich das zulassen!

„Unter diesen Umständen lässt du mir keine andere Wahl. Wir bezahlen doch nicht zwei Kräfte für die gleiche Arbeit."

Hocherhobenen Hauptes verlässt sie den Stall. Dem Anschein nach erhebt sie Ansprüche auf eine Alleinherrschaft über alles und jeden. Wütend über ihre Worte, schiebe ich die Schubkarre in den Hof, um das verdreckte Stroh auf den Misthaufen fallen zu lassen. Ich höre lautes Pferdegetrappel rasant näherkommen. Als ich mich umdrehe, sehe ich, wie David Barclay im flotten Galopp auf mich zugeritten kommt. Er wird mich hoffentlich nicht umreiten! Meine Güte, wann hält er endlich an? Oder funktionieren die Bremsen an seinem Pferd nicht richtig?

Knapp vor meiner Nasenspitze kommt das tollwütige Pferd zum Stehen. Zur Begrüßung schnaubt es mir direkt ins Gesicht. Bevor ich etwas auf seine ungestüme Reitattacke bemerken kann, springt Mr. Barclay aus dem Sattel und drückt mir die Zügel in die Hand.

„Hier, halten Sie das Pferd einen Augenblick, ich bin gleich zurück!", fordert er von mir und will sich aus dem Staub machen, als er erstaunt zurückschaut.

„Wer sind Sie eigentlich?", fragt er mich verdutzt und kratzt sich im gleichen Augenblick am Kopf.

Leider gelingt es mir nicht, ihm seine Frage zu beantworten, denn aus irgendeinem Grund scheine ich das Pferd nervös zu machen. Da haben wir wieder mein Problem. Hab ja gleich gesagt, dass ich kein Händchen für diese Tiere habe.

Angestrengt bemühe ich mich, es ruhig am Zügel zu halten, aber dummerweise wehrt es sich immer heftiger dagegen.

Meine Tante sagte mal, dass meine Aura die Tiere verunsichere. Das hilft mir natürlich sehr. Was ist eine Aura?

Das Pferd hat mehr Kraft als ich. Gleich hat es sich losgerissen.

„Meine Güte, Sie werden doch noch ein Pferd halten können!", fährt mich Mr. Barclay verständnislos an. Aufgebracht kommt er zu mir gelaufen und entreißt mir die Zügel. Erstarrt sehe ich ihn an.

Aber ... aber ich kann nichts dafür, oder doch?

Wie durch ein Wunder beruhigt sich das Pferd wieder und steht regungslos da, als sei nichts gewesen. Mr. Barclay sieht mich nachdenklich an.

„Sind Sie nicht diese Frau ... wie war gleich Ihr Name?"

„Robertson heiße ich, Jennifer Robertson. Und ich bin diejenige, ja."

Sein eben noch raubeiniges Wesen verwandelt sich mit einem Mal in ein durchaus heiteres. Kann meine Anwesenheit dies verursacht haben? Ich dachte, meine Aura verschreckt alle?

„So, so, Miss Robertson, ich denke, vor Ihnen sollte man sich in Acht nehmen. Ihre Vorstellung an diesem Tag hat mich ganz schön verwirrt. Obwohl ich Sie von meinem Grundstück hätte verweisen müssen, habe ich Ihnen tatsächlich eine Anstellung gegeben. Wie ist Ihnen das nur gelungen, mich auf diese Weise breitzuschlagen? Ich konnte meine Entscheidung danach überhaupt nicht mehr nachvollziehen. Sie scheinen mit ihrer Persönlichkeit überzeugende Signale auszusenden. Mir blieb so gesehen nichts anderes übrig."

Er lacht nach seinen letzten Worten. David Barclay besitzt Humor. Der gefürchtete Choleriker hat liebenswerte Seiten. Also kann er kein so schlechter Mensch sein.

„Sie hatten noch Glück, Mr. Barclay. Normalerweise arbeite ich mit schwarzer Magie. Allerdings gehören Innenhofbesetzungen zu meinen weltlichen Spezialitäten."

„Verstehe. Dann bin ich für die Zukunft ja gewarnt. Ich hoffe nicht, dass ich mit dieser Magie Bekanntschaft machen muss", bemerkt er schmunzelnd.

„Keine Angst, meine Zauberkünste benutze ich bloß in absoluten Notsituationen."

„Bei diesen außergewöhnlichen Talenten sollte es sicher kein Problem für Sie sein, das Pferd einen Augenblick ruhig zu halten, bis ich zurück bin."

Lächelnd hält er mir die Zügel hin.

„Oh, Mr. Barclay, ich flehe Sie an. Bitte lassen Sie mich nicht mit dem Pferd allein. Irgendwie habe ich kein Händchen für Tiere. Sie mögen mich nicht. Ich weiß selbst nicht, woran das liegt, aber immer, wenn ich einem Tier zu nahe komme, reißt es aus. Wenn Sie Ihr Pferd für die kommenden Wochen nicht mehr benötigen, können Sie jetzt selbstverständlich gehen. Bestimmt kommt es eines Tages von allein zurück. Bitte tun Sie, was Sie tun müssen, aber sagen Sie später nicht, ich hätte Sie nicht gewarnt."

Mr. Barclay lacht belustigt. Wer hat mir denn erzählt, er könnte nicht lachen? Vielleicht besitze ich ja doch übernatürliche Kräfte.

„Passen Sie auf, Miss Robertson, das ist beinahe so einfach wie Magie."

Er nimmt meine Hand und legt die Zügel hinein.

„Sie müssen die Zügel nur kürzer halten. So ist es richtig. Nun schließen Sie fest Ihre Hand und stellen sich neben das Pferd. Sie müssen sich in die Augen schauen können. Sehen Sie? Ist doch gar nicht schlimm. Und jetzt schön so stehen bleiben und nicht bewegen, bis ich wieder da bin."

Langsam schleicht Mr. Barclay davon und dreht sich dabei einige Male kontrollierend nach uns um. Ängstlich schaue ich dem Pferd in das große schwarze Auge. Es spitzt seine Ohren und schaut auf mich herab. Habe ich gerade Freundschaft mit einem Pferd geschlossen? Es scheint mich plötzlich zu akzeptieren. Wie versteinert stehen mein neuer Freund und ich geschlagene zehn Minuten regungslos im Hof und warten, bis ich mich das erste Mal wage, mit meiner anderen Hand vorsichtig über den Hals des Pferdes zu streichen. Es beugt den Kopf zu mir herab und knabbert an meinem schulterlangen Haar. Ich bin fassungslos. Das muss ich unbedingt meiner Tante berichten. Womöglich ist mir meine Aura abhandengekommen.

Nach einer halben Ewigkeit kehrt Mr. Barclay zurück.

„Na bitte, das hat doch wunderbar geklappt. Nur weiter so, Miss Robertson, und Sie haben eine steile Karriere als Pferdeflüsterin vor sich."

Lachend löst er die Zügel aus meiner verkrampften Hand, schwingt sich aufs Pferd und reitet davon.

Aufgezäumt und abgezügelt

Inzwischen sind zwei Monate vergangen und ich habe mich recht gut eingelebt. Eh ich's mich versah, hatte ich ein paar neue Freundschaften geschlossen. Meine wertvollste Freundschaft jedoch, die seit Beginn elementaren Bestand hat, ist die zu Charly, David Barclays Pferd. Seit jenem Tag trotte ich jeden Morgen zu seiner Box und versorge ihn mit Mohrrüben und Äpfeln. Sobald er mich in den Stall kommen hört, scharrt er aufgeregt an der Holztür seiner Box.

Als ich meiner Tante während unserer regelmäßigen Telefonate von meiner für mich sonderbaren Freundschaft zu einem Tier berichtete, wusste sie sofort eine Erklärung dafür. Mein Leben nähme eine ungeahnte Wendung. Auf dem Gebiet der Hellseherei ist sie eine Expertin, denn sie ist eine Hexe. Zwar eine sehr moderne und besenlose, aber sie liest aus Kaffeesätzen, Händen, legt Karten und hat permanent Vorahnungen. Das kann mitunter ziemlich nerven, weil sie grundsätzlich alles besser weiß.

George betritt den Stall, als ich Charly wieder einmal mit Leckereien verwöhne.

„Wenn du ihn weiter so mästest, wird er bald zu dick sein. Bestimmt wäre Mr. Barclay nicht begeistert, wenn er wüsste, dass du sein Pferd überfütterst."

George ist als Vorarbeiter angestellt und hat die Verantwortung für alle Tiere, die sich auf diesem Hof befinden. Er nimmt seine Aufgabe sehr ernst, daher bin ich mir nicht sicher, ob meine außerplanmäßigen Fütterungen unter uns bleiben. Veronica übt großen Druck auf sämtliche Mitarbeiter aus und es ist nicht auszuschließen, dass George für sie herumspitzelt. Aus diesem Grund beschließe ich, zukünftig vorsichtiger bei meinen geliebten Fütterungsaktionen vorzugehen. Auf keinen Fall möchte ich mir diese einzigartige Freundschaft mit dem ersten Tier in meinem nunmehr dreiunddreißigjährigen Leben untersagen lassen müssen.

„Nein, keine Angst, ich habe ihm bloß eine Möhre gegeben – mehr nicht. Ich wollte ohnehin gerade gehen", betone ich und mache mich auf den Weg nach draußen.

„Du hast es gut, kannst jetzt Feierabend machen. Ich hab gleich einen dringenden Termin und nun soll ich Charly für Mr. Barclay satteln, weil Mr. Downey nicht mehr da ist. Oder würdest du vielleicht ...?"

Ich, ein Pferd aufsatteln? Weiß ich, wie das geht? Das kann im Grunde nicht so schwer sein, oder?

„Ja klar, ich mach das schon. Geh nur", biete ich freimütig an. „Kein Problem."

Glaube ich.

„Wirklich? Das ist ja großartig von dir. Vielen Dank! Du hast einen gut bei mir."

Ich werde dich daran erinnern, falls du mich in Sachen Charly bei Mr. Barclay anschwärzen solltest.

„Ja, ja, nun zieh ab, bevor ich es mir anders überlege."

Kaum habe ich mich umgedreht, ist George auch schon verschwunden. Ich hätte ihn wenigstens fragen sollen, wo ich die Ausrüstung für Charly finde. Verlassen und verloren stehe ich im Stall und biege mich in alle Richtungen. Dann kommt mir eine kluge Idee in den Sinn: in der Sattelkammer nachzusehen. Und tatsächlich, ich werde fündig. Unter Dutzenden von Sätteln finde ich, dank der akribischen Beschriftung, auch Charlys Sattel nebst Zaumzeug und Putzgegenständen. Blindlings werfe ich mir die Zügel über den Kopf, den Sattel über den Arm und angle mir mit der freien Hand den Koffer mit den Putzutensilien. Mühsam schwanke ich mit meiner Last aus der Sattelkammer, doch plötzlich verfange ich mich mit dem linken Bein im Zügel, dessen Schlaufe nachlässig von meiner Schulter gerutscht ist. Wie eine Schlinge zieht sich der andere Teil des Zügels um meinen Hals zu, denn mein Bein hat sich in den nach unten hängenden Riemen komplett verstrickt, und somit zieht sich der Knoten um meine Gurgel noch fester zu. Ich verliere das Gleichgewicht und falle samt Sattel und Koffer zu Boden. Mein Kopf schlägt auf dem harten Stein auf, doch das merke ich kaum. Das muss an meinem unverbesserlichen Dickkopf liegen. Denn als wäre nichts gewesen, stehe ich direkt wieder auf und klopfe mir den Staub von meiner Kleidung. Ein kleiner Sturz, na und! Ich werde es doch wohl schaffen, ein Pferd aufzuzäumen!

Ein paar Minuten später steht Charly mit gespitzten Ohren in der Stallgasse und lässt sich genüsslich von mir striegeln. Soweit, so gut. Viel falsch machen kann ich dabei nicht. Aber jetzt kommt der schwierigere Teil: das Aufsatteln. Ich schaue mir den Reitsitz genau an. Wie herum kommt dieses blöde Ding? Ein paar Mal wechsle ich die Stellung des Sattels auf Charlys Rücken. Ich drehe ihn von links nach rechts, schiebe ihn nach vorn, dann weiter nach hinten. Die Zeit vergeht mit angestrengtem Nachdenken. Ich überlege hin und her und schlussendlich schaffe ich es, mich für eine Richtung zu entscheiden. Die meiner Meinung nach optimalste Lösung für die Position des Sattels auf dem Pferderücken ist zwar etwas abweichend von dem, was ich bisher so gesehen habe, aber es erscheint mir trotzdem irgendwie richtig. Daher ziehe ich optimistisch den Sattelgurt um Charlys Bauch zu. Gleichzeitig kontrolliere ich, ob seine Augen aus den Augenhöhlen hervorquellen, für den Fall, ich hätte den Gurt zu fest gezogen. Dem scheint aber nicht so, daher widme ich mich frohgemut dem Zaumzeug. Natürlich bemerke ich sofort, dass ich hier vor einem fast unlösbaren Problem stehe. Ich habe nicht die geringste Ahnung, welcher Teil der Lederriemen an Charlys Kopf gehört und wo die Schnallen befestigt werden. Die Gebissstange halte ich für einen feschen Kopfschmuck und nach einigem Herumprobieren gelingt es mir, alles so an Charly zu befestigen, dass es passend aussieht. Die Gebissstange glänzt dezent an seiner Stirn und die Verschlüsse der Riemen sind fein sichtbar für jeden direkt auf der Oberseite seines Kopfes angebracht. Charly wirkt nicht so, als wäre ihm meine Konstruktion unangenehm, folglich gehe ich davon aus, dass ich alles richtig gemacht habe. Stolz reibe ich mir die Hände und betrachte mein Werk. Da wird Mr. Barclay aber staunen. Bestimmt hat das Aufzäumen bisher niemand so gut hinbekommen wie ich. Beschwingt gehe ich in den hinteren Teil des Stalles und suche nach meinem Besen. Versteckt in einer leeren Box finde ich ihn. Ich gehe hinein und höre im gleichen Augenblick cholerisches Geschrei von der Stalltür zu mir rüberhallen.

„Verflucht noch mal, was ist das für ein alberner Scherz?! Welches Kamel hat diesen Blödsinn verzapft?! Mrs. Stephens, ich will sofort eine Erklärung für diesen Mist hier! Wer war das?!"

„Oh, Mr. Barclay, es tut mir leid", erwidert Veronica Stephens und eilt herbei. „Ich kann mir das auch nicht erklären. Ich hatte George darum gebeten. Keine Ahnung, was er sich dabei gedacht hat."

„Finden Sie den Verantwortlichen und schicken Sie ihn in mein Büro, und zwar sofort! Und

sorgen Sie dafür, dass mein Pferd anständig aufgezäumt wird!"

Wütenden Schrittes entfernt er sich, während
ich aus der Box springe, in der ich mich bis eben
aufhielt. Blindlings laufe ich an Veronica vorbei
und haste David Barclay hinterher. Es will mir
nicht einleuchten, warum er sich derartig aufregt.
Es gibt keinen Grund, in dieser Weise aus der
Haut zu fahren. Das werde ich sofort klarstellen.
Doch auf halbem Wege werde ich von Veronica
aufgehalten.

„Da hast du dir ja einen netten Streich erlaubt.
Mach nur weiter so, dann brauche ich für deine
Entlassung nicht mehr zu sorgen. Das schaffst du
offenbar ganz allein."

„Du irrst, meine Liebe, ich habe nicht vor,
meine Anstellung aufs Spiel zu setzen – auch
wenn dir das gefallen würde. Du solltest dir deine
verfrühte Schadenfreude aufheben. Vielleicht bietet sich später noch eine Gelegenheit dazu."

Mit einem provokanten Augenaufschlag beende ich mein Gespräch mit Veronica und setze
meinen Weg zu Mr. Barclays Haus fort.

Sie scheint mich zu hassen, aber das juckt
mich nicht. Niemand auf diesem Hof mag sie – ich
auch nicht.

Gereizt betrete ich das Gebäude, um
Mr. Barclay in seinem Büro aufzusuchen. Der
Weg dorthin ist mir allerdings unbekannt sowie
das komplette Haus von innen. Für eine Besichti-
gung gab es noch keine Gelegenheit. Ich staune

über die konservative Einrichtung. Es ist alles stilgerecht und formschön, aber für meinen Geschmack zu extravagant. Die Schränke verziert, die Teppiche mit feinsten Mustern gewebt, die Wände sind bedeckt mit einer eleganten Seidentapete, die Gardinen aus exquisitem Zwirn gefertigt. Wirklich fein – aber für einen jungen Mann wie David Barclay eher unpassend. Warum renoviert er nicht einmal? Nicht, dass es nötig wäre, aber man könnte mit einem neuen Look mal frischen Wind hier reinbringen. Ich will nicht behaupten, dass man dieses alte Herrenhaus zu einer Villa Kunterbunt verwandeln sollte, aber ein bisschen neuzeitliches Flair würde nicht schaden. Die Einrichtung erdrückt einen ja förmlich. Kein Wunder, dass Mr. Barclay immer so schlecht drauf ist.

„Kann ich Ihnen helfen? Und darf ich fragen, wer Sie sind und wohin Sie wollen?", fragt mich eine elegant gekleidete Dame reiferen Alters.

„Oh, ich suche Mr. Barclays Büro."

„Wer hat Ihnen denn gesagt, dass Sie in diesem Flügel des Hauses danach suchen sollen?", bemerkt sie abschätzig. „Sie scheinen neu zu sein."

„Na ja, schon. Tut mir leid, aber wohin muss ich nun gehen?"

Wer ist das? Die tut ja so, als wäre sie der Hausgeist persönlich. Ich hatte nicht vor, sie beim Spuken zu stören.

„Wie ist Ihr Name, junges Fräulein?", erkundigt sie sich unerwartet.

„Mein Name ist Jennifer Robertson. Und mit wem habe ich das Vergnügen?", frage ich kratzbürstig, denn mir missfällt der Ton dieser blasierten Giftnudel.

„Also, das ist ja unerhört! Sie erwarten doch nicht, dass *ich* mich Ihnen vorstelle. Sehen Sie zu, dass Sie sich fortscheren. Ich werde mit meinem Sohn über Ihr Verhalten diskutieren."

Ja, diskutiere, mit wem du willst. Nur kenne ich jetzt immer noch nicht den richtigen Weg. Danke für die Kooperation. Blöde Gans!

„Ihr Kleid ist übrigens am Hintern gerissen. Guten Tag Mrs. ‚Wieauchimmer'."

Bevor ich genau beobachten kann, wie tief ihre Kinnlade fällt, drehe ich mich um und gehe. Ich höre sie mir noch hinterherschimpfen, bis die Entfernung zwischen uns groß genug ist und ihre Worte mich nicht mehr erreichen. Was kann ich dafür, wenn hier kein Wegweiser ist und ihr Kleid einen Riss bis zum Boden hat?

Sie will mit ihrem Sohn über *mich* diskutieren. Na und? Warte mal … jetzt begreife ich erst. Sie ist David Barclays Mutter. Das hätte sie auch gleich sagen können. Aus welchem Grund hält sie es nicht für nötig, sich vorzustellen? Glaubt sie, alle Welt müsste sie kennen, nur weil sie Barclay heißt? Manche Menschen überschätzen sich maßlos.

Mein Weg führt mich in den gegenüberliegenden Flügel des Hauses. Von Weitem nehme ich leises Geraschel aus einem der offenstehenden Räume wahr. Ich folge dem Geräusch und sehe Mr. Barclay an seinem Schreibtisch sitzen. Hier bin ich also richtig. Lautlos schreite ich durch die offene Tür und begebe mich in die Mitte des Raumes. Ich beobachte Mr. Barclay, der mich offensichtlich nicht bemerkt hat. Wenn du wüsstest, was du für eine stachelige, spröde Schachtel zur Mutter hast, würdest du sicher vor Scham vom Dach des Hauses springen. Himmel, bin ich froh, dass meine Tante zwar skurril, aber ansonsten ein herzensguter Mensch ist. Eine Kindheit mit einer derart herrischen Mutter ist garantiert nicht einfach für ihn gewesen.

Weil Mr. Barclay weiterhin nicht auf mich aufmerksam wird, entscheide ich mich, direkt draufloszureden.

„Hören Sie, Mr. Barclay. George kann überhaupt nichts dafür. Ich habe Charly für Sie aufgezäumt und ich kann Ihnen versichern, dass ich mir die größte Mühe dabei gegeben habe."

Erstaunt über meine unerwartete Anwesenheit schaut Mr. Barclay von seinen Papieren auf, die er in der Hand hält und bis eben noch konzentriert gelesen hat. Aber ich gebe ihm keine Chance, etwas auf mein Bekenntnis zu erwidern, denn ich rede sofort weiter.

„'Knochi'… ich meine Mr. Downey hatte längst Feierabend gemacht und George mich darum gebeten, für ihn einzuspringen, da er einen wichtigen Termin einhalten musste. Falls ich bei meinen Bemühungen tatsächlich etwas falsch gemacht haben sollte, entschuldige ich mich dafür. Aber ich finde, dass dies noch lange kein Grund ist, so unverhältnismäßig laut zu werden. Schließlich machen wir alle mal Fehler. Oder glauben Sie im Ernst, Sie wären perfekt? Ich kann das von mir jedenfalls nicht behaupten. Daher würde ich mir niemals anmaßen, meine Mitmenschen in einem derartigen Ton zurechtzuweisen. Finden Sie nicht ebenso, dass man jeden behandeln sollte, wie man selbst behandelt werden möchte? Wie oft am Tag werden Sie in einem solchen Ton zusammengestaucht? Ihre Mitarbeiter sind Ihnen gegenüber alle loyal. Sie machen ihre Arbeit, so gut wie sie können, und keiner klagt über seinen Lohn oder über die harten Arbeitsbedingungen. Was bleibt ihnen auch anderes übrig? Sie sind froh, dass Sie ihnen Arbeit geben. Es ist nicht nötig, so mit den Leuten umzuspringen. Falls Sie jedoch der Meinung sind, ich hätte es verdient, angebrüllt zu werden, stehe ich dieser unzulänglichen Erziehungsmethode jetzt gern zur Verfügung."

So, ich habe gesagt, was zu sagen ist. Nun kann er drauflospoltern.

Abwartend blicke ich zu David Barclay und warte auf mein Donnerwetter. Jetzt wäre sein Einsatz. Warum sagt er nichts? Er lässt das Schreiben, das er bis eben fest in der Hand hielt, auf den Schreibtisch fallen und lehnt sich bequem in seinem Sessel zurück.

Ich habe dir den Ball zugespielt. Sag schon was! Das ist dein Part. Schrei drauflos! Mach schon!

„Ihr plötzliches Schweigen lässt mich vermuten, dass Sie Ihren impulsiven Vortrag nun beendet haben, Miss Robertson."

Ich erwidere nichts auf seine Anmerkung und sehe ihn fragend an. Mit einer derart beherrschten Reaktion habe ich nicht gerechnet. Das bringt mich glatt aus dem Konzept. Ich muss meine Lage umgehend neu einschätzen.

„Wenn ich Sie richtig verstanden habe, behagen Ihnen hier ein paar Dinge nicht?"

Erwartungsvoll sieht er mich an, doch ich schweige weiterhin. Wo ist mein Faden? Ich muss ihn finden, damit ich weiß, wo ich anknüpfen kann. Eigentlich dachte ich, wir würden uns anschreien – darauf war ich eingestellt. Nicht aber auf das, was gerade folgt.

„Bestimmt können Sie mir ein paar Beispiele nennen, auf die sich Ihre hemmungslosen Anschuldigungen stützen, die Sie mir gegenüber äußerten."

Um ehrlich zu sein, nein. Ich kann nicht ein einziges Beispiel nennen – lediglich das heutige, denn ich habe ihn zuvor nicht einmal cholerisch erlebt. Allein sein Ruf eilt ihm voraus. Und die Geschichten meiner Kollegen kann ich wohl kaum als Beleg gelten lassen. Aussage gegen Aussage. Der Angeklagte ist mangels Beweisen freizusprechen. Das Urteil ist gesprochen und die Verhandlung als beendet zu erklären. Eujeujeu!

„Nicht direkt. Ich gebe zu, ich beziehe mich lediglich auf die Berichte meiner Kollegen und meiner soeben gemachten Erfahrung mit Ihnen, aber ..."

„Also bleiben wir doch mal bei den Fakten, Miss Robertson", fällt er mir ins Wort. „Sie fühlen sich ungerecht behandelt, weil ich mich in Mrs. Stephens Gegenwart verärgert über eine Arbeit geäußert habe, die nicht unbedingt dem Standard entsprach, der auf einem Gutshof wie Rosefield erwartet wird. Eine Arbeit, die Sie nach eigenen Angaben nach allen Regeln der Kunst und unter größter Mühe zustandegebracht haben. Jetzt frage ich Sie als Erstes, weshalb Sie sich von mir denunziert fühlen, obwohl meine zugegeben beträchtliche Rage Sie nicht einmal persönlich getroffen hat? Und beantworten Sie mir noch eine zweite Frage: Wenn Sie mit Ihrem Unternehmen profitabel wirtschaften möchten, was würden Sie mit Mitarbeitern machen, die sich zwar Mühe geben, aber unrentabel arbeiten?"

Verstehe schon. Dann werde ich mir wohl einen neuen Job suchen müssen. Ich habe gerade meine Kündigung heraufbeschworen. Das hab ich nun davon. Warum muss ich auch immerzu sagen, was ich denke? Könnte ich nicht mal meine Meinung für mich behalten? Ich Esel!

„Gut", beginne ich zu sprechen „ich verstehe durchaus, was Sie mir damit sagen wollen. Meine Arbeit ist unrentabel und daher schade ich dem Unternehmen. Also werden Sie mir nun kündigen. Da kann ich ja von Glück sagen, dass Sie mir so viel Zeit zur Einarbeitung gegeben haben. Die meisten beherrschen diese Arbeit wahrscheinlich schon nach ein paar Minuten", bemerke ich höhnisch. „Ich will nicht leugnen, dass ich zuvor in einer anderen Sparte tätig war ..."

„Na dann erzählen Sie doch mal, was Sie vorher gemacht haben", durchkreuzt er meinen begonnenen Satz und verschränkt die Arme vor seinem Oberkörper.

„Ich bin gelernte Krankenschwester. Und Sie können mir glauben, dass ich diesen Beruf gewiss nicht in zwei Monaten erlernt habe."

„Glauben Sie denn, dass ich das von Ihnen erwartet habe?", fragt er in einem feinfühligen Ton.

Ich sehe ihn abwägend an und rätsle, worauf er hinauswill.

„Ehrlich gesagt habe ich das Gefühl, dass Sie aufgrund meines Fehlers meine gesamten Fähigkeiten infrage stellen."

Was will ich jetzt damit ausdrücken? Etwa die Infragestellung meiner Fege-Fähigkeiten? Vielleicht hat er Recht und ich tauge nicht für die Arbeit auf einem Gutshof.

„Aber Miss Robertson, ich stelle gar nichts infrage. Ich dachte nur, es könnte nicht schaden, Ihren Blickwinkel etwas zurechtzurücken. Und

prompt sind Sie ganz allein zu dem Schluss gekommen, dass eine fehlerhafte Arbeit einem Unternehmen schaden kann. Ich kann mich jedoch
nicht erinnern, Ihnen gegenüber eine Kündigung
ausgesprochen zu haben, und das hatte ich auch
nicht vor."

Nicht? Er will mich nicht rausschmeißen?

„Aber was erwarten Sie dann von mir?", frage
ich ihn verwundert.

Auf einmal erhebt sich David Barclay von seinem Stuhl und geht auf mich zu.

„Zum einen, dass Sie zukünftig anklopfen, bevor Sie mein Büro betreten."

Ich räuspere mich peinlich berührt.

„Zum anderen bitte ich Sie um ihre objektive
Meinung, unbeeinflusst von den Ansichten Ihrer
Kollegen. Ich finde, diese Chance sollten Sie mir
geben."

Seine Augen gewinnen an Farbe und Hellig-
keit. Es ist ihm also wichtig, welche Meinung ich
mir über ihn bilde. Weshalb?

„Und unter uns, Miss Robertson, mir ist bewusst, dass Ihnen die Arbeit hier wichtig ist.
Mr. Downey erzählte mir, dass sie unermüdlich
sind und ihm seine Arbeit bereits abwerben."

„Ich werbe sie ihm nicht ab!", unterbreche ich
ihn empört. „Es ist nämlich so, dass Mr. Downey
nicht mehr so kann und ..."

„Ist schon gut, Miss Robertson. Ich nehme Ihr
Arrangement wohlwollend zur Kenntnis. Lassen
Sie sich morgen von Mr. Downey zeigen, wie man

ein Pferd sattelt und wir vergessen diesen Zwischenfall. Und um Ihre Frage von vorhin zu beantworten: Ich erwarte von niemandem, perfekt zu sein, auch nicht von mir selbst."

Er macht eine Pause und scheint prüfen zu wollen, ob mich seine Worte erreicht haben. Ich gebe zu, sie haben mich überzeugt. Ich war ungerecht und habe mir eine vorschnelle Meinung über ihn gebildet. Verstummt schaue ich ihm ins Gesicht. Er hat mich kampfunfähig gemacht. Das gelingt nur wenigen. Ich habe fast immer das letzte Wort. Jetzt fühle ich mich ertappt und dazu noch bloßgestellt. Als ich sein Büro betrat, waren die Vorzeichen andere. Da war ich mir sicher, mich mit Recht über ihn erzürnen zu dürfen. Leider habe ich nicht einkalkuliert, dass ich seine Gefühle verletzen könnte. Er tritt direkt vor mich und fährt über meine Stirn. Reglos lasse ich die Berührung zu und fühle seine warme Hand.

„Als Krankenschwester sollten Sie aber sorgsamer mit sich selbst umgehen, Miss Robertson. Sie haben eine kleine Verletzung am Kopf. Lassen Sie mal sehen."

Ich erstarre, als mir auffällt, wie nah wir uns sind.

„Das sollten wir besser desinfizieren. Die Wunde scheint verunreinigt zu sein. Ich muss Ihnen wohl nicht erklären, was das für Folgen haben kann. Kommen Sie mal mit in den Nebenraum. Da müsste ich Jod im Schrank versteckt haben."

Schweigend folge ich ihm in ein anderes Zimmer und beobachte ihn dabei, wie er aus einer Schublade ein braunes Fläschchen herauskramt. Er träufelt ein paar Tropfen der Flüssigkeit in ein Taschentuch und tupft es mir auf die Stirn. Es brennt teuflisch und erst jetzt nehme ich meine Verletzung wahr, die ich mir beim Sturz im Stall zugezogen haben muss. Wenn Mr. Barclay sie nicht entdeckt hätte, wäre sie mir kaum aufgefallen.

Ich verziehe mein Gesicht vor Schmerz, gebe aber keinen Laut von mir.

„Das schmerzt jetzt bestimmt etwas. Wo haben Sie sich diese Wunde bloß zugezogen?"

„Ich bin vorhin im Stall gestolpert, als ich versucht habe, Charly für Sie zu satteln", antworte ich.

„Sie sind wirklich sagenhaft", bemerkt er belustigt. „Erst verrichten Sie an Charly eine regelrechte Knebelung und dann brechen Sie sich dabei fast den Hals. Auf Sie muss ich wohl ein verstärktes Auge werfen. Ihr Arrangement in allen Ehren, aber achten Sie mehr auf sich. Das ist eine Dienstanordnung. Und jetzt gehen Sie nach Hause und erholen sich. Morgen früh möchte ich Sie hier nicht sehen. Es reicht, wenn Sie in zwei Tagen zurück sind."

„Aber mir geht es gut. Ich möchte morgen wiederkommen", protestiere ich sofort.

Was soll ich zu Hause? Da gibt es nichts zu tun. Abgesehen von ein paar Hausaufgaben, die ich für den kommenden Unterricht fertigstellen muss. Dafür benötige ich aber höchstens eine Stunde.

„Keine Widerrede, Sie gehen jetzt heim!"

Er dreht mich an den Schultern herum und drückt mich zum Ausgang. Also gut, wenn das so ist, kann ich mich meines Schicksals nicht erwehren. Dann geh ich eben. Doch schlagartig fällt mir noch was ein und ich drehe mich wieder zu ihm herum. Ich erschrecke, als meine Nase mit seinem auf mich herabsehenden Gesicht kollidiert. Er lächelt beschwingt und fast hätte ich vergessen, was ich von ihm wollte.

„Ja?", fragt er, während er meine Gesichtszüge aufmerksam studiert.

„Danke. Ich meine ... na ja, einfach danke. Ich werde über Ihre Worte nachdenken."

„Das habe ich gehofft", antwortet er erfreut.

So? Hat er das? Nachdenklich mustere ich ihn. Mit einem warmen Lächeln sieht er mich an und wartet auf ein weiteres Wort von mir, doch ich bringe nur ein letztes Nicken zustande und verlasse verwirrt den Raum.

Das Ungeheuer von Rosefield

Geduldig erklärt mir Jacob Downey schon seit einer Stunde das Aufzäumen an Charly. Diese zahllosen Schnallen am Zaumzeug erfüllen sicher alle ihren Zweck, nur warum müssen es so viele sein? Falls nicht ein Wunder geschieht, merke ich mir nie und nimmer, wie die Lederriemen über Charlys Kopf gezogen werden müssen.

Jacob und ich sind inzwischen übereingekommen, uns beim Vornamen zu nennen. Schweren Herzens habe ich den Spitznamen für ihn aus meinem Gedächtnis gelöscht. Selbst wenn er ein herumspringendes Skelett wäre, „Knochi" wird ihm wirklich nicht gerecht. Ich mag ihn.

„Aber Jenny, das ist doch nicht so schwer", behauptet Jacob. „Fang stets mit der Gebissstange an, dann kannst du kaum mehr was falsch machen, da es lediglich diese eine Lösung gibt."

Das sagst du so einfach.

„Schau mal, die Schnalle ziehst du über seine Ohren und nun brauchst du sie nur hier verschließen. Siehst du – so. Nun probier's mal in aller Ruhe allein. Ich komme es gleich noch mal kontrollieren."

Wer hat sich bloß diese verworrenen Pferdezügel ausgedacht? Und weshalb muss man den Pferdekopf verschnüren wie ein Postpaket? Falls ich jemals kapiert habe, wie ich Charly dieses Ding um den Kopf wickle, kann ich auch gleich reiten lernen. Das sollte kaum schwerer sein.

Während ich die Lederbänder abwechselnd an Charly anhalte, um die richtige Halfterposition auszuloten, schweifen meine Gedanken zu David Barclay ab. Seit diesem Gespräch vor zwei Tagen hat sich meine Meinung über ihn geändert. Ich sehe nicht mehr den Choleriker in ihm. Seine feinfühlige Argumentation lässt einen tiefgründigen Einblick in seine Seele zu. Vielleicht nicht für jeden, doch mir ist sofort aufgefallen, dass mehr hinter der Fassade steckt, als es anfänglich den Anschein hatte. Ich gebe zu, er hat mich überzeugt. Trotzdem bleibe ich dabei, dass meine kleine Panne mit Charly nicht eine derart heftige Reaktion verlangt hätte. Etwas mehr Humor würde ihm nicht schaden.

Gedankenverloren arbeite ich mit dem Zaumzeug herum. Charly kaut beharrlich auf der Gebissstange, die ich ihm vor gut einer Viertelstunde verdreht ins Maul gesteckt habe und lässt mich gleichmütig an seinem Kopf herumhantieren. Als ich eine weitere Viertelstunde später alles richtig gemacht habe, trifft mich fast der Schlag vor Freude. Nichts ist aufregender als ein Erfolgserlebnis. Es lohnt sich eben, nicht vorschnell die Flinte ins Korn zu werfen. Wie gut, dass ich in allen Lebensbereichen hartnäckig bin. Aufgeben gehört nicht zu meinen Tugenden.

Ich muss Jacob meinen Fortschritt zeigen. Erfolge machen keinen Spaß, wenn man sie nicht mit jemandem teilen kann. Begeistert laufe ich zur Tür und reiße sie freudestrahlend beinahe aus den

Angeln, als ich mich schwungvoll dagegendrücke. Gerade will ich nach Jacob rufen, als ein bellendes schwarzes Untier auf mich zugestürzt kommt und meinen Ruf im Keim erstickt. Kläffend bleibt es vor mir stehen. Die Angst steht mir ins Gesicht geschrieben, zumal kein Mensch in Sicht ist, der mir aus dieser brenzligen Situation helfen könnte. Den Versuch, es mit ein paar besänftigenden Worten zum Aufgeben zu bewegen, kann ich im Vorfelde für wirkungslos erklären. Es ist mir noch nie gelungen, einen Hund zu beruhigen. Eher führten sämtliche Beruhigungsversuche dazu, dass alles nur schlimmer wurde. Was soll ich also tun? Ich könnte ihm meinen Arm zum Fraß hinwerfen. Dann wär ich zwar meinen Arm los, aber ich könnte wenigstens weiterleben. Langsam gehe ich rückwärts, doch der Hund sorgt für einen konstanten Abstand zwischen uns, indem er jeden Schritt in meine Richtung mitmacht. Wenn ich wenigstens wüsste, ob ich gleich zu seiner Beute werde oder er mich bloß ein paar Stunden anbellen möchte. Dieses Wissen wäre durchaus hilfreich. Ich könnte mich entscheiden, schnell über ein paar Änderungen in meinem Testament nachzudenken oder aber abwartend meine Arme zu verschränken, bis jemand zu meiner Rettung herbeieilt. Unter den aktuellen Umständen muss ich jedoch abwarten und zugleich meinen letzten Willen verfügen. Das ist unersprießlich.

„Was ist das hier für ein Radau?!", brüllt eine Stimme, die sich nähert.

Erlösung ist in Sicht. Mr. Barclay kommt um die Ecke und sieht auf sein Untier und danach auf mich. Sofort eilt er zum Hund und ergreift ihn am Halsband.

„Ja, Clark, was ist denn los mit dir? Was regt dich so auf?", redet er sanftmütig mit der Bestie, um sie zu beruhigen, während er neben ihr kniet und sie liebevoll streichelt. Wie schön, dass ihm das Wohl seines Raubtieres Clark so wichtig ist und es offensichtlich keine Rolle spielt, welche seelischen Blessuren mir diese Bellattacke zugefügt hat.

„Danke, mir geht es gut", bemerke ich ungefragt.

„Ja, das sehe ich. Aber ich verstehe nicht, warum Clark sich so aufführt. So hat er sich noch nie benommen. Er ist üblicherweise ein friedsames Tier. Haben Sie etwas getan, was ihn gereizt haben könnte?", erkundigt er sich nüchtern.

„Oh ja, das habe ich", antworte ich gekränkt. „Ich habe mir erlaubt, den Stall zu verlassen und dabei tatsächlich einen Schritt über die Türschwelle gewagt. Das konnte das arme Tier natürlich nicht ahnen. Es musste sich ja förmlich zu Tode erschrecken. Wie gut, dass ich nicht tollwütig bin, sonst hätte ich dem armen Clark womöglich ein Ohr abgebissen."

Unversehens erhebt sich Mr. Barclay und stampft verärgert auf mich zu.

„Ich habe Ihnen eine harmlose Frage gestellt, Miss Robertson. Glauben Sie nicht, es wäre höflich, einfach darauf zu antworten? Ihren anzüglichen Unterton finde ich absolut unangebracht."

„Und was glauben Sie, wie ich mich dabei fühle, von einem missgelaunten, nicht angeleinten Hund in die Mangel genommen zu werden, während niemand in der Nähe ist, um mir zu helfen? Haben Sie daran mal gedacht? Es ist wirklich umsichtig von Ihnen, sich gleich um ihren armen Hund zu kümmern, dessen Verhalten Ihnen anscheinend Sorge bereitet. Können Sie sich eigentlich vorstellen, dass ich bis eben eine Heidenangst hatte? Dass Ihr Interesse lediglich dem Hund gilt, finde *ich* ziemlich unangebracht!"

Seine verdunkelten Augen machen mir seine Verärgerung über mich deutlich. Ich wüsste gern, wie dunkel *meine* in diesem Augenblick glühen? Falls giftgrüne Augen dunkel glühen können. Denn meine Empörung scheint seinen Unmut bei Weitem zu übersteigen. Und damit meine kleine Explosion nicht zu einer gewaltigen Detonation ausufert, beschließe ich, augenblicklich zu gehen. Doch Mr. Barclay zieht mich schroff am Arm zurück.

„Ich glaube nicht, dass wir beide bereits fertig miteinander sind", stellt er schonungslos fest.

Also, was mich angeht schon. Ich bin fix und fertig. Jetzt brauche ich erst mal Zeit, mich von diesem Schreck zu erholen.

„Ich finde, wir sollten uns mal über Ihr Benehmen unterhalten, Miss Robertson."

Was?! *Mein* Benehmen? Da wüsste ich aber ein viel besseres Thema: nämlich sein eigenes!

Wortlos halte ich seinem Blick stand und warte auf die Fortsetzung seiner Moralpredigt.

„Da Sie offensichtlich von Ihren Mitmenschen erwarten, sich immer im Sinne *Ihres* Rechtsempfindens zu verhalten und Sie ihnen wenig Spielraum lassen für andere Handlungsweisen, sollten Sie damit rechnen, dass andere von Ihnen das Gleiche erwarten."

„Ich verstehe nicht ganz, Mr. Barclay. Bestimmt erwarte ich nichts von meinen Mitmenschen. Und es handelt sich auch nicht um mein eigenes Rechtsempfinden, sondern um das eines jeden Menschen."

Er kann doch nicht ernsthaft meinen, dass ich es angemessen finde, wenn er zuerst den Hund nach seinem Befinden fragt, bevor er auf mich aufmerksam wird, obwohl sein Monster den Streit mit mir gesucht hat und nicht ich mit ihm. Unfassbar!

„Ihrer Ansicht zufolge", knüpft er nun an, „würde also *jeder* aufgrund dieses Rechtsempfindens sich eines ungezügelten Tons gegenüber meiner Mutter bedienen?"

Wie? Was?

Mir bleibt meine Wut im Halse stecken. Wie kommt er denn jetzt darauf? Es geht ihm überhaupt nicht um diese „Hundegeschichte". Kann er das nicht gleich sagen? Mir aber! Können wir nicht erst die eine Sache diskutieren, bevor wir auf diese unschöne Begegnung mit seiner Mutter zu sprechen kommen?

„Wollen Sie mir das nicht mal erklären?", fragt er mit milder Stimme.

„Mr. Barclay, ich garantiere Ihnen, dass ich Ihrer Mutter vollkommen objektiv begegnet bin und nicht vorhatte, einen Streit mit ihr anzuzetteln. Ich wusste ja nicht mal, dass es Ihre Mutter war. Das Haus hat so viele Zimmer und ich hatte nicht die geringste Ahnung, wo sich Ihr Büro befindet. Also habe ich mich verirrt und bin Ihrer Mutter förmlich in die Arme gelaufen. Sie hat mich gefragt, ob sie mir helfen könne und ich sagte ihr, dass ich nach Ihrem Büro suche. Statt mir den Weg zu erklären, hat sie mich nach meinem Namen gefragt. Den habe ich ihr freundlich mitgeteilt und mich danach höflich nach ihrem Namen erkundigt. Darf ich fragen, was daran falsch ist? Ihre Mutter war sofort pikiert und machte mir klar, dass sie es nicht nötig habe, sich mir vorzustellen. Womöglich sollten Sie Ihrer Mutter ein paar Tipps für gutes Benehmen geben. Ich ..."

Mr. Barclay lächelt mäßig und unterbricht mich erneut.

„Na, das lassen Sie mal meine Sorge sein, was ich meiner Mutter sage. Sehen Sie sich zukünftig besser etwas mehr in ihrer Gegenwart vor. Sie werden weder meine Mutter noch andere Menschen mit einer Protesthaltung belehren können.

Also versuchen Sie es erst gar nicht. Meine Mutter ist nicht weniger stur, als Sie es sind. Versuchen Sie, ihre Art zu akzeptieren, dann haben Sie es hier leichter. Das ist mein Tipp für *Sie*."

Grinsend tippt er mit dem Zeigefinger auf meine Nasenspitze. Sprachlos nehme ich dies zur Kenntnis.

„Und was den Vorfall mit Clark angeht – ich nehme an, dass Sie lieber darüber mit mir geredet hätten", stellt er mit einem Mal fest, „kann ich Ihnen nur beipflichten. Ich habe mich zweifellos falsch verhalten. Ich garantiere Ihnen, dass mir dieser Fehler kein zweites Mal unterlaufen wird. Es ist mir sogar äußerst wichtig zu wissen, ob es Ihnen gut geht. Clark hat Ihnen ja ordentlich zugesetzt."

Schmunzelnd legt er seinen Arm um meine Schultern und drückt mich in Clarks Richtung. Ich glaube nicht, dass ich diesem Ungeheuer zu nahe kommen möchte. Sicherlich endet das wieder in angriffslustiger Bellerei.

Nein! Ich will nicht!

„Kommen Sie, Miss Robertson, ich bin ja dabei. Wir werden dieses kleine Missverständnis zwischen Ihnen und Clark ein für alle Mal aus der Welt schaffen."

Vehement wehre ich mich gegen sein Vorhaben.

„Aber, Mr. Barclay, Sie verstehen das nicht. Tiere mögen mich einfach nicht. Wollen Sie etwa, dass mich Clark verspeist? Ich akzeptiere Ihren

Wunsch, über die Launen Ihrer Mutter zukünftig hinwegzusehen. Ihre Argumente in dieser Angelegenheit sind durchaus plausibel. Doch das gibt Ihnen nicht das Recht, mich auf den Speiseplan Ihres Hundes zu setzen!"

David Barclays Lachen schallt über den gesamten Hof. Ein paar Mitarbeiter in der Nähe schauen sich befremdet um. Ihre Gesichter wirken verdutzt, als hätten sie Mr. Barclay zum ersten Mal lachen gesehen.

Wir nähern uns Clark, dem schwarzen Ungetüm. Seine Rute beginnt zu wedeln. Mr. Barclay bückt sich nach ihm und streichelt seinen Rücken, während das Monster aufgeregt das Gesicht seines Herrchens abschleckt.

„Sie sehen, Miss Robertson, Clark ist völlig harmlos. Streicheln Sie ihm ein bisschen übers Fell. Versuchen Sie es mal. Er wird Ihnen nichts tun, das verspreche ich."

Das behaupten alle Hundebesitzer und dann schnappen die Viecher doch zu. Nein, nein, dieses Risiko gehe ich lieber nicht ein. Jetzt, da ich meinen Arm, dank Mr. Barclays Hilfe, retten konnte, lege ich Clark doch nicht meine Hand direkt ins Maul.

Ohne Vorwarnung greift Mr. Barclay nach meiner Hand und zieht mich zu Clark in die Knie. Bevor ich mich versehe, streicht er mit meinen Fingern über Clarks Kopf hinweg. Ein zufriedenes Schnaufen ertönt und das Raubtier legt sich friedlich auf den Boden. Wenn ich Mr. Barclay jetzt erzähle, dass ich nie zuvor einen Hund gestreichelt habe, denkt er doch glatt, ich stamme von der Rückseite des Mondes. Ich kann's ja selbst kaum glauben. Hundefell unter meinen Fingern, die Finger, die sich nach wie vor vollständig an meiner Hand befinden und nicht in Clarks Maul. Was für ein Erlebnis!

Mr. Barclay lächelt mich an und gibt meine Hand wieder frei. Ich wage es, auch ohne seinen Beistand, über Clarks Pelz zu streichen. Alles bleibt ruhig! Die Bestie schließt seine Augen und legt seinen Kopf auf meinen Schuh. Ich fühle mich wie ein Kind, das zum ersten Mal die Welt erkundet.

„Offensichtlich haben Sie einen neuen Freund gefunden, Miss Robertson. Bald folgen Ihnen sämtliche Tiere meines Hofes auf dem Fuß. Wie mir berichtet worden ist, pflegen Sie inzwischen auch zu Charly eine intensive Beziehung."

Weiß er von meinen Fütterungsaktionen? Ich werde George töten, falls er mich verraten hat.

„Ich verspreche Ihnen, Mr. Barclay, dass ich Charly zukünftig nicht mehr so viele Äpfel mitbringen werde, aber bitte verbieten Sie mir nicht, ihn zu besuchen. Er wird bestimmt nicht zu dick. Ehrenwort!"

Erstaunt schaut er von Clark auf.

„Sie füttern Charly mit Äpfeln?"

Oh nein, was hab ich getan? Er wusste offenbar nichts davon. Was für eine unüberlegte Äußerung von mir. Aufgeregt suche ich nach einer Erklärung.

„Nur hin und wieder mal einen. Weniger als ein oder zwei Stück. Okay, manchmal auch eine Mohrrübe. Er frisst sie so gerne. Ich mach das nicht mehr, versprochen. Aber bitte verbieten Sie mir nicht, Charly zu besuchen. Sie haben ja keine Ahnung, wie wichtig mir das ist. Mein ganzes Leben habe ich nicht *eine* Beziehung zu einem Tier aufbauen können. Das Pony, auf dem ich als Kind geritten bin, hat mich nach kurzer Zeit abgeworfen, meine Meerschweinchen wollten nichts mit mir zu tun haben und Hunde haben mich Zeit meines Lebens nur angebellt. Wissen Sie überhaupt, was es für ein Kind bedeutet, wenn es niemals Freundschaft mit einem Tier schließen kann? Falls Ihnen meine Besuche bei Charly nicht passen, kann ich Ihnen Ihr Pferd auch gerne abkaufen, aber ich lass mir diese kleine Freude von Ihnen nicht untersagen!"

„Nun beruhigen Sie sich mal wieder, Miss Robertson. Sie glauben doch nicht im Ernst, dass ich etwas dagegen hätte, wenn Sie Charly mit Äpfeln füttern."

Nicht?

„Natürlich können Sie ihn so oft besuchen, wie Sie mögen. Solange Sie Ihre Pflichten auf dem Hof nicht vernachlässigen, ist es mir egal, was Sie in Ihrer Freizeit machen. Und falls Sie Clark irgendwann mit Hundekuchen verpflegen wollen, haben Sie auch dafür meinen Segen."

„Es stört Sie gar nicht?", frage ich erleichtert.

„Sie haben wirklich keine Erfahrung mit Tieren, nicht wahr? Ich denke nicht, dass Sie es schaffen werden, ein Pferd mit ein paar Möhren zu überfüttern. So lange es regelmäßig bewegt wird, setzt diese kleine außerplanmäßige Mahlzeit schon nicht an. Und sollte das doch mal der Fall sein, werden *Sie* Charly ein wenig reiten, damit er sich die überflüssigen Pfunde wieder abläuft."

„Oh nein, nein, danke für das großzügige Angebot, aber ich denke kaum, dass ich mich freiwillig nochmals auf ein Pferd setze. Auch nicht, wenn es Charly heißt oder Clark."

Was für ein leichtfertiger Vorschlag! Ein Pferd füttern und streicheln ist eine Sache, aber reiten eine ganz andere. Es ist sicher ein netter Gedanke, aber dabei sollte es auch bleiben.

„Na, darüber unterhalten wir uns dann ein andermal. Jetzt sollten Sie mal wieder Ihrer Arbeit nachgehen, Miss Robertson."

Nein, nicht nötig, darüber noch mal zu reden. Es gibt Dinge, die man tun sollte und welche, die man besser bleiben lässt.

Der Unfall

Ich sitze am Ufer des Sees in der Sommersonne und streichle Clark über den Kopf. Es sind drei Monate vergangen und mein Leben in Irland hat sich gut eingespielt. Dreimal in der Woche besuche ich die Abendschule und habe schon eine Menge über alternative Heilmethoden gelernt. Meine Tante hat ihre eigene Meinung zu meinem neu erlangten Wissen. Sie will nicht glauben, dass man mit Homöopathie etwas erreichen kann. Ich dagegen werde wohl nie verstehen, wie sie davon überzeugt sein kann, ihre Zauberrezepturen könnten Krankheiten kurieren.

„Du willst doch deine zukünftigen Patienten nicht mit Zuckerkügelchen behandeln", sagte sie bei einem unserer letzten Telefonate. „Du kennst jede erdenkliche Rezeptur aus meinem Repertoire. Damit bist du bestens ausgestattet, um Krankheiten jeglicher Art zu behandeln. Und denke nur an deine unerschöpflichen Möglichkeiten, wenn du erst einmal verstanden hast, mit deinem noch unentdeckten Potenzial zu heilen."

Sie meint meine Hände damit. Die benutze ich jetzt lieber zum Streicheln von Clark oder Charly. Sie ist tatsächlich der Meinung, dass ich fähig sei, durch bloßes Auflegen meiner Hände zu heilen. Ich habe mich allerdings entschlossen, bei den populären Methoden zu bleiben. Vom geistigen Heilen verstehe ich nun wirklich nichts. Auch wenn meine Tante das anders sieht.

Ich bin bei ihr aufgewachsen. Meine Eltern starben kurz nach meiner Geburt bei einem Unfall. Aus den Erzählungen meiner Tante weiß ich, dass ich aus einer Heilerfamilie stamme. Mein Vater war studierter Mediziner und meine Mutter eine Heilerin. Sie arbeitete viel mit Kräutern und hatte sich der Naturheilkunde verschrieben. Meine Tante ist ebenfalls eine Heilerin, die jedoch mit skurrilen Methoden arbeitet. Sie braut die merkwürdigsten Zaubertränke in ihrer Hexenküche zusammen, dabei murmelt sie verschiedene Verse vor sich hin. Wüsste ich es nicht besser, würde ich sie für durchgeknallt halten. Aber sie ist eben nur, wie sie ist, und für mich ist das meistens okay. Bis auf die gelegentlichen Peinlichkeiten, die man mit ihr erleben muss, habe ich sie gern. Meinen letzten Freund hatte sie nach kurzer Zeit in die Flucht geschlagen. Drei Tage lang interviewte sie ihn, um jedes Detail über ihn zu erfahren. Entnervt warf er das Handtuch.

„Der Kerl war ein Langweiler", versuchte sie, mich zu trösten. „Er passte nicht zu dir und war ausgesprochen humorlos. Bald wirst du mir dankbar sein, dass du ihn los bist."

Oh ja, das war ich. Denn nun begriff ich, dass ich meinen eigenen Weg gehen musste. Meine Tante war zu präsent in meinem Leben. Das musste aufhören! Ich brauchte mehr Raum für meine eigenen Visionen – daher bin ich jetzt hier. Nach meiner Ausbildung werde ich eine eigene Praxis als Heilpraktikerin eröffnen, was meiner

Tante ein Dorn im Auge sein wird, da sie mit Homöopathie nichts am Hut hat.

Die Ausflüge mit Clark sind mir inzwischen zu einer lieben Gewohnheit geworden. So oft es meine Zeit erlaubt, hole ich ihn vom Hof ab und laufe mit ihm durch den angrenzenden Wald. Viel Bewaldung gibt es in Irland leider nicht. Aber Mr. Barclays Großvater hatte diese Fläche vor vielen Jahren aufforsten lassen. Dadurch wurde Rosefield unvergleichlich schön. Die üppigen Grünanlagen und das fruchtbare Land der Barclays unweit der Küste sind ein Magnet für alle Touristen, die sich in diese Gegend verirren.

Clark und ich liegen im Gras am Seeufer und genießen die Sonne. Ich habe meine Schulbücher mitgenommen, um ein wenig zu lernen. Clarks großer schwarzer Kopf liegt auf meinem Schoß, sodass ich mein Buch an seine Ohren lehnen muss, um darin zu lesen. Doch das Gemüt dieses Hundes ist das eines Teddybären und vertrauensvoll lässt er es mittlerweile sogar zu, dass ich seine Zunge auf Belag untersuche oder seinen Körper nach den Lymphknoten abtaste. Mir würde nie einfallen, ihn für Studienzwecke zu missbrauchen, aber zur besseren Veranschaulichung meines Lernstoffes, schadet ein kleines Studium am lebenden Objekt sicher nicht weiter.

Die Sonne scheint mir ins Gesicht und ich schließe die Augen, um ihre wohlige Wärme über meine Haut aufzunehmen. Ich höre die Bienen im

Gras summen und das leise Plätschern des Sees. Seit ein paar Tagen scheint die Sonne ununterbrochen. Von mir aus könnte das Wetter ewig so bleiben. Dessen Unbeständigkeit in diesen Breitengraden bin ich zwar seit meiner Kindheit gewohnt, allerdings habe ich ein größeres Verlangen nach trockenem Wetter, seitdem ich auf Rosefield arbeite. Die Tatsache, die meiste Zeit des Arbeitstages im Freien zu verbringen, führt unweigerlich dazu, nach Sonnenschein zu schmachten.

Inzwischen fühle ich mich mit diesem Hof und seinen Menschen verbunden. Es tut mir gut, Edinburgh verlassen zu haben, um hier ein neues Leben zu beginnen. Die meisten meiner Kollegen akzeptieren mich, wie ich bin, und selbst mit George vertrage ich mich gut.

Jede Woche treffe ich mich mit einigen Mitschülern. Wir haben einen Lernkreis gebildet, um uns gemeinsam beim Pauken des umfangreichen Stoffes zu unterstützen. Einige meiner Mitschüler sind sogar ähnlich kurios wie meine Tante. Daher kann ich mir für den Fall, sie würden ihr versehentlich begegnen, sicher sein, dass sie nicht die Flucht ergreifen.

Clark schreckt plötzlich hoch. Sein überraschender Positionswechsel von meinem Schoß in die aufrechte Haltung sorgt dafür, dass mein Buch im hohen Bogen in den See fällt.

„Clark, kannst du mich nicht mal vorwarnen? Sieh, was du gemacht hast!"

Doch der Hund nimmt meine Stimme nicht wahr. Immerzu sieht er übers Feld hinweg in die Richtung des Waldes. Nun beginnt er zu winseln und tippelt nervös hin und her. Was hat das zu bedeuten? Ich stehe auf und fische mein Buch aus dem Wasser. Na prima, die Seiten sind verklebt und es wird eine Weile dauern, bis ich sie getrocknet habe. Ich bücke mich nach meiner Jacke, als Clark lautstark zu bellen beginnt, und dies direkt in meinen Gehörgang, denn unsere Köpfe sind gerade auf gleicher Höhe. Nun beginne ich, mir Sorgen zu machen. Mir ist klar, dass Hunde ein weitaus besseres Gehör haben als wir Menschen und wenn Clark nervös wird, muss da was passiert sein. Kaum habe ich mich aufgerichtet, läuft er schon davon.

„Halt! Nicht so schnell!", rufe ich und eile ihm hinterher.

Menschenskinder, dieses Tempo halte ich niemals durch. Sobald wir den Wald erreicht haben, benötige ich ein Sauerstoffgerät. Ich achte darauf, den Hund nicht aus den Augen zu verlieren, und renne so schnell ich kann. Plötzlich höre ich das laute Wiehern eines Pferdes. Es klingt beinahe wie ein Schreien. Entsetzlich! Langsam beginne ich, mich vor dem zu fürchten, was ich vorfinden werde. Clark läuft wie von der Tarantel gestochen – mich hat er vergessen. Für ihn zählt bloß noch, den Ort des Geschehens zu erreichen.

Das Pferdegeschrei wird lauter und meine Angst immer größer. Ich habe so etwas bisher nie gehört. Das Tier muss höllische Schmerzen haben. Was ist da nur passiert? Ich renne schneller, obwohl meine schlechte Fitness mich längst zu einer Pause drängt. Von Weitem mache ich eine Lichtung aus, auf die Clark zuläuft. Dort muss es sein.

Ich erspähe ein Pferd, das gestürzt sein muss, und einen Reiter daneben liegen. Mein Gott, es ist Charly! Und Mr. Barclay liegt bewegungslos am Boden! Bestürzt laufe ich zu ihnen. Clark tänzelt aufgeregt um sein Herrchen herum. Als ich mich nähere, erkenne ich die missliche Lage, in der sich Mr. Barclay befindet: Charly liegt direkt auf seinem Bein. Endlich habe ich mein Ziel erreicht. Sofort richte ich meine Aufmerksamkeit auf Mr. Barclay und überprüfe, ob er bei Bewusstsein ist. Seine Augen sind geschlossen, also ertaste ich seinen Puls. Er lebt – ich bin erleichtert. Unvermutet schlägt er die Augen auf und flüstert mir etwas zu, doch ich verstehe es nicht.

„Mr. Barclay, seien Sie unbesorgt, ich hole Hilfe. Alles wird gut. Aber zuerst versuche ich, Ihr Bein zu befreien."

Er schüttelt den Kopf und macht eine abwehrende Geste, als wolle er mir sagen, ich solle Charly nicht berühren. Doch genau das will ich mir in diesem Augenblick von niemandem sagen lassen. Ich weiß, was ich zu tun habe, als hätte ich diese Notlage etliche Male erlebt. Ohne auf Mr. Barclays Ermahnungen zu achten, gehe ich um Charly herum und beuge mich über ihn. Offensichtlich ist er so unglücklich gestolpert, dass er sich ein Bein gebrochen hat. Zum Glück ist es kein offener Bruch. Während meiner Zeit als Krankenschwester habe ich einige Brüche behandeln müssen. Dies ist gewiss kein schöner Anblick, doch Charly hat Glück im Unglück gehabt – falls man das in dieser bedenklichen Lage überhaupt so umschreiben kann. Ich beginne ein waghalsiges Manöver und drücke Charly am Rücken mit aller Kraft nach vorne, damit Mr. Barclay die Möglichkeit bekommt, sein Bein hervorzuziehen. Doch der Versuch misslingt. Das Pferd reagiert panisch auf meine Aktion und schlägt mir fast einen Huf ins Gesicht. So komme ich nicht weiter. Obwohl diese Situation und meine Bereitschaft, helfen zu wollen, beinahe aussichtslos erscheint, spüre ich eine erstaunliche Ruhe in mir. Intuitiv lege ich meine Hände auf Charlys verletztes Bein. Insgeheim hoffe ich, dass meine Tante Recht hat und meine Hände in der Lage sind zu heilen. Dabei rede ich leise auf das verletzte Tier ein. Es gelingt mir tatsächlich, es auf diese Weise zu beruhigen. Ich frage mich, ob ich Charlys Schmerzen lindern konnte. Was für ein verrückter Gedanke! Also wage ich es nun, Charly am Zügel auf die Beine zu ziehen. Wahrhaftig bewegt er seinen Kopf in meine Richtung und bemüht sich aufzustehen. Ein paar Mal wippt er erfolglos hin und her, doch bei seinem nächsten Schwung ziehe ich kraftvoller am Halfter und was bis eben noch unmöglich schien, hat funktioniert: Charly steht und Mr. Barclays Bein ist frei. Sofort richte ich meine

Aufmerksamkeit wieder auf ihn. Ich beuge mich besorgt über David Barclay und kontrolliere seinen Atem, als er auf einmal seine Augen aufschlägt.

„Wie ist Ihnen das bloß gelungen?", fragt er kaum hörbar.

„Das ist jetzt nicht wichtig. Sagen Sie mir lieber, ob Ihnen was fehlt, Mr. Barclay. Können Sie sich bewegen?"

„Mein Bein – es schmerzt."

Erleichtert nehme ich diese Aussage zur Kenntnis. Wenn sein Bein weh tut, spürt er es wenigstens noch. Somit kann ich davon ausgehen, dass sein Rückgrat nicht verletzt ist.

„Können Sie Ihre Finger und Ihre Hände bewegen?"

Er nickt und legt seine rechte Hand auf meinen Arm. Mit meiner anderen Hand drücke ich die seine und lächle ihm ermutigend zu. Als er mein Lächeln erwidert, bemerke ich eine gewaltige Erleichterung, dass er diesen unheilvollen Sturz – bis auf eine mögliche Gehirnerschütterung und eine Beinverletzung – weitgehend unbeschadet überstanden hat. Nicht auszudenken, wenn ihm das gleiche Schicksal wie seinem Vater ereilt hätte. Jacob erzählte mir, dass Mr. Barclay senior letztes Jahr bei einem Reitunfall ums Leben kam und sein Sohn den Tod des Vaters bis heute nicht verwunden hat.

Womöglich ist dies auch der Grund für seine bisweilen barsche Art. Ein Selbstschutz gegen

Verletzungen von außen. Auch wenn er bei einigen seiner Mitarbeiter wegen seines rauen Führungsstils gefürchtet ist, so wird er doch von allen respektiert und hochgeschätzt. Der Hof wäre ohne David Barclay nicht derselbe. Seine Persönlichkeit ist mit diesem Anwesen verbunden. Sogar ich bin ihm ein bisschen zugetan. Es vergeht kaum ein Tag, an dem ich keine leidenschaftlichen Dispute mit ihm ausfechte. Genau genommen bin ich ständig anderer Meinung als er. Trotzdem scheinen ihm unsere Kontroversen direkt Freude zu bereiten. Jedenfalls scheut er sie nicht, eher fordert er sie mitunter heraus. Mir ist nicht entgangen, dass er sehr nachsichtig mit mir umgeht. Obwohl ich meine Aufsässigkeit hin und wieder übertreibe.

Besorgt wende ich mich seinem Bein zu. Ich muss überprüfen, ob es gebrochen ist. Meine Hände gleiten über seine Wade und tasten sie behutsam ab. Ein Bruch scheint es nicht zu sein – vielleicht nur eine Verstauchung. Das sollte sich in jedem Fall ein Arzt anschauen.

„Ich glaube nicht, dass Ihr Bein gebrochen ist, Mr. Barclay, aber es wäre besser, dies in der Klinik abklären zu lassen. Ich werde jetzt zum Hof laufen und einen Krankenwagen anfordern. Machen Sie sich keine Sorgen, es wird alles wieder gut."

Eine halbe Stunde später wird Mr. Barclay vom Rettungswagen abgeholt. Jacob, George und ich sehen dem Wagen nach, als Veronica dazu-stößt.

„Mein Gott, ich hab es eben erst erfahren. Wie geht es David?"

David?

„Es geht ihm soweit gut. Er wird wieder gesund", antworte ich und sehe besorgt zu Charly, der unbewegt auf der gleichen Stelle steht.

„So, George, mach dich auf zum Hof und informiere den Tierarzt. Wir werden Charly erschießen müssen. Das Bein ist hin. Da kann man nichts mehr machen", behauptet Veronica kalt wie eine Eiskönigin.

„Was?!", mische ich mich fassungslos ein. „Du kannst Charly doch nicht erschießen lassen, bloß weil er ein gebrochenes Bein hat. Das kann man schließlich behandeln!"

„Liebe Jennifer, du mischst dich hier in Dinge ein, von denen du nichts verstehst. Charly ist ein Reitpferd und kein ‚Stehpferd'. Sieh doch selbst. Der Bruch ist kompliziert und würde niemals richtig ausheilen. Du tust dem Tier keinen Gefallen damit, wenn du es auf diese Weise weiterleben lässt."

„Ich denke, dass es Charly schnurzpiepegal ist, ob er zukünftig noch geritten werden kann oder lediglich auf der Weide steht. Keinesfalls werde ich zulassen, dass du ihn eigenmächtig erschießen lässt."

Um meine Entschlossenheit zu verdeutlichen, stelle ich mich schützend vor Charly.

„Wer ihn erschießen will, muss zuerst an mir vorbei", sage ich entschieden.

„Nicht mal die Tierarztkosten würden sich noch lohnen. Weißt du eigentlich, wie teuer uns ein Heilverfahren für eine derartige Verletzung käme?"

Die tut ja so, als müsste sie das aus eigener Tasche bezahlen.

„Du darfst nicht hinter Mr. Barclays Rücken solch eine folgenschwere Entscheidung treffen."

„Natürlich darf ich das, liebe Jennifer. Es ist nämlich mein Job, Entscheidungen zu treffen. Und jetzt geh bitte, damit wir das hier über die Bühne bringen können."

„Nein, das lasse ich nicht zu!"

„Hast du etwa eine bessere Idee? Oder willst du ihn einfach mit einem gebrochenen Bein zurück in den Stall stellen und hoffen, dass es von allein zusammenwächst?"

Was soll ich bloß machen? Ich muss sofort einen Geistesblitz bekommen oder Charly endet als Pferdewurst. Wenn doch meine Tante hier wäre! Sie hat stets eine Lösung parat und ist wie ein Computer. Man muss sie lediglich mit einem Problem füttern und prompt spuckt sie ein Ergebnis aus, ohne viel nachzudenken. Dieses Talent ist mir leider nicht in die Wiege gelegt worden. Ich benötige Zeit für die Entwicklung eines ausgereiften Plans. Was würde Tante Roberta an meiner Stelle machen?

„Hilf mir bitte, Tante, ich brauche dringend deinen Rat!", denke ich und könnte schwören, ihre Stimme in meinem Kopf wahrzunehmen.

„Du weißt doch, wie man einen Bruch heilt. Ich habe dir alles beigebracht. Und vergiss die Heilkraft deiner Hände nicht!"

Hab ich Wahnvorstellungen oder höre ich Gespenster? War das wirklich meine Tante? Egal, ich werde Charly retten – gleichgültig, wie.

„Ich werde ihn heilen", teile ich Veronica meine Entscheidung mit.

„Du? Was kannst *du* schon ausrichten? Bis vor Kurzem konntest du nicht mal ein Pferd satteln."

„Hast du vergessen, dass ich eine Krankenschwester bin?"

„Das ist ja lächerlich! Du hast überhaupt keine Ahnung von der Anatomie eines Pferdes!"

„Nein, aber ich habe Ahnung vom Heilen. Brüche sind zwar nicht gerade mein Spezialgebiet, aber ich traue es mir zu."

Ich muss nur noch ein konstruktives Gespräch mit meiner Tante führen. Ihre verrückten Rezepturen können mir nützlich sein. Immerhin ist es ihr damals gelungen, das gebrochene Bein einer Ziege zu retten.

„Ach, mach doch, was du willst! Ich habe genug von dieser Diskussion", entgegnet Veronica genervt. Sie stampft davon und lässt mich mit George und Jacob allein. Ich blicke aufs verletzte Tier. Prima, die bin ich los. Doch wie geht's nun weiter? Charly steht weiterhin ängstlich auf demselben Fleck und scheint unter Schock zu stehen. In diesem Zustand und mit dem zertrümmerten Knochen kann ich ihn unmöglich zum Stall führen. Ich muss einen Hänger vom Hof holen und ihn darin zum Stall transportieren.

„Du hast die Stephens tatsächlich weichgeklopft", bewundert mich George. „Hut ab, Jenny, du bist wirklich mutig. Aber wie willst du es schaffen, einen Bruch zu heilen? Das klappt doch nie!"

Jacob stellt sich neben mich und lächelt anerkennend.

„Na, hoffentlich hast du dir nicht zu viel vorgenommen, kleine Jenny. Allerdings traue ich dir jede Menge zu – sogar, einen Beinbruch zu heilen."

Jacobs Worte machen mir Mut. Es ist mir wichtig, ihn auf meiner Seite zu wissen. Veronica wird garantiert dafür sorgen, dass sich mein Vorhaben wie ein Lauffeuer auf dem Hof verbreitet. Außerdem wird sie es nicht versäumen, mich vor allen Kollegen an den Pranger zu stellen.

„George, du musst mir helfen. Bitte lauf zum Hof und komm mit einem Hänger zurück. Ich werde Charlys Bein in der Zwischenzeit notdürftig schienen, damit er die paar Schritte auf den Hänger gehen kann."

„Okay, bin sofort zurück", entgegnet er und eilt davon.

Clark sitzt neben Charly und erweckt den Eindruck, auf ihn aufpassen zu wollen. Ich beginne meine Suche nach geeigneten Ästen, die zum Schienen des Beines dienen sollen. Gleichzeitig fallen mir zufällig einige Heilkräuter ins Auge, von denen ich reichlich abpflücke. Für die Herstellung der Paste für sein verletztes Bein benötige ich allerdings noch weitere Zutaten.

Als George mit dem Pferdehänger vorfährt, ist es mir gelungen, Charlys Bein behelfsmäßig zu präparieren. Jedoch bin ich mir unsicher, ob er es belasten wird. Falls er sich nicht in den Hänger führen lässt oder er sich auch sonst nicht bewegen will, wäre ich mit meinem Latein schon am Ende. Sollte Charly nicht mitmachen, ist alles verloren. Ich kann ihn unmöglich hier stehen lassen. Wir müssen ihn in seine Box bekommen, nur dann hat er eine Chance.

„Okay, jetzt wird es sich zeigen. Komm, Charly, lauf!", sporne ich das Pferd an und ziehe es gleichzeitig am Zügel nach vorne. Doch es passiert nichts. Charly steht versteinert da und bewegt sich keinen Zentimeter.

„Jenny, das hat keinen Zweck, er hat zu große Schmerzen. Du wirst ihn niemals auf den Hänger bekommen", sagt George besorgt, doch Jacob zwinkert mir zuversichtlich zu.

Ich muss es schaffen! Charly ist mir wichtig geworden. Ich will nicht, dass er zu Schnitzel verarbeitet wird.

Also gut, ich werde meine Hände jetzt einmal ausprobieren. Und falls es nichts bringen sollte – wovon ich stark ausgehe – werde ich meiner Tante ein für alle Mal klarmachen, dass an ihnen nichts übernatürlich ist und sie ihre „Handthesen" begraben kann. Ich bücke mich und lege meine Hände auf Charlys Bein. Langsam lasse ich sie hoch- und runterwandern, bevor ich sie um sein Gelenk herumlege und eine Weile abwarte, damit meine Tante nicht im Nachhinein behaupten kann, ich hätte mir nicht genügend Zeit genommen.

„Sage mal, was machst du da, Jenny?", fragt George irritiert. „Beschwörst du seine Knochen oder bittest du um ein Wunder?"

Nach gut fünf Minuten erkläre ich meine Handlung als beendet und bemerke erst danach, dass George mit mir gesprochen hat. Nur kann ich mich nicht an seine Worte erinnern. Sie sind wie ein Luftzug an mir vorbeigezogen. Seltsam!

Erneut ziehe ich an den Zügeln und rede sanft auf das Pferd ein.

„Komm Charly, versuche es noch einmal!"

Und tatsächlich, Charly setzt sich in Bewegung und humpelt mit mir in den Hänger. Ich bin außer mir vor Freude.

„Seht doch, es hat funktioniert! Er geht! Es hat geklappt!"

„Den Trick musst du mir mal verraten", witzelt George.

Doch sein Unterton lässt mich unberührt.

Auf dem Hof angekommen, stellen wir Charly in eine leere Box und breiten etwas Stroh an den Rändern aus. Er muss die nächsten Wochen auf festem Untergrund stehen, damit das Bein heilen kann.

„Hör zu, George, ich benötige Bandagen und ein paar Leinentücher. Alles andere besorge ich."

Rasch springe ich in meinen Wagen und fahre erneut in den Wald, um ein paar notwendige Pflanzen zu suchen. Mit Heilkräutern bin ich praktisch aufgewachsen. Meine Tante hat mich über alle wichtigen Heilpflanzen aufgeklärt. Ich kenne fast jedes Gewächs und seine Wirksamkeit. Daher weiß ich genau, wo ich im Wald danach suchen muss. Das Aufspüren aller pflanzlichen Beigaben geht deshalb auch ruckzuck. Somit bleibt mir die Zeit, mich vor Ladenschluss mit den nötigen homöopathischen Mitteln aus der Apotheke einzudecken. Bevor ich zum Hof zurückfahre, lege ich einen kurzen Stopp in meiner Wohnung ein und verrühre meine Kräuter mit ein paar Hausmitteln zu einer übel riechenden Paste. Ich rümpfe die Nase. Dieses Rezept stammt von meiner Tante.

Als ich zurück bin, wartet George ungeduldig an der Box auf mich.

„Was hast du da mitgebracht?"

Ich habe die Paste in eine Schüssel gegeben, die ich vor Charly auf den Boden stelle.

George schaut kritisch in die Schale und hält sich die Nase zu.

„Hm, das riecht ja appetitlich. Was ist das für eine Pampe?"

„Es sind bloß ein paar Kräuter und die Essenz von zwei Heilpilzen. Einer dieser Pilze ist der Phallus impudicus, auch Stinkmorchel genannt. Ich habe zwar nur eine verdünnte Lösung dazugegeben, aber der übermäßige Duft lässt sich leider nicht vermeiden."

„Übermäßiger Duft? Du kannst ruhig von einem grauenhaften Gestank sprechen. Wozu ist das denn nötig?", fragt George mich mit verzerrtem Gesicht.

„Eigentlich ist die Stinkmorchel ein Heilpilz für Gichtkranke, aber meine Tante fand heraus, dass er sich wunderbar als Entzündungshemmer einsetzen lässt, wenn man ihn auf bestimmte Weise verarbeitet. Ich habe ein paar ihrer Heiltinkturen zu Hause. Diese gehört dazu. Keine Angst, der Geruch verfliegt mit der Zeit."

„Bist du sicher? Vielleicht sollten wir den Stall evakuieren, damit die anderen Pferde nicht tot umfallen."

Ich reagiere nicht auf Georges Bemerkung und beginne mit meiner Arbeit. Erst verteile ich die dickflüssige Paste auf einem Leinentuch, danach löse ich die selbst gebastelte Schiene von Charlys Bein. Es ist geschwollen und mir wird klar, dass ich erst einmal den Knochen richten muss. Mein Gott, traue ich mir das zu? Und was ist, wenn Charly vor Schmerz wild um sich schlägt? Es könnte gefährlich für mich werden. Trotzdem, ich muss es wagen.

Sachte lege ich meine Hände auf Charlys Bein und hoffe, diese Maßnahme könnte ihm ein weiteres Mal den Schmerz nehmen. Schließlich hatte es bereits funktioniert, als wir Charly auf den Pferdehänger bekommen wollten. Es spricht also nichts dagegen, es noch einmal zu versuchen. Charly lässt den Kopf hängen, aber seine Ohren richten sich auf. Er macht den Eindruck, als würde ihm mein Handauflegen eine Erleichterung verschaffen. Kann das wirklich sein?

Nach zwanzig Minuten richte ich mich auf und binde Charly an. Ich ziehe den Strick so kurz wie möglich – zu seiner und meiner Sicherheit.

„Was hast du vor?", fragt George angespannt. Er ahnt, was ich vorhabe. „Willst du ihm nicht auch die Hinterbeine festbinden? Er könnte dich niedertreten, wenn du nicht aufpasst."

George hat Recht. Ich sollte ihm keinen Spielraum lassen, für den Fall, dass er besinnungslos um sich schlägt vor Schmerz. Aber das erreiche ich bloß, wenn ich ihm seine gesunden Beine festbinde.

„Reiche mir bitte ein paar Seile, George, und hilf mir, seine Beine zu fesseln."

Als wir Charly wie eine Ladung Frachtgut festgeschnürt haben, beuge ich mich erneut zu seinem kranken Bein hinunter. Wenn dies klappen soll, muss es schnell gehen. Auf keinen Fall soll sich Charly dabei quälen. Ich muss den Knochen mit einem einzigen Ruck in die richtige Position bringen.

„Viel Glück!", wünscht mir George und dreht sich mit dem Gesicht zur anderen Wand. Weichei! Wahrscheinlich verliert er schon das Bewusstsein, wenn sein Nagelbett entzündet ist. Männer halten einfach nichts aus – markieren aber ständig den Helden.

Ich umfasse das Bein des Pferdes und schaue mir die Schräglage des Knochens an. Anschließend positioniere ich meine Hände links und rechts vom Bruch. Ich atme tief durch und drücke kraftvoll gegen den überstehenden Knochen. Charly hebt verschreckt den Kopf. Doch bevor er auch nur einen Laut von sich geben kann, ist der Knochen zurück in der richtigen Position. Das war ja leichter, als ich dachte. Charly scheint kaum Schmerzen verspürt zu haben. Kaum zu glauben. George steht weiterhin mit dem Rücken zur Box, während ich bereits das benetzte Leinentuch um das Bein wickle.

„Du kannst dich ruhig wieder umdrehen, George. Es ist schon alles passiert."

Mit erstaunter Miene wendet er sich herum.

„Was? Aber Charly war ganz ruhig. Wie hast du das hinbekommen?"

Ich lächle befreit und lege überglücklich ein paar neue Schienen an. Alles wird wieder gut. Ich bin mir sicher, dass es Charly schaffen wird.

Die kommenden Tage wechsle ich regelmäßig die Verbände und kontrolliere den Heilungsprozess des Beines. Mit großer Freude stelle ich fest, dass die Entzündung allmählich zurückgeht und Charly mit jedem neuen Tag an Kraft gewinnt – und an Appetit. Meine mitgebrachten Äpfel verschlingt er so selig, wie ich sonst eine Tafel Schokolade. Veronica gibt sich desinteressiert und erkundigt sich nicht nach seinem Befinden. Trotzig geht sie mir aus dem Weg. Ich vermute, dass ihr seine gute Genesung nicht in den Kram passt.

Für den heutigen Tag plane ich, Mr. Barclay im Krankenhaus zu besuchen. Ich habe über Linda erfahren, dass es ihm wieder recht gut geht und er sich regelmäßig nach mir und seinem Pferd erkundigt. Offensichtlich wurde er ausführlich über meine Bemühungen informiert. Falls meine Entscheidung, sein Pferd auf eigene Faust heilen zu wollen, keinen Anklang bei ihm findet – was ich befürchte – werde ich mich auf eine gepflegte Auseinandersetzung mit ihm einstellen müssen. Aber das ist es mir wert.

Auf dem Parkplatz vor der Klinik fällt mir Mrs. Barclays Wagen auf – David Barclays Mutter. Seit unserer ersten Begegnung gab es glücklicherweise keine zweite mehr – zumindest keine direkte. Offenbar hält sie sich weitestgehend aus allem heraus, was auf dem Hof passiert. Ihre Verantwortlichkeit scheint darin zu bestehen, dem

Hauspersonal das Leben schwer zu machen. Das weiß ich aus erster Quelle von Linda, die als Küchenmädchen angestellt ist. Beinahe täglich beschwert sich Mrs. Barclay über Kleinigkeiten. Sie muss ein wahrer Hausdrachen sein.

Ich laufe den langen Krankenhausflur entlang und suche nach der Zimmernummer einhundertdrei. Mir graut es vor der Auseinandersetzung, die David Barclay und ich gleich miteinander haben werden. Ich muss davon ausgehen, dass ihm mein eigenmächtiges Handeln in Sachen Charly nicht schmecken wird.

Eine Schwester wird auf mich aufmerksam.

„Kann ich Ihnen weiterhelfen?", fragt sie mich freundlich.

„Oh, ich suche Nummer einhundertdrei. Das ist doch Mr. Barclays Zimmer?"

„Ja, das ist richtig. Es befindet sich am Ende des Ganges."

Sie zeigt in die Richtung, aus der Mrs. Barclay gerade auf uns zukommt.

„Vielen Dank", sage ich angespannt und gehe zögerlich weiter. Hoffentlich erkennt sie mich nicht. Ich habe nicht die geringste Lust auf eine Unterhaltung.

„Ach, wen haben wir denn da?", quäkt sie über den gesamten Flur.

Ich drehe mich um, da ich hoffe, nicht angesprochen zu sein.

„Meine liebe Miss Robertson, Ihre Bescheidenheit in allen Ehren, aber wen könnte ich sonst meinen? Ich habe ja allerhand über Sie gehört."

„So, dann wissen Sie es also?", frage ich unsicher.

„Aber Miss Robertson, der ganze Hof spricht von nichts anderem mehr. Gleichwohl ich Ihre eigenmächtige Entscheidung vermessen finde. Für derartige Angelegenheiten ist Mrs. Stephens zuständig. Sie hat mich über Ihre Dickköpfigkeit informiert. Glauben Sie ernsthaft, dass Sie mit Ihren grotesken Methoden einen Beinbruch heilen? Ich habe schon mit dem Tierarzt gesprochen. Er wird in den kommenden Tagen ein Auge auf ihr eigenmächtiges Werk legen. Vermutlich werden sich ihm die Nackenhaare kräuseln."

Von mir aus kann sie Robert Redford persönlich auf Charly ansetzen. Sein Bein ist bereits auf dem Wege der Besserung. Ich glaube kaum, dass ein Tierarzt das anders sehen wird.

Doch ich verkneife mir eine vorlaute Bemerkung, da mir die Mahnungen ihres Sohnes in Erinnerung kommen. Der Klügere gibt nach. Jetzt, wo Mr. Barclay im Krankenhaus liegt, hält sie das Zepter in der Hand und hat durchaus die Macht, mir das Leben schwer zu machen. Ich muss mich zusammenreißen.

„Ich verstehe Ihre Bedenken, Mrs. Barclay. Aber ich konnte es nicht zulassen, dass Charly erschossen wird."

„Merken Sie sich für die Zukunft eines, Miss Robertson: Sollten Sie sich jemals wieder über die Anordnungen von Mrs. Stephens oder die meines Sohnes hinwegsetzen, werde ich höchstpersönlich für Ihre Entlassung sorgen. Und jetzt rate ich Ihnen, auf der Stelle zu gehen. Ich bezweifle, dass mein Sohn Wert auf Ihre Gesellschaft legt. Im Übrigen hat er gerade Besuch von seiner Verlobten. Guten Tag, Miss Robertson."

Mrs. Barclay schwingt das andere Ende ihres Seidentuchs über die Schulter und tippelt wie ein Ausrufezeichen davon. Fragend sehe ich ihr nach. Mr. Barclay ist verlobt? Aber seit wann? Das ist nicht möglich, davon hätte ich gewusst. Solche Neuigkeiten sprechen sich auf dem Hof herum wie ein Virus. Will sie mich nur verunsichern? Hegt sie den Verdacht, ich könnte es auf ihren Sohn abgesehen haben? Hab ich das denn?

In diesem Augenblick verlässt eine junge Blondine sein Krankenzimmer. Wow! Ein Klumpen voller Beklommenheit häuft sich in meinem Magen an. Wenn das seine Verlobte ist, versteh ich nicht, wie er sie bis heute geheim halten konnte. Als sie sich nähert, erkenne ich sie erst: Es ist Veronica! Mein Gott, ausgerechnet sie! Dazu noch verkleidet wie ein Modepüppchen. Ich verstecke mich hinter einem Pfeiler und warte, bis sie an mir vorbeigelaufen ist. Ist sie die dubiose Verlobte David Barclays? Ich habe das Gefühl, ein Freiluftballon zu sein, dessen Heißluft langsam knapp wird. Meine Energie verflüchtigt sich und meine Loyalität gegenüber Mr. Barclay verwandelt sich in Enttäuschung. Soll er doch heiraten, wen er will. Was geht's mich an. Trotzdem möchte ich gerne wissen, weshalb mich dieses Wissen trifft wie ein vergifteter Pfeil.

Was wollte ich hier eigentlich? Ich muss sofort raus! Entschlossen leite ich ein Wendemanöver ein und gehe zurück zum Ausgang. Ich wollte mich ohnehin heute mit meinen Büchern beschäftigen. Nächste Woche steht eine Zwischenprüfung an, für die ich noch nichts gelernt habe. Heute scheint mir ein guter Tag zum Lernen …

Unangebrachte Schadenfreude

Es ist längst dunkel und mein Feierabend überfällig. Trotzdem stehe ich noch im Stall und starre seit gut einer Stunde geistesabwesend auf Charly. Seinem Bein geht es besser und der Tierarzt, der letzte Woche einen kontrollierenden Blick auf seine Verletzung geworfen hat, war erstaunt darüber, dass meine abwegigen Methoden zu einer Verbesserung seines Zustandes geführt haben. Begeistert steckte er mir seine Visitenkarte zu und bot mir an, ihm zukünftig zu assistieren. Er meinte, dass man seine Arbeit gut mit meiner kombinieren könne, und war meinen Praktiken gegenüber sehr aufgeschlossen. Veronica, die anfänglich während der Untersuchungen des Tierarztes dabei war, verkrümelte sich verbittert, als sie bemerkte, dass meine Heilaktionen vom Fachmann gewürdigt wurden. Ich bin mir sicher, dass sie sich das irgendwie anders vorgestellt hatte.

Die Nachricht, dass sie David Barclays Verlobte sei, hat mich völlig aus der Bahn geworfen. Veronica und ich waren nie gute Freundinnen, was den Umstand, sie als zukünftige Mrs. Barclay hinnehmen zu müssen, noch unerträglicher für mich macht. Als wir in Edinburgh zusammen im gleichen Krankenhaus arbeiteten, war ich einfach die Bessere. Ich habe gute Arbeit geleistet und meinen Job ernst genommen. Veronica hingegen entschied sich für diese Ausbildung bloß aus einem Grund: Sie brauchte eine gute Versorgung für ein sorgenfreies Leben. Daher kam ihr Oberarzt Dr. Brown ganz recht. Veronica, die diese Affäre eigentlich in eine Altersabsicherung umfunktionieren wollte, hörte die Hochzeitsglocken schon läuten. Dann geschah aber etwas, was nicht nur uns zu erbitterten Feindinnen werden ließ, sondern auch ihrer Affäre mit Dr. Brown ein Ende setzte. Ihr Desinteresse für ihre medizinische Ausbildung wurde ihr zum Verhängnis: Unglücklicherweise verwechselte sie ein Medikament mit einem anderen. Gott sei Dank konnte ich damals das Schlimmste verhindern, weil ich zufällig kurz darauf ins Zimmer dieses Patienten trat und die falsch verabreichte Arznei erkannte. Dass der Patient die Pillen noch nicht eingenommen hatte, war seine Rettung. Sie hätten ihm aller Wahrscheinlichkeit nach das Leben gekostet. Ich gab dem Kranken die richtigen Tabletten und ließ die falschen in meiner Tasche verschwinden. Eigentlich wollte ich den Fall nicht an die große Glocke hängen, doch der Patient beschwerte sich bei der Klinikleitung. Veronica wurde abgemahnt und Dr. Brown zog einen Schlussstrich unter seinen Fehltritt. Später machte sie mich für ihr Unheil verantwortlich, statt mir dankbar zu sein, dass ich ihr den Hintern gerettet hatte.

Meine Gedanken schweifen so weit ab, dass ich mich zu Tode erschrecke, als mich eine Hand auf meiner Schulter in die Gegenwart zurückholt.

„Mr. Barclay!", platzt es aus mir heraus. „Aber wann wurden Sie aus dem Krankenhaus entlassen?"

Mit einem flüchtigen Lächeln sieht er mich an und setzt sich neben mich auf einen Strohballen. Schweigsame Momente habe ich seit meiner Kindheit als äußerst unangenehm empfunden. In derartigen Situationen fühle ich mich unmittelbar aufgefordert, auf der Stelle fließbandartig zu reden.

„Ich wusste gar nicht, dass Sie wieder zurück sind, Mr. Barclay. Also, wenn ich das gewusst hätte … Na ja, ich freu mich wirklich, dass es Ihnen besser geht. Sie wissen ja nicht, was Sie uns für einen Schreck eingejagt haben. Zum Glück ist alles noch mal gut gegangen. Charly geht es auch viel besser. Wirklich! Sehen Sie doch selbst. Der Tierarzt war letzte Woche hier und hat es bestätigt. Das Bein ist auf dem Wege der Besserung. Es tut mir leid, dass ich mich gegen Mrs. Stephens' Entscheidung gestellt habe, aber hier ging es schließlich um Charlys Leben. Hätte ich es denn zulassen sollen, dass sie ihn erschießen? Mr. Barclay, Sie müssen mir glauben, dass ich nur das Beste für Charly wollte. Ich …"

„Meine Güte, Miss Robertson, Sie reden ja, ohne Luft zu holen. Ich bin bereits über alles informiert. Und ich denke nicht, dass wir darüber noch zu sprechen brauchen."

Nicht? Aber ich dachte …

„Charly geht es besser, und nur das zählt!", fügt er hinzu.

Seine Hand ergreift meine und umfasst sie fest. Es kribbelt in meinem Bauch, als sich seine warmen Finger auf meinen Handrücken legen.

„Ich bin hier, um mich bei Ihnen zu bedanken, Miss Robertson, für Ihre beherzte und kompetente Hilfe."

„Das ist nicht nötig, Mr. Barclay, das hätte ich für jeden getan."

„Ja, da bin ich sicher. Als Krankenschwester sind Sie eine Koryphäe. Sie haben mich beeindruckt."

„Danke."

Verlegen spiele ich mit einem Krümel auf meinem Oberschenkel.

„Als Sie Ihre Hand auf mein verstauchtes Bein gelegt haben, hätte ich schwören können, keinen Schmerz mehr gefühlt zu haben. Es war sonderbar."

Ich schnipse den Krümel von der Hose und erhebe mich schlagartig vom Strohballen, auf dem wir bis eben gemeinsam saßen. David Barclay sieht mich irritiert an. Jetzt ist es erneut passiert: Meine Hände haben etwas bewirkt. Es funktioniert – einfach so – von ganz allein. Das ist beunruhigend. Wer weiß, was ich alles vollbringe, ohne es zu wissen. Ich schaue mir meine Hände an und suche nach einer Gebrauchsanleitung. Wie benutzt man die Dinger bloß etwas kontrollierter?

„Ich sagte ja, dass ich gelegentlich mit schwarzer Magie arbeite, Mr. Barclay. Behalten Sie es aber für sich. Wir wollen den anderen doch keine Angst einjagen."

Ich lächle Mr. Barclay an, allerdings ist mir nicht nach Spaß zumute. Ich mache mir selbst Angst.

Amüsiert erhebt er sich und scheint meine Bemerkung für einen Scherz zu halten. Dabei war es mir bitterernst.

„Versprochen, ich werde es niemandem verraten. Und jetzt erzählen Sie mir mal, warum Sie mich nicht im Krankenhaus besucht haben. Ich hatte fest mit Ihnen gerechnet."

Ein Kloß übermächtiger Größe plumpst von meinem Hals in den Magen. Mir fällt die unschöne Begegnung mit seiner Mutter wieder ein und Veronica, die vermutlich in Mr. Barclay eine bequeme Lebensabsicherung vermutet.

„Ich war da! Aber dann bin ich Ihrer Mutter begegnet. Sie bat mich, das Krankenhaus zu verlassen, weil sie gerade Besuch hatten und meine Gesellschaft nicht wünschten."

Mr. Barclay schüttelt den Kopf und springt unerwartet auf einen Strohballen. Er winkt mich heran und klettert ein paar weitere Ballen empor.

„Kommen Sie, Miss Robertson!"

Wie? Was soll ich denn da oben?

„Nun machen Sie schon! Ich will Ihnen etwas demonstrieren."

Mit einem mulmigen Gefühl klettere ich von einem wackligen Ballen zum nächsten zu David Barclay nach oben. Als wir nebeneinander auf dem obersten Strohballen stehen, glaube ich einen Augenblick lang, dem Tode geweiht zu sein, denn alles droht, unter uns zusammenzubrechen. Was für eine wahnwitzige Idee!

„Was machen wir hier?", möchte ich wissen.

„Vertrauen Sie mir, Miss Robertson?"

Nein! Ich vertraue lediglich mir selbst. Vor allem, wenn ich in solch einer prekären Lage stecke.

„Nun ja, das kommt darauf an", antworte ich unsicher.

„Worauf kommt es an? Vielleicht darauf, was jemand von Ihnen verlangt oder wer es ist?"

„Ich verstehe kein Wort."

„Ich möchte gern, dass Sie hier runterspringen, Miss Robertson. Es kann Ihnen nichts passieren, der Boden ist mit dickem Stroh ausgelegt. Sie fallen weich."

„Ich denke nicht daran! Springen Sie doch allein, aber ohne mich!"

Ohne weitere Diskussion robbe ich mich auf allen Vieren rückwärts nach unten. Mr. Barclay folgt mir und überholt mich. Mit einem Satz springt er vom letzten Strohballen, während ich noch am Abwägen bin, welchen Ballen ich betreten kann, ohne das Gleichgewicht zu verlieren. Taumelnd wie ein Blatt im Wind schwinge ich mich auf den losesten Ballen und gerate ins Schwanken. David Barclay ergreift mich beim

Arm und wehrt meinen bevorstehenden Sturz ab. Schade, ich hätte mir gern den Kopf aufgeschlagen und ihn dafür verantwortlich gemacht. Was sollte das eben?

„Na, das ging ja gerade noch gut", sagt er mit einem spitzbübischen Lächeln.

„Jetzt sagen Sie mir mal bitte, was Sie mit dieser blödsinnigen Kletteraktion bezwecken wollten. Ich brenne vor Neugier."

Schmunzelnd zieht er mich zu sich heran. Mir wird heiß und meine Ohren beginnen zu brennen.

„Sie würden genauso wenig von da oben springen, wie Sie auf meine Mutter hören. Ich glaube Ihnen kein Wort, Miss Robertson. Also, warum haben Sie mich nicht besucht?"

„Deshalb das Ganze? Sie haben mein Leben aufs Spiel gesetzt, ist Ihnen das eigentlich klar? Ich hätte mir sämtliche Knochen brechen können."

„Dann wären wir zusammen in den Tod gegangen, das hätte mir gefallen", sagt er belustigt und zieht mich weiter an sich heran. Ich fühle mich ganz fiebrig – diese Hitze hier!

„Ich glaub, ich muss jetzt mal nach Charly sehen. Der Verband ... ich habe ihn heute nicht gewechselt."

„Charly kann warten", bemerkt er und hält mich fest. Ich bin aufgewühlt und frage mich, was nun passieren wird. Ich brauche eine Auszeit. All seine Andeutungen bringen mich aus dem Konzept. Eben saß ich noch allein auf meinem Strohballen und habe über ihn und seine Heiratspläne sinniert. Jetzt steht er mir gegenüber und meine Gedanken schwirren fetzenweise durch den Kopf. Ein Fetzen zum Beispiel kommt mir gerade wieder in Erinnerung: *Veronica!* Aber schon verschwindet er unter den anderen Gedankenschnipseln, als sich David Barclays Kopf meinem unheilvoll nähert. War da was? Nein, ich kann mich treiben lassen und mich ihm einfach hingeben. Ich schließe meine Augen und warte darauf, dass er mich küsst. Nach einer Weile öffne ich sie wieder und sehe in ein amüsiertes Gesicht. Er wollte mich gar nicht küssen. Bin ich erneut auf die Probe gestellt worden? Das ist nicht komisch! Das sind unkonventionelle Mittel!

„Warum sind Sie nach Irland gekommen, Miss Robertson?", fragt er, als hätte er nichts bemerkt.

Ich weiß nicht. Gib mir etwas Zeit, mich zu sammeln, bestimmt fällt es mir dann wieder ein.

Küssen will er nicht, aber loslassen will er mich auch nicht. Diese Situation macht mich völlig konfus.

„Haben Sie denn zu Hause keinen Freund, der auf Sie wartet?"

Ja, klar, ein ganzer Harem von Männern erwartet mich dort.

„Nein!"

Ich drehe meinen Kopf weg und sehe ins Leere.

„Ich bin nach Irland gekommen, um neu anzufangen. Vielleicht als Heilpraktikerin mit eigener Praxis."

„Und was ist mit Ihrer Familie? Sie werden Sie vermissen."

Natürlich genieße ich sein Interesse an mir, aber ich begreife es nicht. Veronica sollte an meiner Stelle stehen.

„Ich habe bloß noch eine Tante und wir telefonieren täglich. Wie ich sie kenne, wird sie mich bestimmt bald besuchen kommen und mein Leben erneut ins Chaos stürzen."

Wir lachen und ich fühle mich wieder wohl mit ihm.

„Was ist mit *Ihnen*, Mr. Barclay, Ihr Leben war sicher nicht immer einfach?"

„Wie kommen Sie darauf?", erkundigt er sich verblüfft. „Mache ich etwa einen bekümmerten Eindruck auf Sie?"

„Nein, nicht direkt, doch ich habe gehört, dass Sie Ihren Vater letztes Jahr verloren haben, und Ihre Mutter erscheint mir recht herzlos."

Er senkt seinen Kopf, hört aber nicht auf zu lächeln.

„Urteilen Sie nicht vorschnell über meine Mutter, Miss Robertson. Sie hat durchaus ein Herz. Jeder verarbeitet den Verlust eines Menschen auf seine Weise. Der Tod meines Vaters hat unser Leben sehr verändert. Es lastet viel Verantwortung auf den Schultern meiner Mutter."

„Ja, möglich, dass ich das falsch beurteile. Es geht mich auch gar nichts an. Ich dachte nur …"

„Reden Sie ruhig weiter, Miss Robertson."

Seine Hand streicht vertrauensvoll über meinen Arm und ich habe das Gefühl, offen reden zu können.

„Der Tod Ihres Vaters muss furchtbar für Sie gewesen sein. Haben Sie darüber mal mit jemandem geredet? Gewiss würde es Ihnen helfen."

Was rede ich hier eigentlich? Er muss glauben, es mit einer Seelenklempnerin zu tun zu haben, die jeden Augenblick Ihren Bleistift zückt und ihn auf die Couch bittet. Er atmet schwer und dreht sich von mir weg.

„Ich glaube, Miss Robertson, Sie machen sich zu viele Gedanken. Es ist nicht nötig, sich darüber den Kopf zu zerbrechen. Lassen wir das also!"

Oha! Da hab ich anscheinend ins Schwarze getroffen und gleichzeitig mit dem Thema danebengeschossen. Das war wohl nix, Jenny. Peinlich berührt wende ich mich zu Charly um und streichle seinen Hals. Das Thema sollte ich besser nicht mehr anschneiden.

„Ich hätte da noch eine kleine Bitte, Miss Robertson."

Interessiert wechsle ich meinen Blick zurück in seine Richtung und schaue ihn abwartend an.

„Am kommenden Wochenende gebe ich ein Fest anlässlich meines vierzigsten Geburtstages. Haben Sie da etwas vor?"

Er lädt mich zu seinem Geburtstag ein? Damit hätte ich nicht gerechnet. Ich lächle erfreut und überlege schon, was ich anziehen könnte.

„Nein, habe ich nicht."

„Das ist ja großartig! Wissen Sie, wir haben leider ein Personalproblem an diesem Tag und brauchen dringend Unterstützung in der Küche. Meinen Sie, Sie könnten es einrichten, am Samstagabend einzuspringen?"

„Äh, wie bitte?"

Mein Lächeln erfriert. Habe ich gerade richtig gehört? Ich werde gar nicht eingeladen, sondern lediglich darum gebeten, das Küchenmädchen zu spielen?

„Ich weiß, meine Frage kommt ein bisschen kurzfristig, aber ich hätte Sie garantiert nicht gefragt, wenn es nicht dringend wäre. Eine meiner Hauswirtschafterinnen ist krank geworden und zwei allein schaffen es nun mal nicht. Ich erwarte knapp einhundert Gäste und alleine die Vorbereitungen sind umfangreich genug. Bitte sagen Sie nicht nein, Miss Robertson."

Moment noch! Ich brauche Zeit, um meine aufkeimenden Mordgelüste unter Kontrolle zu bringen. Wie willst du sterben? Du hast die Wahl!

„Ich wäre Ihnen in der Küche keine große Hilfe, Mr. Barclay. Kochen liegt mir nicht gerade im Blut und beim Servieren stelle ich mich sicherlich ungeschickt an. Es wäre in Ihrem eigenen Interesse, jemand anderen darum zu bitten."

„Aber ich wüsste keine Bessere dafür. Ich vertraue darauf, dass Sie das hinbekommen. Es gibt schließlich nichts, was Sie nicht können, nicht wahr, Miss Robertson?"

Okay, das kannst du haben, David Barclay. Ich werde dir deinen Geburtstag gehörig vermiesen, du unsensibler Klotz!

„Also gut, ich habe Sie gewarnt! Wenn Sie nicht hören wollen, bitte. Ich werde Ihnen helfen, aber für den Fall, dass alles schiefläuft, tragen Sie die Verantwortung dafür."

Er lacht erheitert.

„Ich stehe tief in Ihrer Schuld, Miss Robertson."

Ja, allerdings!

„Nicht doch, Mr. Barclay. Es reicht, wenn Sie mir am Sonntag einen Umschlag mit einer größeren Summe unnummerierter Scheine in die Hand drücken. Dann sind wir quitt!"

Mit einem spöttischen Lächeln wende ich mich von ihm ab und verlasse enttäuscht den Stall.

Am nächsten Morgen stehe ich wie gehabt in der Stallgasse und fege lustlos den Boden. Die letzte Nacht habe ich verschiedene Mordpraktiken an Mr. Barclay verübt und nie ist er mir dabei qualvoll genug gestorben. Wie kann er bloß so taktlos sein? Er muss doch gemerkt haben, was er da verzapft hat. Ich dachte, er sei feinfühlig und mit guten Antennen ausgestattet. Oder hab ich ihn falsch eingeschätzt?

Jacob hat schon versucht, ein paar Worte mit mir zu wechseln, doch aufgrund meiner Einsilbigkeit hat er mich wieder mir selbst überlassen. Besser so, heute habe ich keine gesteigerte Lust, Konversation zu betreiben. Ich sollte mal bei diesem Tierarzt vorsprechen. Immerhin war er sichtlich an einer Zusammenarbeit mit mir interessiert. Er sieht auch ziemlich attraktiv aus. Charly braucht mich kaum noch und Mr. Barclay kann seine Stallgassen alleine fegen. Plötzlich platzt George in den Stall hinein und hindert mich an weiterer unersprießlicher Grübelei.

„Jenny, komm schnell, das musst du dir ansehen! Mrs. Barclay ist auf einem Pferdehaufen ausgerutscht und liegt buchstäblich in der Scheiße!"

Ich muss kichern. Sofort lasse ich meinen Besen fallen und laufe George hinterher. Kaum habe ich das Stallgebäude verlassen, blicke ich zum Hof und sehe Mrs. Barclay mit ihrem hochexklusiven Kostüm in den Äpfeln der Natur liegen. Veronica ist gerade dabei, ihr hochzuhelfen, doch Mrs. Barclay rutscht erneut aus und klatscht mit ihrem Hinterteil zurück in den Mist. Ich muss gestehen, dass mich der Anblick amüsiert und ich kann mir ein Lachen kaum verkneifen.

Mr. Barclay ist auf das Treiben vorm Haus aufmerksam geworden. Er läuft zu seiner Mutter und beugt sich zu ihr hinunter. Unerwartet blickt er auf und sieht zu mir rüber. Noch immer versuche ich vergeblich, mein Gekicher in den Griff zu bekommen, als mir schlagartig klar wird, dass sein zunehmend düsterer Blick nur eine Erklärung zulässt: Seine Mutter hat sich bei ihrem Sturz verletzt. Als ich endlich begreife, schäme ich mich für mein Verhalten. Ich habe es mir zur Aufgabe gemacht, Menschen zu helfen. Und es sollte für mich keine Rolle spielen, ob ich diese Menschen mag oder nicht. Stattdessen stehe ich am Rande des Geschehens und lache über die Not eines anderen.

Mr. Barclay hebt seine Mutter in seine Arme und bringt sie ins Haus. Gott, was soll ich bloß tun? Eben noch stehe ich teilnahmslos rum und spotte über seine Mutter. Nun kann ich ihnen doch unmöglich ins Haus folgen, seine Mutter verarzten und so tun, als wäre nichts gewesen. Offensichtlich hat er registriert, welch ein Vergnügen mir der bedauernswerte Anblick seiner Mutter bereitete.

Okay, ich nehme jetzt all meinen Mut zusammen und gehe ihnen nach. Falls ihr etwas Gravierendes passiert sein sollte, muss ich einfach helfen. Schämen kann ich mich auch später. Kurz entschlossen laufe ich Mr. Barclay hinterher und folge ihm in den Salon, wo er seine Mutter auf dem Sofa niederlässt. Umgehend begebe ich mich zu ihnen und schaue unschlüssig zu Mr. Barclay. Es wäre ihm nicht zu verdenken, ließe er meine Hilfe nach meinem verwerflichen Verhalten nicht mehr zu. Doch mit finsterer Miene macht er mir Platz. Ich beuge mich über seine Mutter, die mit geschlossenen Augen daliegt, als wäre sie tot.

„Mrs. Barclay können Sie mich hören?", spreche ich sie an. „Mrs. Barclay!"

Und tatsächlich, sie schlägt die Augen auf!

„Hören Sie mich, Mrs. Barclay?", wiederhole ich mich.

Sie nickt und legt gequält ihre Hand auf die Stirn.

„Mein Kopf! Ich bin auf meinen Hinterkopf gefallen."

„Wir sollten sie schnellstens ins Krankenhaus schaffen, Mr. Barclay. Ich kann eine schwere Kopfverletzung nicht ausschließen. Höchstwahrscheinlich hat sie eine Gehirnerschütterung, aber das muss dringend abgeklärt werden."

Sofort zücke ich mein Mobiltelefon und bestelle einen Krankenwagen. Kurz darauf lege ich meine Hand auf Mrs. Barclays Kopf und streiche ihr übers Haar.

„Keine Angst, es wird alles gut. Es ist bestimmt nichts Ernstes, aber wir sollten auf Nummer sicher gehen."

Bis der Krankentransport eintrifft, sitze ich neben Mrs. Barclay auf dem Sofa und halte ihr den Kopf. Ein bisschen hoffe ich, ihr durch meine Hände Linderung zu verschaffen, obwohl ich nach wie vor nicht ernsthaft glaube, dass sie zu Höherem berufen sind. Trotzdem lasse ich es mir nicht nehmen, Mrs. Barclay auf diese Weise zu helfen. Ich habe das Gefühl, etwas bei ihr gutmachen zu müssen.

Mr. Barclay begleitet seine Mutter ins Krankenhaus und ich stehe wieder alleine in meiner Stallgasse und stütze mich nachdenklich auf meinem Besen ab. Bewegungslos starre ich auf Charlys Stalltür und schäme mich. Falls ich es schaffen sollte, Mr. Barclay oder seiner Mutter jemals wieder in die Augen zu sehen, werde ich mich wohl für mein Verhalten entschuldigen müssen. Und das ausgerechnet in einer Phase, wo ich doch etwas vor mich hinschmollen wollte aufgrund dieser „Geburtstagsangelegenheit".

Am Abend, als ich gerade meinen Besen in die Ecke gestellt habe, um Feierabend zu machen, kommt George zu mir in den Stall.

Jenny, Mr. Barclay will mit dir sprechen, bevor du gehst", informiert er mich. „Was kann er von dir wollen?"

Oh je, jetzt folgt meine Schelte. Ich hab's ja auch verdient.

„Danke, George. Ich werd gleich mal rübergehen", bemerke ich starr, ohne auf seine Frage einzugehen.

Als ich David Barclays Büro erreicht habe, steht er bereits mit verschränkten Armen an seinen Schreibtisch gelehnt und erwartet mich. Konsterniert trete ich auf die Schwelle und bleibe im Türrahmen stehen.

„Bitte treten Sie doch ganz ein, Miss Robertson, und seien Sie so freundlich, die Tür von innen zu schließen."

Das Schlucken fällt mir schwer und meine Knie werden wackelig. Was erwartet mich jetzt? Folgsam schließe ich die Tür und trete etwas näher.

Eine Weile stehen wir schweigend im Raum und seine tiefschwarzen Augen verdunkeln die Stimmung zusehends.

„Ich habe gehofft, dass Sie den Anfang machen, Miss Robertson."

„Äh … aber … was wollen Sie von mir hören?", frage ich unüberlegt, denn eigentlich kann ich mir denken, was gerade von mir erwartet wird.

Mr. Barclays Miene wird augenblicklich düsterer. Abwartend schaut er mich an, doch es gelingt mir nicht, etwas dazu zu sagen. Mein Mund bleibt verschlossen.

Unvermittelt löst sich Mr. Barclay von seinem Schreibtisch, geht um ihn herum und schaut aus dem Fenster.

„Sie wären wirklich die Letzte gewesen, der ich ein solch gleichgültiges Verhalten zugetraut hätte, Miss Robertson. Ich hoffe, es hat Ihnen die nötige Freude verschafft, meine Mutter in einer derartig misslichen Situation vorzufinden. **Ohne auch nur einen Finger für sie zu krümmen!!!**", brüllt er plötzlich seinen letzten Satz laut heraus und dreht sich dabei in meine Richtung.

Erschrocken fahre ich zusammen. Hätte er mir nicht ein Zeichen geben können, dass er beabsichtigt, den Ton aufzudrehen? Da wäre ich ja um ein Haar einem Herzstillstand erlegen.

„Verflucht noch mal, Miss Robertson! Was hat Sie da bloß geritten?", schimpft er etwas leiser, aber weiterhin gut hörbar. „Sie sind doch eine Person mit Verstand und Verantwortungsbewusstsein. Wie können ausgerechnet Sie einem hilflosen Menschen die Unterstützung verweigern und sich dazu noch an seinem Unheil erheitern?"

Erschöpft reibt er sich mit seinen Händen durchs Gesicht und schaut wieder zu mir.

„Wollen Sie nicht etwas dazu sagen?", fragt er mich fast beschwörend.

Seine Mimik lässt nur einen Schluss zu: Er scheint unsagbar enttäuscht von mir zu sein. Aber ich kenne kein Argument, das mein Fehlverhalten entkräften könnte. Es war einfach falsch, was ich getan habe. Dafür gibt es keine Entschuldigung.

„Es tut mir leid", gebe ich schlicht zur Antwort. Zu mehr reicht es im Augenblick nicht. Ich bin vollkommen betreten über diese Standpauke, die ich mit Recht über mich ergehen lassen muss. Es ist mir fremd, mich anschreien lassen zu müssen, ohne die geringste Gegenwehr einleiten zu können. Damit muss ich erst mal klarkommen. Für gewöhnlich beginne ich sofort einen vielversprechenden Krieg, sobald mich jemand schlecht behandeln möchte. Aber jetzt habe ich kein An-recht auf die freie Wahl der Waffen, höchstens den Anspruch, die Art der Züchtigung zu wählen. Vielleicht könnten wir über gewisse Einschränkungen im Vorfelde diskutieren. Daumenschrauben, Streckbänke sowie Peitschenhiebe könnten wir nach meinem Dafürhalten gerne aus dem Züchtigungsrepertoire streichen. Ich lass mich auch gerne noch ein Weilchen anschreien. Nur das nicht!

Augenblicklich stürzt Mr. Barclay auf mich zu und packt mich unsanft an den Oberarmen.

„Es tut Ihnen leid?!!", brüllt er erneut drauflos und schüttelt mich empört. „Haben Sie eine Ahnung, was Ihr Nichteingreifen beinahe für Folgen nach sich gezogen hätte? Meine Mutter schwebt in Lebensgefahr aufgrund einer Gehirnblutung **und Ihnen tut es leid!!!"**

Oh, mein Gott! Das konnte ich nicht wissen. Meine Güte, das ist ja schrecklich!

Bestürzt lasse ich Mr. Barclays harten Umgang mit mir zu. Unter normalen Umständen hätte ich ihm einen Tritt vors Schienbein verpasst für seine groben Handgreiflichkeiten.

Seine Augen reichern sich mit Flüssigkeit an und sein Kopf sinkt langsam auf meine Schulter. Völlig entgeistert stehe ich da und versuche, diese neue Konstellation der Sachlage zu beurteilen. War ich soeben noch der Prügelknabe, bin ich nun zum Seelenklempner emporgestiegen. Sofort stelle ich mich meiner neuen Aufgabe und beginne damit, eine Hand tröstend über seinen Kopf zu streichen. Ich spüre seinen warmen Atem an meinem Hals und seine Tränen auf meine Haut tropfen. Es muss wahrlich schwer für ihn sein, mit der Angst klarzukommen, seine Mutter womöglich für immer zu verlieren. Sie ist vermutlich das einzige Familienmitglied, das ihm nach dem Tod seines Vaters geblieben ist. Ich wünschte, ich könnte etwas tun.

„Ich bin mir sicher, dass Ihre Mutter gesund werden wird."

Mr. Barclay löst sich von mir und wischt mit einer Handbewegung seine Tränen aus dem Gesicht.

„Da haben Sie aber mehr Zuversicht als die Ärzte", erwidert er zweiflerisch. „Gehen Sie jetzt bitte, Miss Robertson. Ich will Sie hier nicht mehr sehen. Sie können sich morgen Ihre Papiere bei mir abholen."

„Wie bitte? Sie können *mich* doch nicht für den Zustand Ihrer Mutter verantwortlich machen! Selbst wenn ich auf der Stelle gehandelt hätte, wäre ihre Verletzung nicht minder gefährlich gewesen. Warum entlassen Sie nicht sämtliche Mitarbeiter? Es gab nicht einen, der sich nicht über diesen Sturz lustig gemacht hat. Keiner konnte ahnen, wie es tatsächlich um Ihre Mutter stand. Ich weiß sehr wohl, dass ich mich falsch verhalten habe, und ich schäme mich zutiefst dafür, aber Sie können niemanden seine Antipathie Ihrer Mutter gegenüber verübeln. Sie tut ja auch alles dafür, sich andauernd unbeliebt zu machen."

„R A U S jetzt!!!!", schreit er mit einem Mal übermächtig und zeigt mit dem Zeigefinger Richtung Tür.

Wiederholt zucke ich zusammen. Doch es bedarf keiner weiteren Aufforderung, sein Büro zu verlassen. Das war deutlich genug. Bevor ich jedoch die Türklinke herunterdrücke, wende ich mich Mr. Barclay ein letztes Mal zu.

„Sie können mir glauben, Mr. Barclay, dass ich mir nichts sehnlicher wünsche, als dass Ihre Mutter es schafft."

Stumm öffne ich die Tür und gehe.

Wie durch ein Wunder

Als ich meiner Tante am Abend niedergeschlagen von dem Vorfall berichtete, hatte sie nichts Besseres zu tun, als mir ebenfalls ein schlechtes Gewissen einzureden. Das konnte ich gut gebrauchen. Sie versteht es wirklich, einen aufzubauen. Nur galt ihr Vorwurf nicht meiner Passivität, als ich Mrs. Barclay im Pferdehaufen liegen sah. Denn sie war wie ich der Meinung, dass ich unmöglich wissen konnte, was geschehen war. Sie tadelte mich, weil ich kein Rückgrat besessen habe, mich gegen Mr. Barclays Äußerungen zu wehren. Ich war selbst überrascht, wie viel Bedeutung ich seinen Worten beimaß und wie sehr meine eigene Sicht der Dinge in den Hintergrund geriet. In David Barclay habe ich offensichtlich meinen Meister gefunden, wenn es um Auseinandersetzungen geht. Nur dass er mit unfairen Mitteln kämpft. Er brüllt so laut wie ein Löwe, sodass man automatisch das Gefühl bekommt, im Unrecht zu sein. Trotzdem, mein schlechtes Gewissen ihm und seiner Mutter gegenüber ist groß und ich überlege fortwährend, wie ich das wieder gutmachen kann – falls das überhaupt geht.

Die Stille in meiner Wohnung wird mir zur Qual. Es gibt für mich bloß noch einen Gedanken: Wie kann ich Mrs. Barclay helfen?

Ich entschließe mich, zu ihr in die Klinik zu fahren. Da sie auf der Intensivstation liegt, muss ich davon ausgehen, dass man mir den Zutritt zu ihr verweigern wird. Schließlich bin ich weder mit ihr verwandt noch verschwägert.

Als ich auf der Station eintreffe, gebe ich mich entschlossen als ihre Tochter aus und erhalte tatsächlich freien Zugang zu ihr. Eingeschnürt in einen Kittel und mit Häubchen auf dem Kopf setze ich mich auf einen Stuhl neben sie ans Bett. Meine Hand streicht durch ihr immer noch gut frisiertes Haar und verweilt nun auf ihrer Stirn. Unerwartet öffnet sie die Augen und sieht mich mit einem glasigen Blick aus rot unterlaufenden Augen an.

„Was machen Sie hier?", fragt sie mit kraftloser Stimme.

„Ich möchte bei Ihnen sein", antworte ich und drücke ihre Hand. „Sie werden wieder gesund, Mrs. Barclay – das weiß ich. Und ich bin hier, um Ihnen das zu sagen."

Ein betrübtes Lächeln überzieht ihr Gesicht und ich fühle, dass sie ihre Hoffnung längst verloren hat. Doch als ich meine Hände auf ihren Kopf lege, spüre ich genau, dass es noch nicht zu spät ist. Mir ist nicht klar, woher ich diese ungeahnte Zuversicht nehme, aber etwas in mir ist sich sicher, dass alles gut wird. Eine Stunde halte ich meine Hände sanft über ihrem Kopf. Einige Schwestern und Ärzte schauen regelmäßig argwöhnisch zu mir und meiner ungewöhnlichen Aktion, doch keiner hindert mich an meinem Handeln. Warum auch? Sie wissen, wie schlecht es um Mrs. Barclay steht und dass sie im Grunde nur ein Wunder retten kann. Gegen Mitternacht beschließe ich zu gehen. Es wundert mich nicht, dass niemand meine überzogene Besuchszeit beanstandet hat. Müssen sie doch davon ausgehen, dass Mrs. Barclay diese Nacht nicht übersteht. Wie könnte man der Tochter verweigern, die letzten Stunden mit ihrer Mutter zu verbringen? Ein letztes Mal streichle ich Mrs. Barclay über den Kopf.

„Wollen Sie schon gehen?", erkundigt sie sich ängstlich, als sie ihre Augen öffnet. Ihre Frage berührt mich. Mit allem hätte ich gerechnet, aber nicht damit, dass Mrs. Barclay Wert auf meine Gesellschaft legt. Daher setze ich mich nochmals auf meinen Stuhl und ziehe ihn näher ans Bett heran.

„Nein, ich bleibe bei Ihnen, solange Sie mich brauchen."

Mit beiden Händen umschließe ich ihre Hand und lächle.

„Ich habe Angst. Ich will nicht sterben."

Beruhigend lege ich erneut meine Hand auf ihre Stirn.

„Sie brauchen keine Angst zu haben, Mrs. Barclay. Es wird Ihnen bald besser gehen. Das verspreche ich."

Mit einem warmen Lächeln bekräftige ich meine Worte. Erschöpft schließt sie die Augen, doch ihre Hand drückt leicht die meine. Ich versuche, es mir auf meinem Stuhl gemütlich zu machen, und mit der Zeit schlafe ich im Sitzen ein.

Am folgenden Morgen werde ich durch die Stationsschwester geweckt.

„Miss Barclay", spricht sie mich an. „so werden Sie doch wach?"

Alarmiert schrecke ich hoch.

„Wie geht es ihr? Was ist passiert?", frage ich voller Entsetzen.

„Es geht ihr gut, Miss Barclay. Sie hat es überstanden. Sie sollten jetzt nach Hause fahren und sich richtig ausschlafen. Ihr Bruder ist gerade gekommen, um sie abzulösen."

„Was? Wer?"

Verstört blicke ich zu der Stelle, an der Mrs. Barclays Bett zuvor noch stand.

„Aber wo ist sie?", frage ich angsterfüllt.

„Keine Sorge, wir haben sie in ein Einzelzimmer verlegt. Wie gesagt, es geht ihr gut. Glauben Sie mir, Miss Barclay, Sie können unbesorgt sein. Anscheinend hat ihrer Mutter ihre Gesellschaft gut getan. Es grenzt fast an ein Wunder, dass ihr Zustand sich verbessert hat. In ein paar Tagen werden wir sie entlassen können. Wer weiß, vielleicht haben Ihre Hände etwas bewirkt. Die gesamte Station spricht von nichts anderem. Einige Patienten haben bereits nach Ihnen gefragt. Sie möchten Sie und Ihre Wunderhände gerne kennenlernen. Nichts für ungut, Miss Barclay. So schnell entstehen Gerüchte."

Sie klopft mir auf die Schulter und geht. Mit hochgezogenen Augenbrauen blicke ich auf meine Hände. Das kann unmöglich sein. Bestimmt war das bloß Zufall!

Müde und schläfrig verlasse ich die Intensivstation und begebe mich zum Ausgang. Da sich Mr. Barclay wohl gerade bei seiner Mutter aufhält, kann ich getrost zum Hof fahren und meine restlichen Sachen holen, ohne Gefahr zu laufen, ihm zu begegnen.

Veronica Stephens Schadenfreude kennt keine Grenzen, als sie mich sieht.

„Ich habe ja gewusst, dass du hier lediglich ein Gastspiel geben wirst, Jennifer. Ich werde dich nicht vermissen."

„Danke, für dein Mitgefühl."

Kraftlos belasse ich es bei dieser Bemerkung. Die Ereignisse der letzten Stunden waren zu kräftezehrend. Für einen Streit mit Veronica bin ich nicht gewappnet. Außerdem steckt mir noch der Konflikt mit David Barclay in den Knochen und betrübt mich mehr, als mir lieb ist. Sein Verhalten war ungerecht. Auch wenn ich einen Fehler gemacht habe, so gibt es ihm nicht das Recht, so mit mir umzugehen. Natürlich verstehe ich die Lage, in der er sich gestern befand. Er war in großer Sorge um seine Mutter. Doch wie kommt er dazu, mich für alles verantwortlich zu machen? Ich suche meine Sachen zusammen und fahre nach Hause. Aufgezehrt falle ich auf mein Bett und schlafe auf der Stelle ein.

Ich habe keine Ahnung, wie spät es ist, als mich die Türklingel aus dem Tiefschlaf reißt. Der

Wecker befindet sich außerhalb meines Schlafzimmers, da mich sein unentwegtes Ticken für gewöhnlich am Einschlafen hindert. Verschlafen taumle ich zur Haustür, um sie zu öffnen, und kann es kaum glauben, als ich Mr. Barclay gegenüberstehe.

„Oh! Welch Überraschung!"

Nur bin ich mir unsicher, ob es eine gute oder schlechte ist. Ich räuspere mich und überlege, wie ich mich verhalten soll. Es gibt eigentlich bloß zwei Möglichkeiten: Entweder ich knalle ihm die Tür vor der Nase zu oder ich bitte ihn herein. Es dürfte doch nicht schwierig sein, sich für eine dieser Varianten zu entscheiden.

„Wollen Sie mich denn nicht reinbitten?", fragt er verunsichert.

Gute Frage. Ich hätte durchaus ein Hühnchen mit dir zu rupfen. Aber ist das noch wichtig? Wozu sollte eine Aussprache nötig sein? Stumm gebe ich ihm ein Zeichen, die Wohnung zu betreten. Ohne zu zögern, kommt er meiner Aufforderung nach.

„Möchten Sie etwas trinken? Ich kann Ihnen ein Mineralwasser anbieten."

„Ich komme gerade aus dem Krankenhaus", beginnt er zu reden, ohne auf meine Frage einzugehen. „Sie wissen sicherlich, dass es meiner Mutter besser geht."

Energielos sehe ich zu Boden und gebe ihm keine Antwort. Ich hätte mich für die Türknallversion entscheiden sollen. Meine Kraft reicht nicht aus für eine weitere Diskussion mit ihm.

„Die Ärzte berichteten mir, dass meine Schwester die Nacht am Bett meiner Mutter verbracht hat. Sie können sich vorstellen, wie verwundert ich darüber war, von einer Schwester zu erfahren, deren Existenz mir bis dahin unbekannt war."

„Hören Sie, Mr. Barclay", gehe ich angekratzt dazwischen, während etwas Adrenalin in meine Zellen dringt, das meinen Energiepegel erheblich mobilisiert. „Falls Sie wieder eine Moralpredigt abhalten wollen, weil ich es gewagt habe, mich als Ihre Schwester auszugeben, möchte ich Sie bitten, meine Wohnung zu verlassen. Ich bin es nämlich leid, mich mit Ihnen zu streiten. Und ich lege auch keinen gesteigerten Wert mehr darauf, von Ihnen zurechtgewiesen zu werden, geschweige denn mich Ihren ungerechten Anschuldigungen auszusetzen. Ich habe Ihnen bereits gestern Abend gesagt, wie ungeheuer leid es mir tut, dass ich Ihrer Mutter nicht sofort zu Hilfe kam. Trotzdem haben Sie kein Recht, mich zu verurteilen. Ich würde keinem Menschen absichtlich Schaden zufügen, auch nicht Ihrer Mutter. Daher können Sie mir ruhig glauben, dass ich mindestens ebenso froh bin wie Sie, dass sie wieder wohlauf ist. Meine Entschuldigung muss Ihnen reichen. Es ist nicht nötig, heute an der Stelle weiterzumachen, wo Sie gestern aufgehört haben. Ich habe Sie laut und deutlich verstanden. Wahrscheinlich auch alle Menschen im letzten Winkel des Landes. Mein Energiedepot ist aufgezehrt. Die letzten Stunden sind auch an mir nicht spurlos vorbeigegangen. Falls es Ihnen also nichts ausmacht, wäre ich Ihnen dankbar, Sie würden aufhören, auf mir herumzuhacken. Ich …"

„Also, das ist wirklich erstaunlich", unterbricht er meinen Wortschwall, „wenn man Sie nicht stoppt, reden Sie bis zum Sankt-Nimmerleins-Tag."

Peinlich berührt über diese wahrheitsgetreue Einschätzung meiner Redekünste verordne ich mir ab sofort eine Pause. Jetzt habe ich zwar all mein Pulver verschossen, aber ich fühle mich auch ungeheuer erleichtert.

„Ich bin gekommen, weil ich Ihnen zu großem Dank verpflichtet bin, Miss Robertson. Meine Mutter hat mir von Ihrem Besuch berichtet. Sie haben ihr sehr viel Mut gemacht. Die Ärzte können sich ihre Spontanheilung nicht erklären und meine Mutter ist fest davon überzeugt, dass sie durch Ihre Hände geheilt wurde. Das gesamte Krankenhaus ist in hellem Aufruhr, nachdem Sie dort ein regelrechtes Wunder an meiner Mutter vollbracht haben."

„Ich denke, dass sie auch ohne mein Zutun genesen wäre."

Dieser Trubel um meine Hände macht mir langsam Angst. Ich werde sie abhacken, wenn das noch größere Kreise zieht.

„Ihre Bescheidenheit ehrt Sie", bemerkt er, „aber Sie wissen selbst nur zu genau, wie es um meine Mutter stand. Ohne Ihren Beistand hätte sie diese Nacht kaum überlebt. Die Stationsschwester hat mir erzählt, dass Sie die ganze Zeit bei ihr waren."

An die kalte Wand gelehnt, folge ich seinen Worten und beobachte dabei die Fliege, die um meinen Farn herumfliegt. Ich mag es nicht, für etwas gewürdigt zu werden, was ich mir nicht zuschreibe. Meine Hände sind lediglich Hände und dass ich seine Mutter in den schweren Stunden nicht allein lassen wollte, bedarf keines weiteren Wortes.

Nun reibt er seine Hände nachdenklich vor seinem Bauch und macht den Eindruck, als wisse er nicht weiter. Soll ich ihm mit meiner Plapperei zu Hilfe kommen? Ich muss gar nicht nachdenken, es fallen mir ständig irgendwelche Sätze aus dem Mund.

„Ich weiß, dass ich meine Worte nicht ungeschehen machen kann", fährt er überraschend fort, „aber womöglich gelingt es Ihnen, meine gestrige Lage nachzuempfinden und ein wenig Verständnis aufzubringen für meinen – zugegeben überaus maßlosen – Angriff gegen Sie."

Ich lenke meine Aufmerksamkeit auf die Eintagsfliege, die unermüdlich meine Zimmerpflanzen umkreist. Keinesfalls möchte ich ihm in die Augen sehen, denn sonst hätte er leichtes Spiel, mich weichzuklopfen. Doch ich will ihm seine Attacken gegen mich nicht verzeihen. Obwohl mir zweifellos klar ist, dass es sich gestern um eine Ausnahmesituation handelte.

Er reibt mit den Fingern über seine Augen und sieht mich danach appellierend an. Ich bemühe mich, das zu übersehen, und behalte die Flugbahn der Fliege im Auge. Als er sich jedoch vor mich stellt, kann ich seinem Blick nicht mehr ausweichen.

„Bitte nehmen Sie meine Entschuldigung an."

Ich schaue ihm in die Augen und erkenne Verzweiflung und Furcht darin. Aber wieso? Seiner Mutter geht es besser – alles scheint sich für ihn zum Guten zu wenden.

„Sie haben sich mir gegenüber stets korrekt verhalten, Mr. Barclay", erwidere ich. „Ich wüsste keinen Grund, warum ich Ihre Entschuldigung nicht annehmen sollte, da Sie offenbar auch mich von Schuld freigesprochen haben."

Fein, nun hab ich's doch gesagt. Eigentlich wollte ich noch ein Weilchen in dieser Angelegenheit schmollen. Nie komme ich dazu, meinen Unmut über ihn länger auszuleben. Dabei kann so was äußerst wohltuend sein.

Seine Erleichterung ist ihm anzusehen. Er fährt sich mit einer Hand durchs Haar und reibt sich danach den Nacken. Seine unsicheren Gesten deuten darauf hin, dass ihm noch was unter den Nägeln brennt. Er scheint mir etwas mitteilen zu wollen, wofür ihm die richtigen Worte fehlen.

„Ich weiß nicht, wie ich es sagen soll, Miss Robertson, aber ich würde mich freuen, Sie sähen die Kündigung als gegenstandslos an. Bestimmt benötigen Sie diesen Job weiterhin und ich glaube nicht, dass Sie anderswo unterkommen könnten. Die Arbeitsplätze sind rar gesät in dieser Gegend."

Tse, welch wohltätige Geste von ihm. Glaub ja nicht, dass ich es nötig hätte, weiterhin die Stallgassen bei dir zu fegen. Nein danke, nicht nachdem, was sich alles zugetragen hat. Erst diese Sache mit deiner Verlobten, dann auch noch die jüngsten Ereignisse. Mir reicht's erst einmal.

„Vielen Dank für Ihr Angebot, aber ich komm schon klar", lehne ich seinen Vorschlag ab.

Deprimiert senkt er den Kopf.

„Was ist mit Charly?", fragt er mit dumpfer Stimme. „Er braucht Sie doch – ebenso wie Clark?"

„Charlys Bein werde ich regelmäßig kontrollieren und Clark ist auch ohne mich ein zufriedener Hund. Und seien Sie ehrlich, für die Stallgassen werde ich nicht wirklich benötigt."

Mr. Barclay schnappt nach Luft, als hätte er eine Schlinge um den Hals.

„Aber *ich* brauche Sie!", sagt er hilflos.

Sein Bekenntnis überwältigt mich und mir fehlen die Worte. Wieso braucht er mich? Und wofür? Was ist mit seiner Verlobten? Wird sie denn für nichts gebraucht? Weshalb ist er dann mit ihr verlobt?

„Bitte denken Sie über alles nach, Miss Robertson."

„Also gut, ich werde es mir überlegen", sage ich nach einer Gedankenpause.

Mit einem erlösten Nicken nimmt er meine Antwort zur Kenntnis und verlässt wortlos die Wohnung.

Nachdem die Tür ins Schloss gefallen ist, lasse ich mich nachdenklich aufs Sofa fallen. Was soll das heißen, dass er mich braucht? Ich verstehe ihn nicht. Hätte er sich nicht etwas präziser ausdrücken können? Zum Beispiel, ich brauche Sie, damit Sie Clark weiterhin Gassi führen können, oder aber ich brauche Sie, um die klaffende Lücke an Personal für meine geplante Geburtstagsfeier schließen zu können. Wofür werde ich schon auf diesem Hof benötigt? Also schön, ich werde es mir in aller Ruhe überlegen. Der Entschluss würde mir allerdings erheblich leichter fallen, wüsste ich, zu welchem Zweck er mich braucht. Ich hätte ihn fragen sollen.

Charly in Gefahr

Jacob kann seine Freude kaum verbergen, als er mich am folgenden Tag fegend in der Stallgasse erblickt.

„Du bist wieder bei uns?", fragt er schmunzelnd.

„Kennst du jemanden, der besser fegen kann als ich? Ihr braucht mich doch", erwidere ich gut gelaunt.

„*Er* braucht dich", sagt Jacob überraschend und ahnt nicht, was er mit dieser Bemerkung in mir auslöst.

Was soll das nun heißen? Jetzt schlägt Jacob in die gleiche Kerbe. Und wer ist *Er*?

„Wie meinst du das?", frage ich irritiert.

„Seitdem du hier bist, ist Mr. Barclay wie verwandelt. Du hast einen guten Einfluss auf ihn."

So?

„Er ist ruhiger und gelassener geworden. Glaub mir, Jenny, bevor du hier aufgetaucht bist, herrschte ein völlig anderer Ton. Ich kenne die Barclays schon lange. Als es dir damals gelang, den Boss mit dieser haarsträubenden Aktion zu überreden, dir eine Anstellung zu geben, konnte ich es nicht fassen. Jeden anderen hätte er vom Hof gejagt, aber bei dir war er lammfromm. Deine Meinung ist ihm wichtig, immerzu sucht er das Gespräch mit dir. Ist dir das nicht selbst aufgefallen?"

„Nun ja, doch, irgendwie schon. Aber ich hätte diese Sache niemals so hoch bewertet. Ich konnte nicht ahnen, dass ich eine solche Veränderung bei ihm bewirkt habe."

„Du scheinst eben eine wahre Zauberin zu sein. Frauen haben ihn in den letzten Jahren sonst wenig interessiert. Allerdings fand sich auch kaum eine, die einen Rohling zum Mann haben wollte."

Ich, eine Zauberin? Da wären wir wieder bei meinem Problem.

Etwas lenkt meine Aufmerksamkeit nach draußen. Auf dem Hof scheint etwas vorzugehen, deshalb eile ich zum Ausgang und sehe hinaus. Mr. Barclay steht vor Veronica Stephens und weist sie lautstark zurecht.

„Ich will deine fadenscheinigen Ausreden nicht hören, Veronica! Was erlaubst du dir bloß, eine derartige Entscheidung alleine zu fällen, ohne zuvor meine ausdrückliche Zustimmung einzuholen! Das geht entschieden zu weit!"

Veronica steht mit hängenden Schultern vor ihm und rechtfertigt sich erfolglos. Doch Mr. Barclay lässt sie nicht zu Wort kommen. Fast tut sie mir leid, obwohl eine kleine Abreibung längst fällig war. Ihre Höhenflüge waren ja kaum noch zu stoppen. Trotzdem finde ich David Barclays Verhörmethode leicht überspannt. Ein Gespräch unter vier Augen wäre wahrlich diskreter. Außerdem wäre es fair, ihr das Recht auf Verteidigung zuzugestehen. Das scheint also seine berühmt berüchtigte cholerische Neigung zu sein, die sich neuerdings wieder öfter bei ihm einstellt. Oder wie soll ich diesen erneuten Tobsuchtsanfall bewerten? Neugierig nähere ich mich dem Ort des Geschehens.

„So ein verfluchter Mist! Ich will, dass du das rückgängig machst! Wie du das hinbekommst, ist mir egal! Haben wir uns verstanden?!"

Veronica nickt widerstandslos und zieht sich zurück.

„Ich … ich will mich ja nicht einmischen", beginne ich zögerlich, „aber vielleicht kann ich irgendwie helfen. Worum geht es denn?", erlaube ich mir zu fragen.

Gott, wie lebensmüde von mir, Mr. Barclay in einer derartigen Stimmung anzusprechen. Wahrscheinlich donnert er jetzt auf mich ein. Es geht mich auch gar nichts an, was er gerade mit Veronica – seiner künftigen Braut – lauthals zu „beschreien" hat. Prompt bereue ich meinen Vorstoß und will den gescheiten Rückzug antreten, als mich Mr. Barclay verstummt ansieht. Wahrscheinlich folgt nun mein unabwendbarer Untergang.

„Miss Robertson", bemerkt er kurz und verfällt sofort wieder in Schweigen.

Ja, ich weiß, so heiße ich. Ich hab dir eben eine Frage gestellt, aber darauf musst du natürlich nicht antworten. Wie gesagt, es geht mich nicht das Geringste an. Wissen würde ich es allerdings schon gerne. Frauen wollen immer alles genau wissen, vor allem, wenn es um die Verlobte geht, die es eigentlich nicht geben sollte.

„Na ja", setze ich erneut an, „nicht, dass ich gelauscht hätte, aber es war beim besten Willen nicht zu überhören, dass Sie etwas ziemlich erzürnt hat. Okay, ich weiß selbst, dass ich nicht das Recht habe, Sie zu fragen, worum es gerade ging. Aber ehrlich gesagt könnte das meine Entscheidung, hier weiterhin arbeiten zu wollen, flüchtig beeinflussen. Bis vor Kurzem dachte ich nämlich, es ginge auf dem Hof gerecht zu. Hätte ich beim Militär arbeiten wollen, wäre ich bestimmt nicht nach Irland gezogen."

Mr. Barclay atmet tief durch und lächelt mich befreit an.

„Schön, dass Sie wieder da sind. Ich muss dringend etwas mit Ihnen besprechen", sagt er unerwartet und fordert mich auf, ihm ins Haus zu folgen. Welch ungeahnte Wendung seiner Verfassung. Oder täusche ich mich?

Als wir sein Büro erreichen, trete ich ein und setze mich zaghaft auf den Stuhl, den er mir anbietet. Beunruhigt überlege ich, ob ich ihn wirklich bloß zu einem Gespräch oder zu meiner Hinrichtung begleitet habe. Ich hätte nicht wieder herkommen sollen. Wer weiß, was mich erwartet.

„Mr. Barclay, bitte poltern Sie nun nicht auch auf mich ein. Ich weiß, dass mich die Sache mit Veronica nichts angeht und ich hätte Sie nicht danach fragen dürfen."

David Barclay nimmt an seinem Schreibtisch Platz und schüttelt den Kopf.

„Um Gottes willen, Miss Robertson, was müssen Sie bloß von mir denken? Haben Sie wirklich den Eindruck, ich schreie regelmäßig mit meinen Mitarbeitern herum?"

Eigentlich – ja.

„Nicht direkt. Na ja …!", druckse ich herum. „Aber geht das denn nicht ein bisschen leiser? Und wieso vor allen Leuten? Ich gebe zu, ich kann Veronica nicht ausstehen, aber eine Unterredung in Ihrem Büro wäre ja wohl angebrachter gewesen. Es muss doch nicht der ganze Hof mitbekommen – was auch immer sie angestellt haben mag."

„Okay, Miss Robertson, Sie haben Recht", erwidert er matt.

Er reibt sich mit den Händen durchs Gesicht und sieht danach auf ein vor ihm liegendes Schriftstück.

Also schön, ich hab Recht. Das ist doch mal 'ne Aussage. Aber warum sagt er jetzt nichts mehr? Stumm sitze ich ihm gegenüber und warte darauf, dass er seinen Blick von diesem Dokument losreist, aber er scheint direkt hineingetaucht zu sein. Huhu, hier bin ich!

„Sie hat ihn verkauft", durchbricht er die Stille.

Ja, gut, kann ja mal passieren. Von wem spricht er eigentlich? Wer hat wen verkauft?

Aufmerksam schaue ich Mr. Barclay ins Gesicht und warte auf eine Ergänzung seiner eben getroffenen Aussage. Ein paar Details wären recht nützlich.

„Verstehen Sie nicht, Miss Robertson? Charly ist verkauft!"

Wie, Charly ist verkauft? Könnte er das vielleicht in einer anderen Sprache wiederholen? Oder verstehe ich nur Chinesisch.

„Was soll das heißen?", frage ich alarmiert. „Wer hat Charly an wen verkauft und weshalb?"

„Veronica hat ihn an einen Schlachthof verkauft. Er ist heute Morgen in aller Herrgottsfrühe abgeholt worden. Ich habe es eben erst erfahren."

Erschüttert springe ich von meinem Stuhl auf. Durch den enormen Schwung schleudert er mit voller Wucht gegen die Wand.

„Sie machen Witze!"

Veronica kann Charly schließlich nicht einfach verkaufen. Wie soll das gehen? Welche Berechtigung hätte sie dazu? Mr. Barclay ist Charlys rechtmäßiger Eigentümer, ebenso gehört ihm der gesamte Grund und Boden, auf dem wir uns befinden, also Rosefield, und all das, was sich darauf befindet. Das ist doch Unsinn! Er will mich auf den Arm nehmen.

Mr. Barclay hält mir das Schriftstück hin, auf das er bis eben abwesend gestarrt hat: Ein Kaufvertrag zwischen der Schlachterei und Mr. Barclay, unterzeichnet von Veronica in seinem Auftrag.

„Aber das kann man doch anfechten!", ereifere ich mich sofort. „Veronica hat kein Recht, in

Ihrem Namen Geschäfte zu machen. Das ist illegal. Sie hat sich damit strafbar gemacht!"

Mr. Barclay lächelt mich schwermütig an.

„Ich habe ihr vor ein paar Tagen bestimmte Vollmachten erteilt. Sie hat legitim gehandelt."

„Veronica hat die Befugnis, in Ihrem Namen Kaufverträge abzuschließen?"

Fassungslos gehe ich um den Schreibtisch herum und stelle mich neben Mr. Barclay, der sich zeitgleich aus seinem Stuhl erhebt.

„Wie können Sie einem Menschen wie Veronica solche Vollmachten erteilen?", frage ich verständnislos. „Ich hatte gedacht, Sie wären ein Mensch mit Weitblick und gutem Urteilsvermögen. Wissen Sie denn nicht, wie Veronica in Ihrer Abwesenheit mit den Mitarbeitern umspringt – was sie sich herausnimmt und wie sie sich aufspielt? Haben Sie überhaupt eine Ahnung von den Sorgen und Nöten der Leute, die Sie beschäftigen? Wann haben Sie das letzte Mal mit ihnen ein persönliches Wort gewechselt? Glauben Sie ernsthaft, Veronica wäre vertrauenswürdig? Jeder Ihrer Beschäftigten könnte Ihnen fragwürdige Geschichten über sie erzählen. Hätten Sie zu Ihren Mitarbeitern ein persönliches Verhältnis, wüssten Sie das längst und diese Sache mit Charly wäre niemals passiert!"

Wütend blitze ich ihn an und hätte nicht übel Lust, auf ihn einzuprügeln. Wie kann man bloß so blind sein?

„Sind Sie jetzt fertig?", fragt er grimmig.

Vorerst. Aber mir fällt bestimmt noch was ein.

Schonungslos ergreift er mich an den Oberarmen und zieht mich zu sich heran.

„So, nun hören Sie mir mal genau zu. Offensichtlich haben Sie partout keine Vorstellung davon, was es heißt, einen Betrieb wie diesen zu führen. Wüssten Sie es, wären Sie in Ihren Anmaßungen mir gegenüber zurückhaltender. Ich kann mich nicht um jede Kleinigkeit persönlich kümmern. Das muss Ihnen doch klar sein!"

„Ist Charly etwa eine Kleinigkeit?"

„Nein, verflixt noch mal! Das habe ich gar nicht behauptet. Ich will nur nicht, dass Sie mich als herzlosen Unmenschen darstellen, bloß weil mir die Zeit fehlt, mich mit jedem einzeln auseinanderzusetzen. Es gab gewisse Umstände, die mich dazu gezwungen haben, Veronica ein paar Vollmachten zu erteilen."

Ja, verstehe, immerhin ist sie deine Verlobte. Da ist es quasi selbstverständlich, ihr sämtliche Rechte einzuräumen. Warum überträgst du ihr nicht gleich den gesamten Besitz? Damit wirst du ihr sicher sehr entgegenkommen.

„Verraten Sie mir bitte mal, Miss Robertson, mit welchem Recht Sie so hart über mich urteilen. Finden Sie nicht auch, dass Sie beim besten Willen nicht einschätzen können, was ich für ein Mensch bin? Sie wissen doch kaum etwas von mir. Sie sollten sich Ihre Informationen über mich mal aus erster Quelle besorgen. Ich stehe Ihnen dafür gern zur Verfügung. Was Sie auch über mich gehört haben sollten, Miss Robertson, darf Ihre Meinung über mich nicht beeinflussen. Sie kennen lediglich eine Seite der Medaille. Ich bin nicht der Tyrann, für den Sie mich halten. Auch behandle ich meine Mitarbeiter nicht schlecht. Womöglich bin ich manchmal gereizt, weil mir dann und wann die Arbeit über den Kopf wächst, aber ich interessiere mich durchaus für das Wohl der Leute, die für mich arbeiten – und genauso auch für Ihres."

Er setzt sich auf die Lehne seines Bürostuhls und schaut mich abwartend an. Wahrscheinlich glaubt er, dass ich Einwände habe. Doch ich bin beeindruckt von seinem Monolog, deshalb beabsichtige ich nicht, ihn in seinem Redefluss zu stoppen.

„Dass Veronica Charly hinter meinem Rücken verkauft hat, ist für mich ein ebenso großer Schock wie für Sie. Und ich denke darüber nach, ihr diese Vollmachten wieder zu entziehen. Es wäre schön, wenn Sie etwas mehr Vertrauen in meine Entscheidungen hätten."

Nicht, dass ich wahrhaftig überzeugt wäre, aber ich muss gestehen, gelegentlich unterschätze ich ihn und seine Entscheidungen. Von Jacob weiß ich, dass ihm seine Verantwortung bisweilen zu viel wird. Er braucht einen Vertrauten an seiner Seite, jemanden, auf den er sich voll und ganz verlassen kann. Ich sehe ein, dass er sich unmöglich um alles alleine kümmern kann. Doch Veronica als rechte Hand (geschweige denn als Braut) zu erwählen, erscheint mir ziemlich leichtfertig.

„Vielleicht haben Sie Recht und ich kann nicht abschätzen, was es heißt, diesen Betrieb zu führen. Und möglicherweise beurteile ich Sie falsch. Aber ich bin wahrhaft erstaunt darüber, in welch rasanter Geschwindigkeit mir die Kündigung ausgesprochen wurde und mit wie viel Rücksichtnahme Veronica gegenüber verfahren wird. Mag ja sein, dass sie in Ihrer Rangordnung einen höheren Platz einnimmt als ich, trotzdem sollten Sie Ihre Scheuklappen abnehmen. Dann würde Ihnen nämlich auffallen, dass Veronica mit gezinkten Karten spielt. Aber vermutlich wollen Sie das nicht sehen und lieber widerstandslos in Ihr Unglück laufen."

Plötzlich wird die Tür von außen aufgestoßen und ich erstarre, als ich Veronica auf der Türschwelle sehe.

„David, wir sollten mal in aller Ruhe reden. Allein!"

Was für eine überflüssige Bemerkung. Charly ist auf dem Weg zu seinem Henker und diese Doofnuss will reden.

„Ich hatte nicht die Absicht zu stören, ich sehe du bist in einer Besprechung."

Ja, richtig – und die Besprechung bin ich! Also musst du leider warten, auch wenn du die Verlobte bist. Besprechungen haben Vorrang.

„Nein, nein, komm ruhig rein. Wir waren gerade fertig. Nicht wahr, Miss Robertson?", fragt er mich und sieht mich auffordernd an, den Raum zu verlassen. Empört sehe ich zwischen den beiden hin und her und versuche, meiner sich auftürmenden Wut Herr zu werden. Schlagartig scheint für ihn alles vergessen: Charly, unser Gespräch und ich. Das finde ich ungeheuerlich.

„Oh nein, wir sind ganz und gar nicht fertig", vergreife ich mich im Ton. Veronica kann ruhig mitbekommen, was ich noch zu sagen habe. „Bevor ich gehe, sollten Sie wissen, dass ich beabsichtige, Charly zurückzuholen. Oder glauben Sie im Ernst, Veronica würde auch nur einen Finger für ihn rühren?"

Herausfordernd blitze ich sie an, doch meine Kontrahentin verzieht keine Miene. Trotzdem könnte ich einen Hauch von einem Lächeln in ihrem Gesicht vermuten.

„Mir gehen Ihre Entscheidungen jedenfalls nicht weit genug", fahre ich fort. „Vertrauen habe ich lediglich in meine eigenen. Und mein Urteilsvermögen ist gewiss nicht getrübt. Vielleicht sollten Sie Ihr eigenes mal einem Check unterziehen. Das kann nämlich leicht aus dem Ruder geraten, wenn die Hormone verrücktspielen. Aber das brauche ich Ihnen ja nicht zu erklären, nicht wahr, Mr. Barclay?"

So, das muss vorerst reichen, um meinem Unmut Luft zu machen. Hastig greife ich nach dem Schreiben, auf dem Charlys Verkauf dokumentiert ist, und kehre Mr. Barclay den Rücken zu. Ich bin dann weg! Wie ein Krieger ohne Kriegsbemalung marschiere ich aus dem Raum und verlasse das Haus auf direktem Weg zu meinem Wagen. Doch prompt fällt mir ein, dass ich mit meiner Rostmühle keinen Pferdetransporter ziehen kann. Nachdenklich stehe ich auf dem Parkplatz und suche verzweifelt nach einer Lösung, als ich unerwartet am Arm gepackt werde.

„Was erlauben Sie sich eigentlich, Miss Robertson?", fragt David Barclay, der mir zum Wagen gefolgt ist, merklich beherrscht. Sein Ton ist diesmal – gemessen an seiner Wut – erstaunlich milde.

„Ich weiß ja nicht, was Ihnen derzeit wichtiger ist, Mr. Barclay. Mir liegt das Schicksal von Charly jedenfalls am Herzen. Daher setze ich Prioritäten. Sie scheinen Veronica den Vorrang vor allem zu geben. Das ist auch Ihr gutes Recht. Ich mische mich bestimmt nicht in Ihr Privatleben ein, auch wenn mir da einiges unverständlich erscheint. Aber finden Sie es richtig, unser Gespräch für beendet zu erklären, nur weil Ihre … Ihre … weil unverhofft jemand außerplanmäßig auf der Bildfläche erscheint?"

Schmunzelnd hält mir Mr. Barclay einen Autoschlüssel hin.

„Hier, nehmen Sie meinen Wagen. Und über alles andere unterhalten wir uns später."

Ich glaube nicht, dass ich darauf gesteigerten Wert lege.

„Danke", sage ich flüchtig und nehme den Schlüssel entgegen. Ich bin heilfroh über das Angebot, seinen Wagen fahren zu dürfen.

„Meine Prioritäten sind übrigens dieselben wie Ihre, Miss Robertson. Ich sagte ja bereits, dass ich Ihnen jederzeit zur Verfügung stehe, für den Fall, dass Sie Ihre mangelhaften Kenntnisse über mich ergänzen wollen."

„Vielen Dank für Ihr Angebot, aber das wird nicht nötig sein. Wie ich kürzlich angemerkt habe, geht Ihr Privatleben nur Sie etwas an. Es besteht für Sie keine Veranlassung, mich darüber aufzuklären."

So, diese Schlacht ist geschlagen. Zumindest hatte ich mal wieder das letzte Wort.

Ein (un-)moralisches Jobangebot

Die Sonne versinkt hinterm Horizont, als ich zufrieden heimwärts fahre. Es war nicht leicht, den Besitzer des Schlachthofes davon zu überzeugen, dass Charly keine gute Wurst abgeben würde. Etwa eine Stunde habe ich auf ihn eingeredet und ihn gebeten, mir Charly zurückzugeben. Die erste halbe Stunde war er gänzlich unnachgiebig. Als ihm jedoch klar wurde, dass ich nicht vorhatte aufzugeben und notfalls seinen gesamten Betrieb lahmgelegt hätte, entschied er sich, kompromissbereiter zu werden. Die nächste halbe Stunde haben wir dann über den Preis verhandelt. Aber auch hier ließ ich nicht locker. Ich rückte nicht von meinem Angebot ab, ihm lediglich den Kaufpreis zurückzuerstatten – und die entstandenen Kosten. Irgendwann hatte er die Nase voll. Mir hätte es nichts ausgemacht, noch das kommende Wochenende mit ihm zu debattieren. In solchen Situationen bin ich zu Höchstleistungen fähig und kann unschlagbar ausdauernd sein. Das muss er dann auch erkannt haben, denn schließlich resignierte er und schwenkte die weiße Fahne.

Als ich Rosefield erreiche, ist es bereits dunkel. Die meisten haben ihren Feierabend längst angetreten, nur Jacob ist noch da und hilft mir dabei, Charly vom Hänger zu holen.

„Hast du etwa auf mich gewartet?", erkundige ich mich bei ihm verwundert, als wir uns vor Charlys Box gegenüberstehen.

„Es gibt Neuigkeiten, Jenny. Ich wollte dich informieren, bevor Mr. Barclay es tut."

Leider erhält Jacob keine Gelegenheit mehr dazu, denn die Stalltür wird geöffnet und David Barclay tritt in den Stall, begleitet von Veronica.

„Sie haben es tatsächlich geschafft, Miss Robertson", bemerkt er froh gestimmt.

„Ja, sicher! Haben Sie daran gezweifelt?", frage ich kratzbürstig.

Die Tatsache, dass er mit Veronica auf der Bildfläche erscheint, ärgert mich. Weshalb ist sie immer noch hier?

„Nein, ich habe keine Sekunde an Ihrem Erfolg gezweifelt. Ich weiß, dass Ihnen fast alles gelingt, was Sie anpacken", schmiert er mir Honig um den Bart. „Das ist auch der Grund, weshalb ich Sie noch zu sprechen wünsche. Ich möchte, dass Sie zukünftig mit Mrs. Stephens zusammenarbeiten."

Herausfordernd sieht er mich an und wartet auf eine Reaktion von mir. Doch ich lasse mir meine Verblüffung nicht anmerken. Obwohl ich nicht kapiere, wie er sich das vorstellt. Veronica und ich? Einer von uns wird sterben, soviel ist klar. Und da ich nicht vorhabe, schon ins Gras zu beißen, kann sie ihr Testament zuvor ausarbeiten.

„Na schön", gebe ich gereizt, aber verhalten von mir. „Dann ist ja alles geklärt."

„Aber nein, durchaus nicht", widerspricht Mr. Barclay sogleich. „Sie haben mich nicht richtig verstanden. Ich möchte, dass Sie beide von nun an Hand in Hand arbeiten. Mrs. Stephens wird für die Pferde verantwortlich sein und Sie, Miss Robertson, werden mir, neben der Stallgassenpflege, in personellen Fragen zur Seite stehen und Ansprechpartner für alle Sorgen und Nöte der Mitarbeiter sein. Ich denke, dass Ihnen das Kommunikative sehr liegt. Die Leute vertrauen Ihnen und Sie haben ein Gespür für ihre Bedürfnisse. Ich erwarte von Ihnen, mich in regelmäßigen Abständen über das vorherrschende Klima in der Belegschaft aufzuklären. Mrs. Stephens wird weiterhin über die Belange der Pferde zu entscheiden haben und behält von mir in diesem Bereich alle Kompetenzen."

Aber wieso? Das kann doch unmöglich sein freier Wille sein. Wie viele Pferde soll sie denn noch hinter seinem Rücken an einen Schlachthof verkaufen? Die Kompetenz über Charly erhält sie jedenfalls nicht!

„Sie werden sich beide in Zukunft über die Schulter schauen und Organisatorisches miteinander absprechen. Keine fällt ohne die andere eine Entscheidung. In Zweifelsfällen kommen Sie zu mir."

Das ist eine Beförderung mit bitterem Nachgeschmack. Da bleibe ich lieber bei meinem Besen. Veronica und ich in einem Boot. Das ist buchstäblich zum Sinken verdammt.

Was hat er sich bloß bei dieser Entscheidung gedacht?

„Mr. Barclay, ich danke Ihnen für Ihr Angebot, aber ich kann es nicht annehmen. Sie sollten diese Aufgabe jemand anderem zuteilen. Das wäre das Beste für alle."

Veronica grinst herablassend. Was fällt ihr ein?

„Bitte denken Sie in aller Ruhe darüber nach, Miss Robertson. Morgen erhalten Sie von mir einen Vertragsentwurf. Ich gehe davon aus, dass mein finanzieller Vorschlag Ihren Vorstellungen entsprechen wird."

Entgeistert blicke ich ihn an. Woher will er wissen, was ich für finanzielle Vorstellungen habe? Geld ist für mich nicht weiter wichtig. Ich benötige es, um meine Wohnung und die Ausbildung zu finanzieren. Da mir aber ohnehin wenig Zeit bleibt, mein Geld unter die Leute zu bringen, ist es auch nicht zwingend notwendig, mein Gehalt aufzustocken. Wie schätzt er mich ein?

Ich beschließe, seine letzte Anmerkung mit einem Nicken zu besiegeln. Mir ist nicht sonderlich danach, das Gespräch im Beisein seiner Verlobten fortzusetzen. Außerdem erscheint es mir in der Tat vernünftig, eine Nacht darüber zu schlafen. Keinesfalls kann ich es zulassen, dass seine Flamme das Zepter allein und unkontrolliert schwingt. Möglicherweise ist das der Grund, warum er mich auf diesem Posten sehen möchte. Anscheinend traut er ihr genauso wenig wie ich. Nur warum will er sie dann heiraten? Es wäre ratsam, ein Auge auf sie zu werfen.

Als Mr. Barclay und Veronica den Stall verlassen, sehe ich ihnen zerstreut nach. Hat Veronica Mr. Barclay nun an der Angel oder er sie? Was läuft da für ein irreführendes Spiel?

„Ist dir auch aufgefallen, dass Veronica einen kalten Gesichtsausdruck hat?", fragt mich Jacob besorgt und unterbricht mich beim Denken.

„Ich traue ihr nicht über den Weg. Sie hat ein Pokerface, aber nichts auf der Hand. Trotzdem will sie alles. So war sie schon immer. Sie wird Mr. Barclay um seinen Besitz bringen, wenn er nicht aufpasst. Von seiner Mutter weiß ich, dass sie seine Verlobte sein soll."

Jacob klopft sich etwas Staub von der Kleidung und lacht.

„Aber Jenny, das glaubst du doch nicht wirklich. David Barclay ist seit Jahren mit keiner Frau gesehen worden, und nun soll er auf einmal verlobt sein? Sie ist nicht mal sein Typ. Ich bin vielleicht schon ein wenig senil, aber ich habe Augen im Kopf und bin bei klarem Verstand. Die einzige Frau, die ihm in jüngster Vergangenheit Kopfzerbrechen bereitet, bist du."

Verlegen schaue ich zu Boden.

„Du musst dich irren. Mrs. Stephens scheint seine volle Aufmerksamkeit zu erhalten. Sobald sie in Erscheinung tritt, vergisst er alles um sich herum. Ich möchte wissen, wie ihr das gelungen ist."

„Du könntest es herausfinden, indem du Mr. Barclays Angebot annimmst und mit ihr zusammenarbeitest. Denn falls ihr nicht einer über die Schulter schaut, hat sie weiterhin freie Hand. Sie wird sich zunehmend in alles einmischen. Dies könnte jedem von uns den Kopf kosten. George hat sie vor ein paar Tagen mit einer Kündigung gedroht. Sie leidet an Selbstüberschätzung und fühlt sich womöglich schon mit Mr. Barclay verheiratet. Daher glaubt sie wohl, sie kann sich alles erlauben", erklärt Jacob und wirft mir einen beschwörenden Blick zu. Mein Schicksal scheint besiegelt.

„Also gut, ich werde es machen. Wollen wir mal sehen, wer den längeren Atem hat!"

Das seltsame Schriftstück

Mr. Barclay reicht mir gut gelaunt meinen neuen Vertrag zu, als wir uns am folgenden Morgen an seinem Schreibtisch gegenübersitzen.

„Ich freue mich, Miss Robertson, dass Sie sich entschlossen haben, mein Angebot anzunehmen. Sie werden sicher prima mit Mrs. Stephens zusammenarbeiten und sich hervorragend ergänzen."

Ja, zweifellos werden wir uns die Augen auskratzen, aber das ist doch unerheblich. Was will man mit Augen?

„Darf ich Sie etwas Persönliches fragen, Mr. Barclay? Sie sagten ja, ich könne Sie jederzeit ansprechen, falls ich etwas über Sie wissen möchte."

Erstaunt legt er seinen Kugelschreiber beiseite und lehnt sich bequem zurück.

„Sicher doch. Was wollen Sie denn wissen?", erkundigt er sich interessiert und sieht mich abwartend an.

Nervös zupfe ich an meinem Pullover herum und überlege angestrengt, wie ich meine Frage formulieren kann, ohne ihn auf falsche Gedanken zu bringen. Doch mir fällt keine unverfängliche Formulierung ein.

„Nun trauen Sie sich ruhig. Ich werde Sie nicht beißen", fordert Mr. Barclay mich auf. „Seit wann sind Sie so verkrampft? Das ist doch gar nicht Ihre Art."

„Ich bin nicht verkrampft!", widerspreche ich empört. „Allerdings möchte ich nicht, dass Sie denken, ich … na ja … ich sei eifersüchtig, aber …"

„Aber das ist ein amüsanter Gedanke", unterbricht er mich belustigt.

Peinlich berührt wechsle ich meinen Blick zu meinem Pullover, den ich beinahe an der Naht zerpflückt habe. Ein Faden streckt sich mir entgegen und lädt mich ein, an ihm zu ziehen. Mühevoll widerstehe ich der Versuchung.

„Ich würde gern wissen, ob Sie und Mrs. Stephens …?", beginne ich meine Frage und lasse sie unvollendet im Raum stehen.

„Das nenne ich in der Tat eine direkte Frage", bemerkt er nachdenklich. „Weshalb wollen Sie das wissen?"

Wieso muss er jetzt eine Gegenfrage stellen? Ich hab zuerst gefragt.

„Weil ich Bedenken habe. Verstehen Sie mich nicht falsch, Mr. Barclay, aber Sie sollten Veronica nicht weiterhin mit Vollmachten betrauen, die sie bereits missbraucht hat. So etwas muss wohl überlegt sein."

Mr. Barclay erhebt sich von seinem Platz und geht um den Schreibtisch herum.

„Glauben Sie mir, Miss Robertson, ich habe mir alles sehr genau überlegt. Machen Sie sich mal keine Sorgen. Und was Mrs. Stephens angeht, ist unsere Unterredung hiermit beendet. Ich erwarte von Ihnen, dass Sie sich um eine gute Zusammenarbeit bemühen."

„Falls das Ihre Antwort auf meine Frage war, weiß ich ja nun, wie viel Ihnen daran gelegen ist, mich über Ihre Person aufzuklären."

„Sie sagen es selbst", kommentiert er meine Anmerkung. „Ich bin gern bereit, Sie über *mich* aufzuklären. Dazu zählt jedoch nicht der Menschenkreis, der mich umgibt."

Ja, mach nur ein Geheimnis aus dieser Verbindung. Das bestätigt mich bloß in meiner Annahme, dass da etwas faul ist. Ich werde es herausfinden, darauf kannst du dich verlassen!

„Vielen Dank für Ihre Offenheit, Mr. Barclay. Ich werde Sie bestimmt nicht mehr in Anspruch nehmen", bemerke ich zynisch und verlasse gekränkt das Büro.

Gedanken versunken gehe ich über den Hof und laufe Veronica in die Arme.

„Ach, da bist du ja. Ich habe dich überall gesucht."

Mir wäre es lieber gewesen, wenn sie mich nicht gefunden hätte, aber nun bin ich ihr ausgeliefert. Ich muss mit ihr reden, ob ich will oder nicht.

„Wo ist dein Problem, Veronica?", frage ich gleichgültig.

„Du weißt genau, dass ich von nun an jedes Fitzelchen mit dir absprechen muss. Also wäre es schön, du würdest auch zu meiner Verfügung stehen und dich nicht ständig herumtreiben."

„Ja, das passt dir nicht, dass ich dir auf die Finger schauen werde. Ich werde dein Schatten sein und lauere hinter jeder Ecke. Falls du irgendwelche Intrigen aushecken solltest, sei schön vorsichtig, denn ich könnte dich dabei beobachten."

„Ich möchte gleich im Vorfelde etwas klarstellen, Jennifer: Unterschätze mich nicht! Solltest du mir Steine in den Weg legen, weiß ich Mittel und Wege, dich kaltzustellen. Ich hoffe, das war deutlich genug."

Die ist ja größenwahnsinnig! Hab ich mich also nicht getäuscht. Sie ist brandgefährlich!

„Du wirst einen Fehler machen, Veronica. Darauf kann man sich bei dir verlassen. Ich kann mich dunkel daran erinnern, als dir Dr. Brown vom Haken gehopst ist: Du glaubtest deine Schäfchen schon im Trocknen, doch dann hast du dir selbst ein Bein gestellt."

Ihr überhebliches Lachen schallt über den gesamten Hof.

„Du überbewertest da einiges. Dr. Brown war bloß ein Sprungbrett. Kurz nachdem du die Klinik verlassen hattest, wurde ich die Frau des Klinikleiters."

„Du hast Dr. McCoy geheiratet?" (So nannten wir ihn immer, weil er eine verblüffende Ähnlichkeit mit seinem Film-Pendant hatte. Sein eigentlicher Name war Dr. Floyd.) „Der war doch mindestens vierzig Jahre älter als du! Du schreckst wohl vor nichts zurück."

„Zum Glück dankte er ein paar Jahre später ab. Er war entsetzlich!"

Sie hat ihn nur geheiratet, um an sein Vermögen zu kommen! Diese Schlange!

„Und jetzt glaubst du, dich an Mr. Barclay ranmachen zu können? Er wird dein falsches Spiel durchschauen, das garantiere ich dir!"

„Ich gebe dir einen guten Rat, liebe Jennifer. Halte dich da raus! Sollte ich merken, dass du in meinen Angelegenheiten herumschnüffelst, wird es böse für dich enden. Da verstehe ich keinen Spaß. Haben wir uns verstanden?"

Die ist komplett irre!

„Falls du einen Krieg heraufbeschwören willst, versichere ich dir, dass mir das keine schlaflosen Nächte bereiten wird", entgegne ich kämpferisch.

„Das sollte es aber, meine Liebe."

Sie versenkt ihre Hände in den Hosentaschen und geht. Verdutzt schaue ich ihr nach. War das jetzt 'ne Morddrohung?

Während meiner Mittagspause beschließe ich, Charlys Box aufzusuchen, und stelle verwundert fest, dass sie leer ist. Beunruhigt laufe ich aus dem Stall und sehe zur Weide hinüber. Tatsächlich kann ich ihn unter den anderen Pferden ausmachen. Verdammt noch mal, welcher Trottel hat das veranlasst? Charly darf sein Bein weiterhin nicht belasten. Das ist hier jedem bekannt. Ich laufe zu Jacob und frage ihn, ob er etwas weiß.

„Da musst du mit Mrs. Stephens reden. Sie hat das entschieden. Keine Ahnung, was sie sich dabei gedacht hat."

Ohne ein weiteres Wort stampfe ich wutschnaubend aus dem Stall und suche sie auf dem gesamten Hofgelände. Leider werde ich nirgends fündig.

„George!", rufe ich in das zweite Stallgebäude und sehe ihn mit anderen Kollegen zusammenstehen. „Wo ist die Giftnatter?"

„Wenn du Mrs. Stephens meinst, die findest du bei Mr. Barclay im Büro."

Ich lasse die Stalltür wieder zufallen und eile ins Haus. Kaum bin ich durch die Eingangstür geschritten, höre ich ihr überhebliches Lachen durch alle Räume hallen. Na bitte, immer der Geräuschkulisse nach. Als ich das Büro erreicht habe, sehe ich die beiden umarmt nebeneinander stehen und gemeinsam ein Dokument überfliegen. Ich strecke meinen Kopf in der Hoffnung, den Text oder wenigstens die Überschrift erkennen zu können. Leider vergebens. Der Anblick des Paares lässt meine Wut verpuffen. Stattdessen spüre ich Schwermut in mir. Wenn Mr. Barclay sich in Veronica verliebt hat, ist das doch legitim. Es ist sein Leben und er kann tun und lassen, was er will. Warum rege ich mich auf? Selbst wenn sie es lediglich auf seinen Besitz abgesehen haben sollte, ist es nicht meine Aufgabe, ihn davor zu bewahren. Er ist alt genug und kann selbst erkennen, was gut oder schlecht für ihn ist. Ich bin schließlich nicht seine Mutter, die ihn im Übrigen kaum noch zu interessieren scheint. Er hat sie – soweit ich das beurteilen kann – überhaupt nicht mehr besucht. Wäre meine Tante in der Klinik, würde ich jeden Tag dort sein.

Leise schleiche ich mich wieder davon und gehe bedrückt zur Weide. Charly steht hölzern und unbeweglich auf einer Stelle und ahnt wohl, dass ihm der unebene Untergrund nicht gut tut. Er spitzt erfreut seine Ohren, als er mich sieht und lässt sich humpelnd von mir in den Stall zurückführen. Clark tapst zu uns an die Box und wedelt mit dem Schwanz.

„Dein Herrchen scheint sein Glück gefunden zu haben", sage ich niedergeschlagen und streichle Clark übers weiche Fell, bevor ich mit ihm zusammen den Stall verlasse. George winkt mich aus einer stillen Ecke zu sich heran. Ich gehe zu ihm, während Clark sich zufrieden vor seine Hundehütte legt.

„Was gibt's denn? Weshalb winkst du mich zu dieser einsamen Stelle?", will ich von George wissen.

„Weil ich nicht möchte, dass uns jemand belauscht."

Neugierig warte ich darauf, dass mir George sein geheimnisvolles Verhalten erklärt.

„Ich habe gestern Abend mit dem Tierarzt gesprochen", beginnt er zu erzählen. „Stell dir vor, er kannte Mrs. Stephens längst, bevor sie hier aufgetaucht ist. Die beiden waren vor zwei Jahren ein Paar."

„Wie kommst du denn auf diesen Blödsinn?"

„Aber er hat es mir selbst mitgeteilt! Er hatte sie bald verdächtigt, es nur auf sein Geld abgesehen zu haben. Doch Gewissheit erhielt er erst, als sie sich von ihm trennte, weil er sie nicht heiraten wollte."

Erstaunlich! Also liege ich mit meinen Verdächtigungen vermutlich nicht so falsch. Veronica sucht sich gezielt ihre Opfer aus. Und die letzten zwei Jahre spinnt sie ihr Netz bei den Barclays. Ob sie es bei dem alten Mr. Barclay auch versucht hatte? Und jetzt, nachdem er letztes Jahr bei einem Reitunfall ums Leben gekommen ist, wurde sein Sohn zu ihrem neuen Ziel. Oder spinne ich mir was zusammen?

„Aber solange wir ihr nichts nachweisen können, ist es sinnlos, Mr. Barclay darüber zu informieren", gebe ich zu bedenken. „Er hat neuerdings Augenprobleme – ist blind wie ein Maulwurf. Sobald sie in seiner Nähe ist, geht nichts mehr. Bloß noch ein Notaggregat. Ich hoffe, dass wir ihre Pläne rechtzeitig vereiteln werden."

Als ich meinen Satz zu Ende gesprochen habe, beobachten George und ich aus unserem Versteck heraus, wie Veronica aus dem Haus läuft und über den Hof in unsere Richtung hastet. Sie nähert sich Clarks Hundehütte. Er wird unruhig und bellt.

„Halt die Klappe, du blödes Vieh!", fährt sie ihn an und versetzt ihm einen harten Tritt gegen den Kopf. Clark heult laut auf und zieht sich augenblicklich in seine Hütte zurück.

„Hast du das gesehen, Jenny? Die ist ja gemeingefährlich! Wenn sie mit allen Tieren so umspringt, dann gute Nacht."

Ich kann meine Wut kaum zügeln, als ich Zeuge dieses Geschehens werde. Was für ein unberechenbares Verhalten! Sie öffnet eine der Stalltüren und verschwindet im Gebäude. Sofort laufe ich zu Clark, der sich verstört in der hintersten Ecke seines Häuschens versteckt. George folgt mir. Wir reden auf Clark ein und versuchen, ihn aus seinem Versteck zu locken. Doch ängstlich rührt er sich nicht von der Stelle.

„Jetzt reicht es mir! Ich werde Mr. Barclay zur Rede stellen. Sie kann sich schließlich nicht alles erlauben!"

Zornig gehe ich zurück ins Haus, um Mr. Barclay in seinem Büro aufzusuchen. Doch als ich sein Zimmer erreiche, finde ich es leer vor. Mist! Und nun? Gerade will ich umkehren, als ich auf seinem Tisch das Schriftstück wiedererkenne, das er eben mit Veronica studierte. Ob ich mal …? Vorsichtig nähere ich mich seinem Schreibtisch und werfe aus sicherer Entfernung einen forschenden Blick auf das Blatt. Es wäre bei diesem Forscherblick geblieben, hätte mich die Überschrift nicht schlagartig umgehauen. Ein Schenkungsvertrag. Mein Gott! Das muss ich mir näher ansehen. Schnurstracks gehe ich zum Tisch und ergreife entsetzt das Corpus Delicti. Ich kann nicht fassen, was ich da lese. Mr. Barclay beabsichtigt, dieser Hochstaplerin Rosefield nach einer Hochzeit zu überlassen. Aber das kann er unmöglich in zurechnungsfähigem Zustand unterschrieben haben. Ich verstehe Mr. Barclay nicht mehr. Wo hat er seinen Verstand gelassen? Der ist doch nicht etwa in die Hose abgerutscht. Meine Hand klebt vor Fassungslosigkeit auf meinem Mund und meine Augen ruhen ununterbrochen auf diesem Schreiben. Meine Betroffenheit lässt mich alles um mich herum vergessen. Fast bin ich mit dem Schriftstück verschmolzen, als überraschend Mr. Barclay mit einem unbekannten Herrn den Raum betritt. Vor Schreck erstarre ich zur Büste und lasse das Papier aus den Fingern gleiten, sodass es sanft auf die Schreibtischplatte zurückschwebt. Unschuldig sehe ich Mr. Barclay ins Gesicht und hoffe, er hätte gerade Tomaten auf den Augen gehabt, wovon allerdings nicht auszugehen ist. Er bittet seinen Besuch ins Zimmer und stellt mich ihm vor.

„Mr. Jones, darf ich Ihnen Miss Robertson vorstellen? Sie leitet zurzeit mit Mrs. Stephens zusammen kommissarisch einen Großteil des Gehöftes."

Wie bitte, kommissarisch? Davon war nie die Rede!

Ich reiche Mr. Jones, dessen Schnurbart ihm links und rechts bis zum Kinn reicht, die Hand zur

Begrüßung und will gerade etwas sagen, als Mr. Barclay sofort dazwischengeht.

„Ich glaube, Miss Robertson wollte eben gehen. Daher wollen wir sie nicht länger aufhalten, nicht wahr, Miss Robertson?"

Er sieht mich mahnend an, den Raum zu verlassen. Ohne eine weitere Aufforderung erkläre ich mich bereit zu gehen. Was auch immer dies alles zu bedeuten hat, ich verstehe es nicht mal annähernd. Jetzt hoffe ich, dass Mr. Barclay einen Knick in der Optik und mich nicht zusammen mit dem Schreiben in der Hand wahrgenommen hat. Immerhin scheint er liebeskrank zu sein und seinen gesamten Verstand zu verschleudern. Da gäbe es eine geringfügige Chance, dass ich von diesem Umstand profitiere.

Ich habe neben Charlys Box eine Decke für Clark ausgebreitet und streichle liebevoll über sein Fell. Er ist mit einem Schrecken davongekommen, aber dieser gemeine Tritt hätte zu weitaus Schlimmerem führen können. Jacob habe ich den Auftrag erteilt, regelmäßig nach Clark zu sehen und ihn vor Veronicas Launen zu schützen. Ich werde sie mir persönlich vorknöpfen, da Mr. Barclay ohne sein Gehirn gewiss nicht in der Lage sein wird, ein ernstes Wort mit ihr zu reden.

Die Tür wird forsch aufgerissen und ein Windzug weht über Clark und mich hinweg. Mr. Barclay steht am Eingang und wirkt auffallend übel gelaunt.

„Miss Robertson, ich würde Sie gern einen Augenblick sprechen!", bemerkt er knapp und kehrt mir wieder den Rücken zu, um den Stall zu verlassen.

„Aber das können Sie doch auch hier mit mir besprechen", sage ich vorschnell.

Widerwillig dreht er sich um und schnauft wie ein Stier in der Arena.

„In meinem Büro!", befiehlt er und marschiert davon.

Die Hoffnung, dass seine Augen mit Tomaten zugestopft waren, als er mich in seinem Büro überraschte, schwindet. Ich klopfe Clark zum Abschied den Rücken und folge Mr. Barclay, der bereits im Haus verschwunden ist. Langsam wird es zur Gewohnheit, dass ich mich maßregeln lassen muss. Dummerweise verschulde ich meine missliche Lage fortwährend selbst. Was lass ich mich beim Spionieren auch erwischen? Das geht schließlich auch unauffällig. Jeder könnte das – nur ich nicht! Ich kann weder lügen noch spionieren. Wie jämmerlich!

Endlich habe ich sein Zimmer erreicht und erwarte meine vertraute Strafpredigt, als ich die Schwelle übertrete. Mr. Barclay steht mit dem Rücken zu mir und sieht aus dem Fenster.

„Weshalb schnüffeln Sie in meinen Angelegenheiten, Miss Robertson?", fragt er mich erstaunlich gemäßigt.

„Das tue ich nicht!", widerspreche ich erbittert. „Ich bin lediglich in Ihr Büro gekommen, weil ich mit Ihnen über Mrs. Stephens sprechen wollte. Leider habe ich Sie hier nicht angetroffen und …"

„… Und da haben Sie sich gedacht, Sie könnten mal einen unverfänglichen Blick auf etwas werfen, was Sie partout nichts angeht!", vervollständigt er meinen Satz mit seinen Worten im inzwischen weniger gemäßigten Ton.

„Also gut!", lenke ich ein. „Mir ist bewusst, dass mich Ihr Tun und Handeln nicht das Geringste angeht, trotzdem maße ich mir an zu behaupten, dass Sie offenbar Ihren Verstand verloren haben müssen. Denn anders kann ich mir Ihre Vorgehensweise in Sachen Mrs. Stephens nicht erklären. Sie können unmöglich wollen, dass Ihr gesamter Besitz in ihre Hände gerät."

Mr. Barclay löst sich von der Fensterbank, auf die er sich bis eben stützte, und dreht sich herum.

„Sie haben Recht, Miss Robertson. Es geht Sie nicht das Geringste an. Haben wir uns verstanden?"

Betreten stehe ich im Türrahmen und versuche zu begreifen, was in Mr. Barclays Kopf vorgeht. Was hat sie bloß mit ihm angestellt?

„Ehrlich gesagt verstehe ich nichts. Wenn Sie darauf bestehen, werde ich mich bemühen, über Ihre Kopflosigkeit hinwegzusehen. Ich weiß allerdings nicht, wie lange ich es mit ansehen möchte, wie Sie in Ihr Unglück rennen. Für den Fall, dass Sie tatsächlich Ihre Hochzeit mit Mrs. Stephens bekannt geben, versichere ich Ihnen, werden Sie mich nie wiedersehen."

Bedrückt kehre ich David Barclay den Rücken und verlasse seinen Raum.

„Miss Robertson!", ruft er mich zurück, aber ich überhöre seine Worte und gehe niedergeschlagen weiter.

„Zum Kuckuck, so bleiben Sie doch stehen!", knurrt er, während er mir nachläuft. Er greift nach mir und hindert mich am Davonlaufen. Als er mich fest im Griff hat, atmet er tief durch.

„Was ich neulich in Ihrer Wohnung zu Ihnen sagte, war mir ernst, Miss Robertson. Ich brauche Sie. Vergessen Sie das bitte nicht."

„Ich wüsste nicht, wozu Sie mich benötigen. Mrs. Stephens scheint einen bedeutungsvollen Platz in Ihrem Leben eingenommen zu haben – beruflich sowie privat. Verraten Sie mir, Mr. Barclay, weshalb Sie mich jetzt noch brauchen? Für mich ist plötzlich alles, was Sie tun und sagen, ein Rätsel. Sie sind mir fremd geworden, obwohl ich mich Ihnen bis vor Kurzem so nah gefühlt habe. Das muss wohl ein Irrtum gewesen sein."

Ich will weitergehen, doch Mr. Barclay hält mich zurück.

„Meine Güte, nein, es war kein Irrtum. Ich habe genauso empfunden und ich tue es noch."

Ach ja? Warum dann diese Hochzeitspläne? Mir ist das alles zu kompliziert.

„Vergessen Sie, was Sie auf meinem Schreibtisch gesehen haben", verlangt er von mir.

Verständnislos sehe ich ihn an. Wie könnte ich das? Wenn er mir wenigstens eine meiner vielen Fragen beantworten würde, die mir durch den Kopf schwirren. Stattdessen verlangt er, dass ich mich mit der Umnebelung seines Verstandes abfinde und mir eine Tüte über den Kopf ziehe. Das geht nicht! Wie stellt er sich das vor?

„Ich weiß nicht, ob ich das kann", erwidere ich und bemerke im selben Augenblick seinen bekümmerten Blick.

Weshalb dieser Blick? Ich glaub, ich muss hier raus! Im Stall werde ich mir ein gemütliches Plätzchen suchen und in Ruhe nachdenken. Ja, vielleicht hilft das. Nachdenken kann sehr nützlich sein, wenn man es richtig anstellt. Womöglich übersehe ich ein wichtiges Detail.

Ich hole tief Luft, um etwas zu sagen, doch dann stelle ich fest, dass es nichts mehr zu sagen gibt. Daher setze ich meinen Weg zum Ausgang fort und drehe mich nicht mehr nach Mr. Barclay um.

Natürlich hat mich das Nachdenken nicht weitergebracht. Ich habe in der Zeit die Stallgasse über ein Dutzend Mal hoch- und runtergefegt. Ein Wunder, dass der Zementboden dabei nicht abgebröckelt ist. Doch eine Erklärung für diese undurchsichtigen Vorgänge habe ich nicht gefunden. Im Gegenteil. Ich habe so fieberhaft gegrübelt, dass meine Gehirnflüssigkeit ihren Siedepunkt erreicht hat. Ich fühle mich, als trüge ich einen Wasserkessel auf dem Hals. Leider ist alles noch verworrener als zuvor. Hätte ich bloß auf Mr. Barclay gehört und das Schriftstück auf seinem Schreibtisch aus dem Gedächtnis verbannt. Nur hätte er mir zuvor eine ausführliche Anleitung für „spontanes Vergessen" geben sollen.

Ein Kuss ist nicht genug

In der Nacht tat ich kaum ein Auge zu. Meine Gedanken rotierten unaufhörlich im Kreis herum und brachten mich zu keiner neuen Erkenntnis.

Meine Tante, der ich von den ungewöhnlichen Vorgängen auf dem Hof berichtete, wusste nur eines dazu zu sagen: „Dein Mr. Barclay scheint verwünscht zu sein."

Nach dieser Bemerkung habe ich den Hörer auf den Küchentisch gelegt, während meine Tante mit ihren mystischen Andeutungen fortfuhr. Mir stand nicht der Sinn danach, mir diesen übersinnlichen Kram anzuhören. Aber widersprechen wollte ich ihr auch nicht, da ich einer unliebsamen Diskussion mit ihr aus dem Wege gehen wollte. Nach gut fünf Minuten nahm ich den Hörer vom Tisch und überprüfte, an welcher Stelle ihrer Ausführungen sie angelangt war, und stellte bei ihrem letzten Satz – der just in diesem Augenblick erklang – mit Freude fest, dass sie sich dem Ende ihres Vortrages näherte.

„Da hilft bloß ein Zaubertrank, den du ihm verabreichen musst, um ihn von diesem Bann zu erlösen", waren ihre letzten Worte.

Sicher doch!

Dass es mir gelang, meine Tante all die Jahre ernst zu nehmen, war mir in diesem Moment schleierhaft. Jedenfalls war sie mir bei der Lösung meines Problems keine Hilfe.

Ich stehe mit Dr. Wilson, dem Tierarzt, in Charlys Box und beobachte ihn dabei, wie er sein Bein abtastet.

„Die Verletzung heilt gut ab. Ich bin sehr zufrieden mit Ihrer Arbeit, Miss Robertson", sagt er anerkennend. „Ihre Heilmethoden sind außerordentlich interessant. Sie müssen mir unbedingt mehr darüber erzählen."

Besser nicht.

„Gern, nur zweifle ich daran, ob sie diese Methoden als Schulmediziner überzeugen werden."

„Ich würde mir gern selbst ein Bild über diese geheimnisvollen Praktiken machen. Und im Übrigen ist Homöopathie eine längst verbreitete Behandlungsweise, die inzwischen viele Anhänger gefunden hat. Auch ich gehöre dazu."

„Ja, das ist wahr, aber die Homöopathie wurde lediglich zu einem Teil von mir angewendet. Ich habe praktisch alles, was mir an Kenntnissen zur Verfügung stand, aus meinem Wissensschatz gekramt – auch unkonventionelle."

Dr. Wilson lacht beschwingt und erhebt sich aus der Hocke. Ein paar Mal klopft er Charly gegen den Hals und dreht sich zu mir herum.

„Sie machen mich wirklich neugierig, Miss Robertson. Was kann ich tun, damit Sie es mir verraten? Vielleicht würde Sie ein gutes Essen umstimmen. Ich koche recht gut."

Meine Kehle ist auf einmal so trocken wie die Sahara. Ich finde diesen Gedanken, mit Dr. Wilson zu speisen, nicht unangenehm, aber er kommt etwas überraschend. Es spricht jedoch nichts gegen einen netten Abend mit einem Mann, der kochen kann.

Leider erhalte ich keine Gelegenheit mehr, Dr. Wilsons Einladung anzunehmen. David Barclay betritt überraschend den Stall und beendet jäh unser Gespräch.

„Miss Robertson", geht er dazwischen, „ich glaube, es wartet noch Arbeit auf Sie. Dr. Wilson kann seine Untersuchung auch ohne Sie fortführen."

Mit mürrischer Miene bekräftigt er seine Aufforderung und macht mir so unmissverständlich deutlich, dass Widerspruch aussichtslos ist. Wortlos begebe ich mich nach draußen und überlege, weshalb mir Mr. Barclay unerwartet die Verantwortung für Charlys Bein entzieht.

Eine halbe Stunde später verlässt Dr. Wilson den Hof, ohne sich zu verabschieden. Gern hätte ich mit ihm diese „Koch-Angelegenheit" weiter erörtert. Doch David Barclays Gegenwart scheint seine Bemühungen um mich gebremst zu haben.

Als ich Mr. Barclay missgestimmt über den Hof gehen sehe, hefte ich mich kampfeslustig an seine Fersen.

„Können Sie mir mal erklären, weshalb Sie mir plötzlich die Verantwortung für Charly absprechen?", rufe ich ihm zu, während ich bemüht bin, seinem schnellen Schritt zu folgen.

Überrascht bleibt er stehen und dreht sich zu mir herum.

„Und würden Sie mir mal erklären, was Ihr Geplänkel mit Dr. Wilson sollte?"

„Ich glaube nicht, dass ich mich dafür rechtfertigen muss, mit Dr. Wilson ein Gespräch geführt zu haben."

„Und ich glaube nicht, dass ich meine Entscheidungen begründen muss. Charly fällt von nun an nicht mehr in Ihren Zuständigkeitsbereich."

Grimmig dreht er sich wieder um und geht weiter.

Wieso ist er so störrisch? Weil Dr. Wilson mir den Hof gemacht hat? Das kann ihm doch schnuppe sein! Er hat ja eine Verlobte, der er Haus und Hof auf dem silbernen Tablett servieren will.

Trotzig laufe ich ihm hinterher.

„Sie haben überhaupt keinen Grund, so ungehalten zu sein", rufe ich ihm zu und passe mich seinem flotten Schritt an. „Falls Sie eifersüchtig sein sollten, möchte ich Sie an Ihre Verlobung mit Mrs. Stephens erinnern", knüpfe ich schnippisch an meinen letzten Satz an.

Fast habe ich ihn eingeholt, als er abrupt stehen bleibt und sich mir zuwendet. Mir bleibt keine Zeit, mein schnelles Tempo zu drosseln, daher stoße ich prompt mit ihm zusammen. Schnell erholt sich David Barclay von dieser Überraschung und wickelt seine Arme um mich herum. Im Handumdrehen hat er mich fest im Griff.

„Wie kommen Sie darauf, ich sei mit ihr verlobt?", fragt er verdutzt. „Das habe ich mich bereits bei unserem letzten Gespräch gefragt."

„Na, das liegt doch auf der Hand. Nun tun Sie nicht so unwissend. Der Schenkungsvertrag, der inkrafttritt bei einer Hochzeit, ist ja aussagekräftig genug. Außerdem hat Ihre Mutter Mrs. Stephens bereits zu Ihrer Verlobten erklärt, als Sie im Krankenhaus lagen. Mehr muss ich wohl nicht dazu sagen."

„Ich verstehe", bemerkt er schmunzelnd.

Ach ja? Wie schön für ihn. Ich verstehe nämlich herzlich wenig. Womöglich könnte er mich an seinem Wissen teilhaben lassen. Zum Beispiel hätte ich gern erfahren, warum er so tut, als wüsste er von nichts. Und weshalb umarmt er mich so fest, dass mir die Luft wegbleibt?

Auf einmal spüre ich seine Lippen auf meinen, fühle, wie er mich fester in die Mangel nimmt. Überrascht von dieser Wendung, gelingt es mir nicht, seine Nähe zu genießen. Daher drücke ich ihn mit aller Kraft von mir und sehe ihn verstört an. Unergründlich lächelt er mich an und ich bringe kein Wort heraus.

„Vielleicht machen wir später an dieser Stelle weiter", sagt er ungehemmt und gibt mich wieder frei. Mit seinem Zeigefinger streicht er mir über die Wange und geht einfach weiter. Verwundert bleibe ich zurück. Ein paar Minuten stehe ich konsterniert da und sehe unentwegt zu der Stelle, wo David Barclay bis eben noch stand. Mein starrer Blick durchbohrt den Boden. Sollte ich bisher nicht gewusst haben, wie ein schwarzes Loch entsteht, so weiß ich es jetzt.

„Es ist bemerkenswert auf welch untätige Weise du deiner Arbeit nachgehst. Oder weshalb stehst du hier rum?"

Veronica ist aus dem Nichts erschienen und stört mich bei meinen Bohrungen. Ich antworte ihr nicht. Wie auch? Mein Mund spürt weiterhin David Barclays Lippen und kann jetzt unmöglich zum Reden benutzt werden. Sie wirft ihr langes blondes Haar in den Nacken und geht. Falls mir gerade noch einiges unklar war, so ist mir nun schlagartig nichts mehr klar. Veronica ist es gelungen, Mr. Barclay zu einem Schenkungsvertrag zu überreden, der aber nur im Fall einer Heirat wirksam wird. Nun jedoch scheint Mr. Barclay von einer Verlobung mit ihr nichts mehr wissen zu wollen, obwohl seine Mutter mich längst über diese Begebenheit aufgeklärt hat. Ferner verlangt er von mir, alles zu vergessen, was ich über diese Schenkung weiß. Zu guter Letzt werde ich einfach so von ihm geküsst mit der Bemerkung, er würde endlich verstehen. Ich bin zutiefst verwirrt.

Die Mehrheit der Belegschaft hat bereits Feierabend gemacht. Ich sitze geistesabwesend auf einem Strohballen im Stall und streichle Clarks Kopf, den er schläfrig auf meinem Bein abgelegt hat. Zu Hause wartet eine Menge Arbeit auf mich, seit Tagen habe ich kein einziges Buch mehr in die Hand genommen und den Lernstoff der vergangenen Woche vernachlässigt. Zu sehr haben mich die jüngsten Ereignisse auf dem Hof in Beschlag genommen. Mein schlechtes Gewissen nagt an mir. Aber nachdem, was sich heute Vormittag ereignet hat, wäre ich ohnehin unfähig, mir etwas ins Gedächtnis einzuprägen. Die Bücher müssen demzufolge auf unbestimmte Zeit im Regal verstauben, bis ich das zermürbende Chaos, das mich umgibt, durchschaut habe.

Ich höre, wie sich von draußen Schritte nähern. Die Tür öffnet sich. Mein Herz beginnt zu rasen, als ich Mr. Barclay den Stall betreten sehe. Clark löst sich von meinem Bein und tapst erfreut zu seinem Herrchen. Mit einem kurzen Klopfen auf den Rücken begrüßt er seinen Hund. Trotzdem richtet er seine Aufmerksamkeit uneingeschränkt auf mich. Kein Wort fällt in diesem Augenblick. Aufgeregt erhebe ich mich von meiner Sitzgelegenheit und starre zu Mr. Barclay, der entschlossen auf mich zugeht. Schweigend greift er nach meiner Hand und führt mich zu einer ungestörten Stelle im Stallgebäude. Ich scheine willenlos zu sein, denn ich hindere ihn nicht daran, mich zu verschleppen. Bevor wir das andere Ende des Stalles erreicht haben, drückt er mich in eine leere Pferdebox und zieht die Tür hinter sich zu. Muss ich um mein Leben bangen? Gerade will ich etwas auf seine eigenmächtige Handlungsweise bemerken, als ich mich in seinen Armen wiederfinde.

„Jetzt würde ich gerne mit unserer Besprechung fortfahren", flüstert er mir ins Ohr und ich spüre mich zu Nutella schmelzen. Was auch immer nun geschieht, ich kann mich nicht wehren. Nutella hat schließlich keine Arme oder Beine. Also genieße ich es einfach, als unsere Lippen sich zaghaft berühren. Bald schwebe ich davon und lege berauscht meine Arme um seinen Hals. Der Kuss lässt meine Knie zu Margarine werden. Alles dreht sich in meinem Kopf und ich habe das Gefühl, mich nicht mehr aufrecht halten zu können, als mich seine Hände fester an sich heranziehen. Falls er jetzt über mich herfallen will, sollte ich ihn warnen: In der Box ist kein Stroh ausgelegt. Wilde Liebesspiele im Heu sind somit im Vorfelde ausgeschlossen.

Nur mühsam finde ich in die Gegenwart zurück, als er sich von mir löst und mir tief in die Augen blickt. Seine Arme umschlingen weiterhin meine Hüften, während er mir ein tiefgründiges Lächeln schenkt.

„Es ist das erste Mal, dass du es geschafft hast, nichts zu sagen", kann er sich diese Spitze nicht verkneifen. „Unter Umständen gelingt es dir, ein bisschen länger zu schweigen und mir zuzuhören. Ich habe dir nämlich eine Menge zu sagen."

Es dürfte mir in meiner derzeitigen Lage gewiss nicht schwerfallen, ihn ungehindert reden zu lassen, da die neue Situation viel von mir abverlangt. Denn zurzeit bin ich damit beschäftigt, meinen Knoten im Kopf zu entwirren. Das könnte gut und gerne eine Weile dauern. Bis dahin hat er bestimmt alles gesagt, was er mir sagen will. Wird auch Zeit, dass sich alle Fragen klären. Fang ruhig gleich mit „Miss Stephiwonder" an.

„Als Erstes möchte ich mich bei dir entschuldigen. Selbstverständlich kannst du Charly weiterhin betreuen. Ich bitte sogar darum. Nur du kannst ihn wieder heilen. Falls du mir jetzt eine Rüge erteilen möchtest, weil ich deine Unterhaltung mit Dr. Wilson beendet habe, steht dir das natürlich frei. Aber ich bin mir sicher, dass ich dich vor seiner zweifellos grauenhaften Kochkunst gerettet habe."

Ich muss schmunzeln. Demnach hat er einen entscheidenden Teil des Gespräches zwischen Dr. Wilson und mir aufgeschnappt.

„Seitdem du hier bist, ist alles viel leichter für mich geworden", fährt er fort. „Deine Gegenwart ist wichtig für mich. Du bist couragiert und strahlst so viel Entschlossenheit aus. Für jedes Problem zauberst du eine Lösung aus dem Hut. Du bist einzigartig."

Aber ... aber ich doch nicht. Problemfälle löst meine Tante am besten. Ich bin nicht annähernd so gut darin wie sie.

„Mir war nicht klar, ob du so fühlst wie ich", gesteht er. „Dein reserviertes Verhalten in den letzten Tagen hat mich verunsichert. Seit ich aus der Klinik entlassen wurde, warst du wie ausgewechselt. Doch heute Vormittag hast du mir erklärt, dass du annimmst, ich sei mit Veronica verlobt. Da begriff ich, warum du mir aus dem Weg gegangen bist."

Zärtlich streicht er mir übers Haar und lächelt warmherzig.

„Hätte ich eher Bescheid gewusst, wären uns einige Streitereien erspart geblieben."

„Aber wie stehst du denn nun zu Veronica?", frage ich beunruhigt.

„Mach dir bitte keine Gedanken. Leider kann ich dir deine Fragen gegenwärtig nicht beantworten. Du musst mir einfach vertrauen."

Leichte Missstimmung macht sich in mir breit. Also klärt sich weiterhin nichts auf. Er kann nicht erwarten, dass ich seine rätselhafte Handlungsweise widerspruchslos hinnehme.

„Aber warum denn nicht?", frage ich ihn enttäuscht. „Weshalb machst du so ein Geheimnis aus allem? Glaubst du ernsthaft, ich kann es akzeptieren, dass du dich mit dieser Frau abgibst und ihr dazu noch Rosefield überlassen willst? Oder reicht dir eine Frau etwa nicht?"

„Meine Güte, was denkst du von mir? Jennifer, ich bitte dich ein letztes Mal, dieses Schreiben, das du auf meinem Schreibtisch vorgefunden hast, zu vergessen. Ich kann dir im Moment nicht mehr sagen. Versteh doch bitte!"

„Oh, ich verstehe sehr wohl. An der einen Hand eine Verlobte, an der anderen die Geliebte. Wie praktisch! Nur meine Rolle gefällt mir nicht.

Ich werde morgen Abend auf deiner Geburtstagsfeier deine Haushälterin spielen, während Veronica an deiner Seite sein wird. Vielen Dank übrigens für deine freundliche Einladung. Da wird es
mir nicht bloß ungeheuer leicht fallen, dieses Dokument zu vergessen, sondern diesen Vorfall mit
dir in der Pferdebox gleich mit."

Wütend kämpfe ich mich aus seiner Umar-
mung.

„Verflixt noch mal, das war doch nur ein
Scherz!", erklärt er und hält mich an den Armen
fest. „Ich war gekränkt, weil du mich nicht im
Krankenhaus besucht hast. Ich wollte dich necken
und hab mir das mit der verhinderten Küchen-
kraft nur ausgedacht."

So, ein Scherz! Gleich platze ich vor Wut!

„Selbstverständlich kommst du als Gast zu
meiner Feier. Allerdings wirst du Veronica an
meiner Seite erdulden müssen."

Hab ich's doch gewusst. Er will sich mit zwei
Frauen schmücken. Wie geschmacklos!

„Oh nein, nein, ich werde in der Küche helfen,
wie besprochen. Und du wirst mich am Sonntag
für meine Überstunden mit einem saftigen Scheck
entlohnen. Am Montag werde ich mir dann meine
Papiere bei dir abholen, denn ich habe nicht vor,
auch nur einen Tag länger für jemanden zu arbeiten, der polygam veranlagt zu sein scheint.
Dr. Wilson hat mir ein lukratives Angebot gemacht, für ihn zu arbeiten. Ich werde es anneh-

men. Die Ereignisse überschlagen sich hier in einem Mördertempo. Somit gerät meine Ausbildung, die mir so wichtig ist, völlig in den Hintergrund. In den letzten Wochen habe ich nicht einen Tag Zeit gefunden, in meine Bücher zu sehen. Ich arbeite lange und wenn ich abends erschöpft nach Hause komme, falle ich müde ins Bett. Kannst du mir mal verraten, wie ich so das Lernpensum jemals schaffen soll?"

Ich spüre David Barclays Verzweiflung wachsen und seine Unsicherheit über den Verlauf der Diskussion.

„Mein Gott, Jennifer, es ist mir egal, wie viel du auf dem Hof arbeitest. Von mir aus kommst du bloß ein paar Stunden vorbei, damit du genügend Zeit zum Lernen findest, aber eine Kündigung lasse ich nicht zu. Hast du mir denn nicht zugehört? Ich brauche dich hier! Ich brauche dich in meinem Leben!"

Verwirrt laufe ich in der Box auf und ab. Seine widersprüchlichen Aussagen bringen mich durcheinander. Was will er nur von mir? Einerseits behauptet er, mich zu brauchen, andererseits kann er auf Veronica nicht verzichten.

„Ich verstehe das alles nicht, David. Warum klärst du mich nicht auf? Was in aller Welt veranlasst dich, diesen Schenkungsvertrag aufzusetzen? Wieso lässt du es zu, dass diese gefährliche Frau ihre Nase in alles hineinsteckt? Sie ist unberechenbar. Neulich hat sie Clark vor den Kopf getreten und Charly trotz seiner Verletzung auf die

Weide gestellt. Das kannst du unmöglich gutheißen."

„Davon wusste ich nichts. Warum hast du es mir nicht gesagt?"

Ich schüttle resigniert den Kopf.

„Weil dich die Abläufe auf dem Hof anscheinend nicht mehr interessieren und Veronica Narrenfreiheit genießt."

„Was für ein Unfug! Ich will alles wissen, was sich hinter meinen Rücken zuträgt. Und Narrenfreiheit genießt lediglich du! Falls es dir noch nicht aufgefallen ist: In den vergangenen Monaten habe ich beinahe keine deiner Entscheidungen infrage gestellt! Bei Charly habe ich dir freie Hand gelassen und auch sonst habe ich mich nirgends eingemischt. Probleme und Schwierigkeiten, die den Hof betreffen, diskutiere ich mit *dir* und nicht mit Mrs. Stephens. Aber das alles scheint ja an dir vorbeizugehen, oder warum kannst du nicht endlich akzeptieren, dass du mir verdammt wichtig bist?"

Ich beende mein nervöses Hin und Her in der beengten Pferdebox, als ich seine letzten Worte vernehme. Gut, er hätte sie wahrhaft leiser herauspoltern können, aber der Ton verlieh den Worten einen durchaus bedeutungsvollen Nachdruck. Das hätte er auch gleich sagen können, dann hätten wir uns die vorangegangene Diskussion womöglich sparen können.

Ich schweige und stehe regungslos da. Nun sag schon was, Jenny, sag ihm, wie viel dir sein

Bekenntnis bedeutet. Sag ihm, dass du alles bereust, was du gerade gesagt hast, und gar nicht vorhast, für Dr. Wilson zu arbeiten, weil du ja viel lieber hier bist – in David Barclays Nähe – in seinem Stimmbereich.

Er schaut mich abwartend an. Garantiert hofft er, dass ich mich zu erkennen gebe – meine Gefühle, meine Gedanken, irgendetwas, was ihm mehr Sicherheit verleiht. Wenn ich bloß wüsste, warum das nicht klappt!

„Ist das alles, was du dazu zu sagen hast?", fragt er abgekühlt.

Es fällt mir eben schwer, so offen herauszusagen, was ich fühle, wenn diese „Mrs.-Stephens-Frage" ungeklärt bleibt. Solange sie hier ihr Unwesen treibt, bin ich eben gehemmt. Womöglich enthülle ich meine verletzlichste Seite. Wenn er sich's dann doch anders überlegt und zu Veronica wechselt, kann ich sehen, wie ich mit meinem Schmerz klarkomme. Das ist mir schlichtweg zu riskant.

„Na schön, wenn das so ist …", bemerkt er ernüchtert und verlässt verbittert den Stall.

Unverhoffter Besuch

Natürlich konnte ich die folgende Nacht ebenso wenig schlafen wie die vorangegangene. Mein zunehmendes Schlafdefizit könnte zu leichten Konzentrationsausfällen führen. Wie soll ich so den heutigen Abend überstehen? Da werde ich voll gefordert sein. Kochen war nie meine Stärke und unter diesen erschwerten Bedingungen kann ich froh sein, wenn mir keine größeren Pannen unterlaufen. Wie konnte ich mich nur darauf einlassen, an Davids Geburtstag Küchenmädchen zu spielen, noch dazu wo er mich gestern Abend davon freigesprochen hat? Aber nein, die eigensinnige Jenny konnte ihren Stolz mal wieder nicht bezwingen. Das hab ich nun davon. Es läuft ohnehin alles schief, da kommt es auf diesen unbedeutenden Würdeverlust auch nicht mehr an. Falls ich Veronica ein Glas Rotwein zureichen muss, wird es mir versehentlich aus den Fingern gleiten. Gänzlich unbeabsichtigt. Kann doch mal passieren.

Meine Tante hatte während unseres gestrigen Telefonats eine bessere Idee. Sie war davon überzeugt, David Barclay stehe in Veronicas Bann. Sein Verhalten weise aber deutlich erkennbare Anzeichen auf, dass er sich zu mir hingezogen fühle. Der Bann wäre jedoch zu mächtig. Sie faxte mir eine Rezeptur für eine Liebestrankmischung zu.

„Du darfst ihn aber erst zubereiten, kurz bevor du ihm deinen David unter den Wein mischst. Achte darauf, ihm das Getränk persönlich zu überreichen. Keinesfalls darf er es aus anderer Hand erhalten", ermahnte sie mich.

Dieser Liebestrank werde den Bann brechen und ihn für immer an mich binden. Klingt verlockend, aber komplett hirnverbrannt!

Das Fax landete sogleich im Müll. Nun stehe ich ohne Liebestrankrezeptur mit meinem Besen im Stall herum und überlege. Es muss doch eine irdische Lösung für mein Problem geben. David wartet gewiss auf ein Zeichen von mir und ich kann mich zu keinem durchringen, weil diese „Stephi-Schlange" zwischen uns steht. Vermutlich sollte ich ihm meine Bedenken erklären. Nur wie? Ich hab doch sonst nie ein Problem, mit Worten zu jonglieren. Diesmal dagegen versage ich in dieser Disziplin fundamental. Ich bin eine Niete! Ich sollte mich schämen, dass ich David im Unklaren gelassen habe. Dabei fühle ich genauso wie er. Ich muss mit ihm reden – jetzt sofort!

Ich schmeiße meinen Besen in die Ecke und eile zur Tür. Euphorisch drücke ich sie auf und bleibe wie angewurzelt stehen. David Barclay steht umarmt mit Veronica im Hof und lässt sich von ihr über das Gesicht streichen. Dieser Schuft! Wie gut, dass ich meine Gefühle vor ihm verschlossen gehalten habe. Ich wäre sonst bis auf die Knochen blamiert. Da hätte ich beinahe leichtgläubig zu viel über mich verraten und er hätte sich seinen Spaß daraus gemacht. Mit mir nicht – soviel ist klar!

Plötzlich wird er auf mich aufmerksam und drückt „Stephiwonder" von sich. Meiner Sinne beraubt, schlage ich eine unkontrollierte Richtung ein und laufe blindlings auf Dr. Wilson zu, der just in diesem Moment auftaucht.

„Miss Robertson, wie schön, dass ich gleich auf Sie treffe."

Zerstreut laufe ich ihm in die Arme.

„Aber, aber! Wohin so stürmisch des Weges?", sagt er erstaunt und hindert mich an meiner blinden Flucht.

„Ich … ich … weiß auch nicht. – Dr. Wilson? Was machen Sie hier?", registriere ich schließlich seine Anwesenheit, die zu einem viel größeren Durcheinander meines Innenlebens führt.

„Ich hatte gehofft, noch einmal auf Sie zu treffen", klärt er mich auf. „Leider konnten wir unser gestriges Gespräch nicht zum Abschluss bringen. Ich habe großes Interesse, mehr über ihre ungewöhnlichen Heilkenntnisse zu erfahren. Bitte machen Sie mir die Freude und stimmen einem persönlichen Treffen zu."

Noch habe ich mich den neuen Umständen nicht anpassen können, darum fehlen mir die Worte. Das Chaos meiner Gedanken und Gefühle hat seinen Höhepunkt aber längst nicht erreicht. Denn auf einmal steht David Barclay bei uns, schnappt sich meine Hand und zieht mich an seine Seite.

„Es tut mir leid, Dr. Wilson, dass ich erneut in Ihre Unterhaltung platzen muss, aber ich habe Dringendes mit Miss Robertson zu besprechen. Gewiss haben Ihre Aufwartungen Zeit."

Meine Hand beginnt zu schmerzen, weil David sie beinahe zu Mus zerdrückt, als er mich über den Hof zum Haus zieht. Das lässt mich kaum mehr klar denken. Meine Stimme finde ich jedoch zum Glück wieder, als wir das Haus betreten.

„Was soll das?", wüte ich ihn an. „Ich bin ein freier Mensch und kann mich unterhalten, mit wem ich will. Du turtelst schließlich auch wahllos herum."

„Jetzt hörst du mir erst zu, bevor du herumtobst!", fordert er mich auf. „Es ist alles nicht so, wie es für dich scheint", behauptet er skrupellos.

„Aber das ist es nie!", unterbreche ich ihn diesmal überlaut. „Das ist die dümmste Ausrede der Welt. Lass dir was Besseres einfallen!"

Aufgebracht stürme ich aus dem Haus und laufe zurück in den Stall. Charly schaut aus seiner Box und scharrt freudig mit dem Huf gegen die Tür, als er mich sieht. Ich gehe zu ihm, um mich bei ihm auszuweinen. Meinen Kopf lehne ich gegen seinen, während ich tief durchatme. Leider bleibt mir zum Luftholen wenig Zeit, denn die Stalltür wird donnernd aufgerissen. Veronica steht auf der Schwelle und ihr langer Schatten auf dem Boden sieht bedrohlich aus. Breitbeinig steht sie da – wie ein Cowboy in einem Wild-West-Film. Ihre linke Hand platziert sich neben ihrem

Colt, den ich in Gedanken sehe. Bin ich ohne Verteidigung? Mit einer Mistgabel könnte ich wenig ausrichten. Ich stoppe meinen Drang, ein paar Tränen zu vergießen. Nicht auszudenken, wenn ausgerechnet sie mich beim Heulen ertappt hätte. Ich wäre ihr schutzlos ausgeliefert, denn sie würde meine vorübergehende Schwäche zu ihrem Vorteil nutzen und mich zerfleischen wie ein Löwe seine Beute.

„Ich möchte dir einen guten Rat geben, Jennifer: Lass deine Finger von David! Er hat kein Interesse an so dummen Dingern wie dir. Hast du mich verstanden? Er meint es nicht ernst mit dir, du armes Mädchen. Schlag ihn dir aus dem Kopf!"

Ich werfe ihr einen tödlichen Blick zu. Jetzt wäre ein guter Zeitpunkt zum Morden! Nur sie und ich – keine Zeugen. Meine gegenwärtige Verfassung passt ausgezeichnet. Ich könnte es jetzt tun – einfach so!

„Dein Übermut wird dir eines Tages das Genick brechen, Veronica …"

… und wenn der es nicht tut, tue ich es!

„Deine Rechnung wird nicht aufgehen. David durchschaut dein Spiel – früher oder später."

Veronica lacht selbstgerecht und kommt mir ein paar Schritte näher. Fast bekomme ich es mit der Angst zu tun.

„Ach du meine Güte, Jennifer, von welchem Spiel redest du denn? Da bist du auf dem Holzweg. Ich liebe David Barclay aus tiefstem Herzen.

Und ich werde nicht zulassen, dass du meinen Weg durchkreuzt. Nimm dich vor mir in Acht!", warnt sie mich und verlässt siegessicher den Kriegsschauplatz.

Aufgezehrt von den sich überschlagenden Ereignissen, lasse ich mich in einen Heuhaufen sinken. Welch überzeugender Auftritt. Sie ist mir haushoch überlegen. Meine Tante würde mich ohrfeigen für meine Kapitulation. Aber ich fühle mich ihrer abgebrühten Rücksichtslosigkeit schlicht nicht gewachsen. Sie ist gut, das muss ich ihr lassen. Vermutlich bin ich auch zu müde und erschöpft, um mich gegen sie zu wehren. Worte sind im Augenblick nicht meine Stärke. Ich ziehe mich zurück und überlasse ihr die Arena. Sie hat freie Bahn!

Ich beschließe, den Hof auf der Stelle zu verlassen und Dr. Wilson einen Besuch in seiner Praxis abzustatten. Mir ist die Lust vergangen, mich weiterhin in dieser Irrenanstalt aufzuhalten. Nun möchte ich mal ungestört mit Dr. Wilson reden, ohne dabei von David unterbrochen zu werden. Kurz entschlossen laufe ich über den Hof zu meinem Auto. Doch damit habe ich nicht gerechnet: Neben meinem Wagen steht eine kleine exzentrische Person mit feuerrotem Haar und unterhält sich ausgelassen mit Jacob. Meine Tante! Ihre schrillen Stimmbänder klingen wie ein ungestimmtes Klavier und hallen als Echo über den gesamten Hof. Himmelherrgott, was macht sie hier?

Mein Erscheinen bleibt nicht lange unbemerkt.

„Juhu, Jennylein!"

Sie eilt auf mich zu mit Jacob im Schlepptau. Der Arme!

„Hallo, mein Rosinchen, hier bin ich!"

Ja, das sehe ich. Rosinchen nennt sie mich seit meiner Kindheit – warum auch immer.

„Tante, weshalb bist du hergekommen?"

„Aber Kind, das fragst du noch? Ich brauche dir doch nicht zu erklären, in welchem Schlamassel du wieder steckst. Irgendjemand muss dir schließlich unter die Arme greifen. Die Zutaten für den Liebestrank habe ich dabei. Es ist alles vorbereitet!"

Erblasst sehe ich zu Jacob, der mich fragend ansieht. Wenn sie dieses Wort wiederholt, kneble ich sie an Ort und Stelle.

„Könnten wir das bitte später besprechen", flehe ich sie an. „Jacob ist gewiss nicht an unseren internen Codewörtern interessiert."

„Von welchen Codewörtern redest du, Mädchen? Jacob habe ich bereits vom Liebestrank erzählt und unserem Plan, ihn deinem David heute Abend unter den Wein zu mischen."

Jacob nickt wissend mit einem amüsierten Lächeln. Nein, wie peinlich! Weshalb mischt sie sich ständig in mein Leben ein? Wenn das Kreise zieht, kann ich mich auf dem Hof nie wieder blicken lassen.

„Du musst uns jetzt entschuldigen, Rosinchen. Jacob hat angeboten, mich ein wenig herumzuführen. Übrigens werde ich in einem Hotel übernachten. Bestimmt wäre es dir lieber gewesen, hätte ich bei dir gewohnt, aber eine Frau in meinem Alter hat so ihre Eigenarten und braucht etwas Freiraum. Ich hoffe, du verstehst das."

Sie muss wieder abreisen, auf der Stelle! Wie kann ich ihr das nur klarmachen?

„Tante, du meinst es sicher gut, doch ich komme wunderbar alleine zurecht. Ich brauche keine Hilfe. Du hättest nicht kommen sollen. Ich ..."

„Aber Jennylein, sei nicht albern", unterbricht sie mich und wendet sich Jacob zu. „So war sie schon immer. Sie kann es nicht zugeben, wenn sie meine Hilfe braucht. Dabei macht es mir gar nichts aus. Hörst du, Jennylein, ich helfe dir gern."

Grrr ...! Klar hilft sie mir gern! Es gibt buchstäblich nichts, was sie ihrer Meinung nach nicht besser weiß. Daher benötige ich in ihren Augen immerzu Hilfe. Ich bin praktisch aufgeschmissen ohne ihren Rat. Sie merkt einfach nicht, dass sie mich mit ihren aufgezwungenen Gefälligkeiten erdrückt und mir meine eigenen Entfaltungsmöglichkeiten nimmt.

„Also gut, vielen Dank", bemerke ich resigniert.

Sie nickt zufrieden und hakt sich bei Jacob unter.

„So, dann können wir jetzt mit dem Rundgang beginnen", ermuntert sie Jacob, der sie entzückt anlächelt.

Ich glaub's nicht! Meine Tante muss ihn chloroformiert haben oder weshalb sieht er aus wie ein liebeskranker Gockel?

Entgeistert sehe ich den beiden nach und vergesse meinen soeben getroffenen Entschluss, Dr. Wilson in seiner Praxis aufzusuchen. Was mache ich bloß? Gelingt es mir nicht, meine Tante unauffällig verschwinden zu lassen, wird es nicht lange dauern, bis ich in der gesamten Gegend in aller Munde bin. Mir muss schnellstens etwas einfallen. Nur was? Nachdenkend setze ich mich auf eine Bank, die direkt an der Hauswand neben einem kleinen Blumenbeet steht. Ich lehne mich zurück und strecke mein Gesicht der warmen Sonne entgegen. Für einen Augenblick vergesse ich alles um mich herum. Ach was soll's! Nun ist meine Tante schon mal hier, also versuche ich das Beste daraus zu machen. Es gibt wirklich Schlimmeres.

Plötzlich vernehme ich ihre grelle Stimme aus einem tumultartigen Gemenge. Nein, bitte nicht! Meine Tante ist umringt von der Hälfte meiner Kollegen. Auch George steht neben ihr. Alle lauschen interessiert ihren Ausführungen. Was erzählt sie ihnen? Ich muss diese Versammlung auf der Stelle zerschlagen. Meine Tante ist unberechenbar. Sie liebt es, Geschichten über unsere Familie oder gar über mich auszuplaudern. Dabei ist sie überhaupt nicht wählerisch. Sie erzählt sie jedem, ob er sie hören mag oder nicht – ganz egal. Schnellstens eile ich zu der Menge und versuche, mich zu meiner Tante durchzuschlagen. George, der sich von der Masse absetzt, hält mich auf.

„Mensch, Jenny, die Idee mit dem Liebestrank finde ich klasse. Wir alle werden dich bei deinem Vorhaben unterstützen. Du kannst voll auf uns zählen."

Erblasst blicke ich George an. Ist er noch bei Sinnen? Er kann unmöglich ernst meinen, was er da sagt. Weitere Mitarbeiter kommen dazu und klopfen mir auf die Schulter.

„Deine Tante scheint 'ne echte Fachfrau auf diesem Gebiet zu sein, Jenny. Hoffentlich klappt das mit dem Liebestrank. Keiner von uns will, dass der Boss diese Mrs. Stephens heiratet. Falls du unsere Hilfe benötigen solltest, sag einfach Bescheid."

Ich nicke widerwillig und bemühe mich, meine Fassung nicht zu verlieren. Was hat sie mit meinen Kollegen angestellt? Die reden, als wären sie auf Drogen. Wir leben im 21. Jahrhundert. Da müsste jedem klar sein, dass ein Liebestrank in die Abteilung „Ammenmärchen" einzugliedern ist.

Jacob stößt zu uns und schmunzelt zufrieden.

„Sie ist bemerkenswert, Jenny. Du hast viel von ihr."

Ich? Niemals! Ich bin ihr nicht mal annähernd ähnlich. Sie ist die Schwester meiner Mutter – mehr verbindet uns ab heute nicht mehr.

Was tut sie mir bloß an? Warum erzählt sie nicht gleich der ganzen Welt, was sie für mich geplant hat?

Ich kämpfe mich zu meiner Tante durch und ergreife sie am Arm.

„So, Tante, jetzt wissen ja alle Bescheid. Das hast du prima hinbekommen. Meinst du nicht, dass es nun Zeit ist zu gehen?"

„Aber wo denkst du hin, Rosinchen. Ich habe noch längst nicht vor zu gehen, schließlich bin ich eben erst eingetroffen. Es gibt zuvor einiges zu erledigen."

Ungeduldig zerre ich an ihrem Ärmel. Mein Gott, wenn sie wenigstens einmal auf mich hören würde. Das könnte mir eine Menge Unannehmlichkeiten ersparen. Aber nein, sie ist sturköpfig wie eh und je.

„Was in aller Welt geht hier vor?", fragt eine mir nur zu bekannte Stimme.

David Barclay kommt verärgert auf uns zu.

„Kann mir mal einer verraten, was diese Versammlung soll?", erkundigt er sich unwirsch und sieht kontrollierend auf seine Armbanduhr. „Ich muss Sie ja nicht daran erinnern, dass der Arbeitstag noch nicht beendet ist. Also los, an die Arbeit, Leute!"

Enttäuscht über David Barclays ruppigen Ton, schütteln einige die Köpfe und gehen. Jacob bleibt bei uns, denn meine Tante hakt sich unbeirrt bei ihm unter. Er ist förmlich an sie gekettet.

„Was hatte das zu bedeuten, Jennifer? Du trägst die Verantwortung, also sorge bitte dafür, dass solch ein Affenzirkus nicht erst entsteht!", fordert David gereizt.

„Ihrem übellaunigen Ton nach zu urteilen, scheinen Sie Mr. Barclay zu sein", stellt meine Tante unverblümt fest und sieht ihn herausfordernd an.

Mit einem fragenden Blick sieht David Barclay zu ihr und wirkt erstaunt über so viel Vermessenheit.

„Und Ihrer Kühnheit nach zu urteilen, scheinen Sie mit Jennifer verwandt zu sein. Darf ich fragen, mit wem ich die Ehre habe?", fragt er höflich und ist wie verwandelt.

„Oh, wie unaufmerksam von mir", flötet meine Tante in hellklingendem Getriller. „Mein Name ist Roberta Robertson. Ich bin Jennifers Tante."

Sie reicht ihm ihre Hand, die David zuvorkommend ergreift. Mit einem galanten Kuss auf ihren Handrücken holt er seine viel zu übertriebene Begrüßung nach. Meine Tante ist hingerissen von seinem plötzlich einsetzenden Charme, der mir bislang unbekannt war. Mit einem kontrollierenden Blick überprüfe ich, ob es sich tatsächlich um David Barclay handelt. Aber es spricht einiges dafür, dass er es ist. Wie schafft meine Tante es nur stets aufs Neue, dass ihr die Menschen in ihrem Einflussbereich ausnahmslos aus der Hand fressen?

„Mrs. Robertson, ich würde mich freuen, wenn Sie heute Abend mein Gast wären. Ich gebe anlässlich meines Geburtstages eine kleine Feier."

Entgeistert sehe ich zu David und kann nicht fassen, was ich da höre. Er hat meine Tante, die er gerade zehn Sekunden kennt, zu seiner Feier eingeladen. Was sind hier für geheime Kräfte am Werk? Falls meine Tante jetzt zusagt, muss ich sie erwürgen − sobald David und Jacob außer Reichweite sind. Mit gezielten Übungen beginne ich, meine Hände für die geplanten Würgemaßnahmen vorzubereiten.

„Oh, Mr. Barclay, mit dem allergrößten Vergnügen. Das ist wirklich freundlich von Ihnen. Ich wusste ja nicht, dass Sie Geburtstag haben."

Du Heuchlerin!

„Bitte nehmen Sie meine allerbesten Glückwünsche entgegen."

„Vielen Dank, aber mein Geburtstag ist erst morgen. Bitte machen Sie sich keine Umstände. Und bringen Sie Ihren Gatten heute Abend mit."

Ja genau, bring ihn mit. Wir müssen ihn zuvor bloß noch exhumieren. Aber es dürfte für meine Tante ja kein Problem sein, dies noch schnell in die Wege zu leiten. Der Zahn der Zeit wird fünfundzwanzig Jahre nach der Beerdigung zwar an ihm genagt haben, aber da schaut garantiert keiner so genau hin. Immerhin wird meine Tante der eigentliche Mittelpunkt des Abends sein. Würde David sie kennen, hätte er diese Einladung niemals ausgesprochen.

„Oh, mein Mann ist vor langer Zeit verstorben. Ich hoffe, es macht Ihnen nichts aus, wenn ich in Begleitung Ihres Stallmeisters erscheine?"

Waaas? Ich wette Jacob bricht gleich vor Schreck zusammen. Nein, er grinst wie ein Honigkuchenpferd. Hat sie ihn verhext?

David wird bestimmt nicht begeistert sein von dieser Idee. Das kann ihm unmöglich schmecken.

„Das macht mir absolut nichts aus, Mrs. Robertson. Jacob und alle anderen Mitarbeiter sind selbstverständlich herzlich eingeladen. Ich wollte es gerade bekannt geben. Jennifer, diese Aufgabe könntest du eigentlich gleich übernehmen."

David lächelt wie aufgezogen und all sein Ärger scheint vergessen.

Ratlos über seine Verwandlung und die aller anderen schaue ich apathisch in die Runde. Wie macht sie das nur?

„Das ist sehr liebenswürdig von Ihnen. Ich hoffe, mein Rosinchen macht Ihnen keine Scherereien, Mr. Barclay. Sie ist wie ein kleiner Wirbelwind und ein bisschen starrköpfig."

„Du scheinst von dir zu reden, Tante", gehe ich patzig dazwischen.

Ich bin erwachsen, wann kapiert sie das endlich? Wie ich es hasse, wenn sie über mich redet, als sei ich nicht anwesend.

David lacht belustigt über meine hilflose Reaktion.

„Ihr Rosinchen ist mir eine große Hilfe und ohne ihre Dickköpfigkeit wäre sie heute nicht hier. Sicherlich hat Sie Ihnen erzählt, mit welchem Engagement sie um eine Anstellung gekämpft hat."

Ja, na klar, sie weiß es! Ist ja auch egal. Darum geht's doch nicht – sondern einzig und allein darum, dass meine Tante den Bogen überspannt. Wenn hier einer stur ist, dann sie! Der gesamte Hof weiß nun über etwas Bescheid, was ich keine Sekunde in Betracht gezogen habe. Bald ist es im ganzen Ort bekannt. Ich kann meine Koffer packen. Alle werden mit dem Finger auf mich zeigen.

„Ja, das hat sie von ihrer Mutter, sie war ebenfalls höchst eigensinnig."

Und die hatte es von dir!

Davids Arm legt sich um meine Hüfte, was ich sprachlos geschehen lasse.

„Es gibt einiges, was ich noch nicht über dich weiß, Jennifer. Ich hoffe, wir knüpfen an den gestrigen Abend an anderer Stelle an", flüstert er mir für alle hörbar ins Ohr und lässt mich vor Scham im Boden versinken.

„Falls du dich jemals von Mrs. Stephens losreißen kannst, ließe sich darüber reden. Aber da dürfte selbst ein Liebestrank nutzlos sein!"

Oh nein, was habe ich da gesagt? Bin ich denn von allen guten Geistern verlassen? Ich hab die Kontrolle über mich verloren.

David legt seine Stirn in Falten und schmunzelt.

„Wovon redest du eigentlich?"

Verfluchter Mist, ich brauche meine Tante gar nicht, um mich zu blamieren. Das schaffe ich auch allein. Trotzdem, sie ist schuld!

„Das fragst du besser meine Tante!", antworte ich David und lynche meine Tante mit einem giftigen Blick.

„Ach du meine Güte, ich hab ja vollkommen die Zeit vergessen", wechselt meine Tante gekonnt das Thema. „In einer halben Stunde habe ich einen Termin beim Friseur. Ich muss mich leider schon verabschieden, Mr. Barclay. Es hat mich wirklich gefreut."

David scheint meine Bemerkung vergessen zu haben und verabschiedet sich galant von meiner Tante. Jacob wird endlich freigegeben, wirkt aber unversehens wie ein Wassertropfen in der Wüste – so verloren. Meine Tante muss es ihm angetan haben.

„Ich werd dann zurück an meine Arbeit gehen", murmelt er leise und sieht meiner Tante wie verzaubert hinterher.

„David!!!", ruft eine quietschende Stimme aus der Ferne. Veronica könnte mal eine Ölung vertragen. „Ich muss dringend mit dir reden!"

Sie schwingt wie ein tollwütiger Springbock zu uns heran.

„Hat das keine Zeit, Veronica? Ich möchte gerne etwas mit Miss Robertson besprechen."

„Nein, das hat es nicht! Eben ist ein Fax von deinem Notar eingegangen. Er hat auf deine Anordnung hin unseren Vertrag für ungültig erklärt. Verrätst du mir bitte, was das zu bedeuten hat?", will sie in feindseligem Ton wissen.

Sofort entfällt ihm, dass er etwas mit mir besprechen wollte. Prima! Dieser Frau gelingt es regelmäßig, im entscheidenden Moment aufzutauchen und jede Gelegenheit, die Klarheit zwischen David und mir schaffen könnte, niederzumähen.

„Das sollten wir nicht hier diskutieren, Veronica", erwidert er gefasst, als wäre er längst im Bilde. Jetzt würde ich zu gerne mal Mäuschen spielen und mich unbemerkt an ihre Fersen heften. Mir ist weder klar, weshalb David diesen Schenkungsvertrag aufgesetzt hat noch warum er ihn zeitgleich wieder annullieren lässt. Welchen Sinn hat solch eine Vorgehensweise? Was will er mit diesem Geniestreich bezwecken?

Abenteuer „Glas"

Wir sind auf dem Weg zu David Barclays Geburtstagsfeier. Kurz nachdem meine Tante den Hof verließ, um zum Friseur zu eilen, hatte ich mich ebenfalls verkrümelt. Die Tatsache, dass meine Tante außerhalb meines Kontrollbereichs frei in meinem neuen Heimatort herumläuft, bereitete mir Sorge. Außerdem wollte ich David nicht mehr begegnen für den Fall, er hätte wieder Zeit gefunden, mit mir zu reden. Irgendwie war mir nicht danach.

Natürlich hatte ich zuvor meine Kollegen informiert, dass sie unverhofft zur Geburtstagsfeier ihres Bosses eingeladen sind. Meine Hoffnung, dass keinem diese kurzfristige Einladung gelegen käme, erfüllte sich nicht. Zu meinem Leidwesen sagte ausnahmslos jeder zu. Keiner wollte verpassen, wie ich David den Zaubertrank reiche.

Meine Tante sitzt auf dem Beifahrersitz meines Wagens und redet wie am Fließband. Es ist unverkennbar, woher ich mein reges Mundwerk habe – nur dass meine Tante beim Reden die Fähigkeit besitzt, in regelrechte Ekstase zu verfallen.

Das Glas mit den Grundstoffen für den Liebestrank hält sie mit aller Vorsicht in beiden Händen und ist dabei beharrlich bemüht, es vor zu großer Erschütterung zu bewahren. Trotzdem habe ich mich nicht von ihr überreden lassen, einen Umweg zu fahren, der einen besseren Straßenbelag garantiert hätte. Dafür war mir meine

Zeit und mein Benzin zu schade. Wie sie es allerdings schafft, sich auf das Glas zu konzentrieren und gleichzeitig mit voller Hingabe zu reden, sich zwischendurch mit einer Hand durch ihre neue Frisur zu fahren und synchron ihr Gesicht zu pudern, ist mir schleierhaft. An der nächsten Ecke müsste Jacob stehen und auf uns warten. Wir hatten verabredet, ihn dort einzusammeln. Meine Tante wollte auf keinen Fall riskieren, ohne ihren Begleiter auf der Feier zu erscheinen. Jacobs Auto hätte möglicherweise nicht anspringen können, eine Kuh ihm in den Weg springen oder ein Blatt auf seine Windschutzscheibe fallen können. Es lauern einfach zu viele Gefahren im täglichen Leben auf uns, daher bestand meine Tante mit aller Entschiedenheit darauf, dass Jacob mit uns mitfährt. Ihm war es nur recht. So erhält er die Gelegenheit, mehr Zeit mit meiner Tante zu verbringen.

Auf der weiteren Fahrt plaudern sie ausgelassen miteinander und mir entgeht nicht, wie sehr Jacob durch die Gesellschaft meiner Tante auflebt.

Wir erreichen den Hof in der Abenddämmerung. Die Sonne, die gerade den Rand des Horizonts passiert, färbt den Himmel in ein feuriges Rot. Eingefangen von diesem Naturschauspiel, sehe ich verträumt nach oben, als ich aus dem Wagen steige. Der Hof ist zugestellt mit unzähligen Fahrzeugen der vielen Gäste, die David heute erwartet.

Meine Tante reicht mir vorsichtig das Einweckglas.

„Du weißt ja, wie man den Trank zubereitet, nicht wahr, Rosinchen?"

Immer noch blicke ich in den Himmel.

„Ja, ja."

Gerade kommt mir der Verdacht, ich könnte heute der Mittelpunkt des Abends sein und nicht David. Für den Fall, ich würde mich gegen diese fixe Idee entscheiden und David keinen Zaubertrank reichen, hätte ich die komplette Belegschaft gegen mich, inklusive meiner Tante und Jacob. Ich stehe unter Zugzwang – alle erwarten es von mir. Das hat sie wirklich klug eingefädelt. Sie wusste genau, dass ich nicht ernsthaft daran gedacht habe, David ein Wundermittel zu verabreichen. Also hat sie sich sofort auf den Weg nach Irland gemacht, um mich gegen meinen Willen in dieser Angelegenheit zu unterstützen. Meine Kollegen in den Plan einzuweihen, war reine Berechnung. David so zu manipulieren, dass er die Mitarbeiter zu seinem Fest einlud, war ein Kinderspiel für sie. Es war ihr klar, dass ich unter diesen Umständen keinen Rückzieher machen kann. Meine Kollegen würden mich niedermetzeln für den Fall, dass ich David den Liebestrank nicht überreiche. Demzufolge trüge ich für sie die Verantwortung, würde er sich für Veronica entscheiden.

Angewidert nehme ich das Glas mit dem zweifelhaften Inhalt entgegen und rümpfe die

Nase. Das würde ich im Leben nicht freiwillig verzehren. Aber David weiß ja nichts davon. Neugierig betrachte ich das Gekrabbel im Gefäß. Gleich landet ihr im Kochtopf. Ich muss nur darauf achten, dass mich Linda oder die anderen Küchenmädchen bei der Zubereitung nicht erwischen. Sicher kämen sie sonst auf den nicht so abwegigen Gedanken, ich könnte David vergiften wollen.

Während sich meine Tante und Jacob zum Vordereingang begeben, um von David begrüßt zu werden, wähle ich den Dienstboteneingang. Das Glas lasse ich unter meinem Pullover verschwinden, als ich die geräumige Küche im Erdgeschoss erreiche.

„Hey, Jenny!", grüßt mich Linda. „Es war also kein Witz? Du hilfst tatsächlich in der Küche aus?"

„Nun ja, ich glaube zwar nicht, dass ich euch eine große Hilfe bin, aber ich werde mein Bestes geben. Versprochen!"

„Falls du den Liebestrank für Mr. Barclay jetzt zubereiten möchtest, hast du freie Bahn. Der Herd ist frei."

„Wie bitte? Du weißt also auch ...?"

Gibt es denn niemanden mehr, der nicht darüber informiert ist? Morgen steht es wahrscheinlich in der Zeitung.

Unschuldig sieht mich Linda an, als wäre mein Vorhaben das Normalste der Welt. Schließlich werden Liebeströpfchen den ahnungslosen Opfern doch ständig in den Wein geträufelt.

„Kann ich dir dabei helfen?", fragt sie mich ernsthaft.

Falls du ein paar Käfer und Regenwürmer kochen und zerstampfen, eine Fuchskralle zermahlen und ein Fischauge auseinandernehmen möchtest, gerne.

„Das ist lieb von dir, aber ..."

„Ach, na klar!", unterbricht sie mich zu hochgradiger Erleuchtung gelangt. „Du musst ihn ja persönlich zubereiten, sonst hat es keinen Effekt, nicht wahr?"

„Äh, ja ... sicher."

Abgesehen von der Tatsache, dass es durchaus keine Rolle spielt, wer diese Mischung herstellt, ist diese wahnwitzige Idee zweifellos ohne Effekt. Daher hätte ich mich unter normalen Umständen niemals zu diesem Irrsinn hinreißen lassen. Merkwürdigerweise scheinen all meine Kollegen das vollkommen anders zu sehen. Ihr Vertrauen in dieses Vorhaben ist beinahe unerschütterlich. Seit Veronica hier ist, bangt jeder um seinen Arbeitsplatz und dieser Liebestrank ist ihr Strohhalm, an den sie sich klammern. Jeder weiß, wenn sie seine Frau wird, ist Rosefield verloren. Ich bin ihnen vertraut und vor mir haben sie nichts zu befürchten. Mein Interesse an Davids Besitz beschränkt sich auf Charly und Clark.

Linda schnappt sich ein Tablett mit gefüllten Weingläsern und begibt sich in den Festsaal. Also schreite ich zur Tat. Ich setze einen Topf mit Wasser auf und lasse den Inhalt des Einweckglases in die brodelnde Flüssigkeit plumpsen. Danach zermale ich alles zu feinstem Pamps und streue noch etwas von dem Puder darüber, den meine Tante vor langer Zeit aus Asien mitgebracht hat. Sie verkaufen ihn dort ganz offiziell als Zauberpuder. Keine Ahnung, woraus er besteht. Als letzten Bestandteil füge ich eine Wimper von mir hinzu. Es hätte auch ein Kopfhaar oder ein Fingernagel sein können, aber eine Wimper erscheint mir irgendwie aparter. Erneut mische ich alles gründlich durch. Und nach gut einer halben Stunde ist es vollbracht. Die Mixtur ist fertig. Sorgenvoll starre ich auf die braune Brühe. Was ist, wenn er plötzlich tot umfällt, nachdem er davon getrunken hat? Dann wäre ich eine Mörderin – und jeder würde es wissen.

„Ist er das – der Zaubertrank?", erkundigt sich Linda flüsternd.

Sie kann es ruhig laut sagen. Es wissen doch eh alle Bescheid. Selbst die Wände. Alle sind eingeweiht. Ich nicke.

„Na, dann wollen wir mal", sporne ich mich selbst an und lasse ein paar Tropfen von dem Gebräu ins Weinglas laufen, das mir Linda begeistert reicht. Ich stelle es auf ein Tablett und drapiere einige nicht präparierte Gläser drum herum. Ein letztes Mal atme ich tief durch und mache mich mit dem Tablett auf den Weg in den Festsaal. Linda winkt mir aufmunternd hinterher.

Als ich den Saal betrete, werden auf der Stelle sämtliche Kollegen auf mich aufmerksam und starren gebannt zu mir. Das ist ja schlimmer, als auf der Bühne zu stehen. Wie gut, dass ich keinen Text habe, den ich vergessen könnte.

Krampfhaft halte ich meinen Daumen auf den Stil des präparierten Glases, für den Fall, einer der Gäste könnte auf die Idee kommen, nach dem falschen Glas zu greifen.

Bald stehen nur noch zwei Weingläser auf dem Tablett und ich habe David längst nicht erreicht. Was soll ich bloß tun, wenn ein Gast nach diesem Glas greifen will? Ich kann es ihm ja schlecht wieder entreißen. Plötzlich tippt mir ein Finger von hinten auf die Schulter. Erstaunt blicke ich mich um.

„Guten Abend, Miss Robertson, wie schön, Sie wiederzusehen."

Dr. Wilson ist ebenfalls unter den Gästen? Ich bin überrascht, dass David ihn eingeladen hat.

„Ich muss gestehen, dass ich annahm, Sie seien am heutigen Abend Mr. Barclays Begleitung. Sie nun in der Rolle einer Aushilfskraft vorzufinden, ist mir unverständlich. Seine Entscheidungen erscheinen mir irrational. Die Wahl der Dame an seiner Seite ist alles andere als nachvollziehbar."

Ja, das versteht hier keiner und ich schon gar nicht.

Dr. Wilsons Worte sind Balsam für meine Seele.

„Ich habe Mr. Barclay versprochen, etwas auszuhelfen. Überdies gehen mich seine Entscheidungen nichts an. Von mir aus kann er Cleopatras

Mumie zu seiner Begleitung erklären. Es ist mir egal!"

Natürlich ist es mir nicht egal, aber das muss ich mir selbst und Dr. Wilson gegenüber ja nicht eingestehen.

Mir fällt auf, dass mir einige meiner Kollegen ungeduldig Zeichen geben. Offensichtlich halte ich mich ihrer Meinung nach schon viel zu lange bei Dr. Wilson auf. Natürlich können sie es kaum abwarten, dass ich David das Weinglas übergebe. Er steht mit Veronica bei meiner Tante und Jacob. Sie hat es wieder mal geschafft. Der Saal ist voll von Gästen, um die sich David kümmern müsste, aber meiner Tante gelingt es auf wundersame Weise, Davids Willen zu lenken. Garantiert versteht er selbst nicht, warum er ihrem Wirkungskreis nicht entrinnen kann. Veronica tippelt ungeduldig mit der Fußspitze auf und ab. Das leere Gerede meiner Tante muss sie zutiefst langweilen. David allerdings klebt gefesselt an ihren Lippen. Sie ist eine wahre Zauberin. Es bedarf lediglich ein paar wohlüberlegter Sätze meiner Tante und schon funktionieren alle Menschen ganz nach Wunsch.

„Weshalb nur erwecken Sie dann den Eindruck bei mir, als seien Sie eifersüchtig auf Mrs. Stephens?", fragt mich Dr. Wilson nun geradeheraus.

Welch taktlose Behauptung! Dazu noch absolut an den Haaren herbeigezogen.

„Ich wüsste nicht, was Sie das anginge, Dr. Wilson."

„Entschuldigen Sie, Miss Robertson. Ich wollte nicht indiskret sein, aber ich muss zugeben, dass es mir gelegen käme, wenn Mr. Barclay seine Entscheidung zu Gunsten von Mrs. Stephens getroffen hätte."

Dr. Wilson kommt schlichtweg zum falschen Zeitpunkt. Ich muss mich jetzt auf andere Dinge konzentrieren. So gern ich mich seinen Schmeicheleien hingeben würde, aber ich muss meinen Wein endlich loswerden. Solange mich Dr. Wilson in ein Gespräch verwickelt, steigt die Gefahr, dass der Falsche nach dem verwünschten Glas greift. Ich muss hier weg!

Doch da passiert es! Mir bleibt die Luft weg vor Schreck. Ein Herr im grauen Anzug greift nach dem verbotenen Glas. Mein Daumen drückt mit aller Macht auf den Fuß des Weinglases, aber seine Hand ist stärker. Er hat es! Meine Güte, er hält es zwischen seinen wurstigen Fingern! Ein Raunen ertönt im Saal. Alle Kollegen starren voller Entsetzen zu mir herüber. Sie wissen, dass es *das* Glas ist. Er hätte auch das andere ergreifen können, aber dass er das falsche in den Händen hält, spüren sie genau. Wenn er daraus trinkt, bin ich geliefert. Keiner meiner Kollegen wird jemals wieder ein Wort mit mir wechseln. Sie werden mich hassen für mein Versagen.

Dr. Wilson erkennt sofort, dass mir die Farbe aus dem Gesicht weicht.

„Du liebe Güte, Miss Robertson, geht es Ihnen nicht gut? Sie sehen auf einmal so blass aus. Ruhen Sie sich lieber einen Augenblick aus."

Dr. Wilson nimmt mir das Tablett ab und stellt es auf den Boden.

„Sie sollten sich wirklich setzen."

Er drückt mich gegen meinen Willen auf einen klapprigen Stuhl. Mein Herz beginnt zu rasen, als der graue Mann das Glas zum Mund führt. Ich strecke meine Hände aus und gestikuliere wild umher. Nein, nicht trinken! Niiiicht!!!

Endlich gelingt es mir, mich aus Dr. Wilsons Fängen zu befreien. Ich springe von meiner Sitzgelegenheit auf und reiße dem Mann in allerletzter Sekunde das Glas aus der Hand. Puh, das war Rettung in letzter Not.

„Na hören Sie mal, Miss! Geben Sie mir sofort das Glas zurück! Was für eine Unverschämtheit!"

„Beruhigen Sie sich doch bitte", rede ich auf den grauen Herrn ein. „In Ihrem Glas schwimmt ein Käfer. Sehen Sie, hier."

Ich zeige mit dem Finger kurz auf eine Stelle im Glas und ziehe es daraufhin schnell aus seinem Gesichtsfeld für den Fall, ihm könnte auffallen, dass nicht mal ein Staubkorn darin schwimmt.

„Oh, da bin ich Ihnen wohl zu großem Dank verpflichtet."

Du kannst mir in der Tat dankbar sein. Denn beinahe wärst du mir mit Haut und Haaren verfallen gewesen.

Habe ich das gerade tatsächlich gedacht? Ich bin infiziert! Dabei habe ich in meiner Kindheit nicht mal an den Weihnachtsmann geglaubt. Ich bin ein überzeugter Realist. Liebestränke gibt es nicht! Gibt es nicht, gibt es nicht!

So. Wo waren wir stehen geblieben? Ach ja, richtig, ich war auf dem Weg zu David. Dr. Wilson hat mich aufgehalten und der graue Mann hätte beinahe meinen Tod verschuldet, denn meine Kollegen hätten mich gelyncht. Nun muss ich erst mal damit klarkommen, dass ich noch lebe.

„Schon gut, nichts zu danken. Ich bringe Ihnen selbstverständlich ein neues Glas."

Hastig husche ich an ihm sowie an Dr. Wilson vorbei und renne mit dem Glas der Gläser aus dem Saal. Als ich die Küche erreiche, eilt Linda auf mich zu.

„Das war aber knapp. Hier hast du ein neues Tablett. Versuch es noch einmal."

Schonungslos schiebt sie es mir auf dem Tisch entgegen. Ich will nicht mehr! Lasst mich doch alle in Ruhe! Widerwillig schiebe ich das Tablett zurück.

„Mensch, Jenny! Mr. Barclay will gegen Mitternacht seine Verlobung mit Mrs. Stephens bekannt geben. Das musst du unbedingt verhindern."

Waas? Aber ...

„Woher weißt du das?"

„Ich habe zufällig ein Telefonat mitgehört, in dem er davon sprach. Frag mich nicht, mit wem er gesprochen hat oder nach dem genauen Inhalt. Ich konnte bloß diesen einen Satz verstehen, in dem es um die Bekanntgabe seiner Verlobung mit ihr ging."

Dann hat sie es ja fast geschafft, diese Schlange! Sie ist ihrem Ziel näher, als ich bisher annahm. Er will sie tatsächlich heiraten. Was kann ich jetzt noch ausrichten? Es ist doch lächerlich anzunehmen, man könnte ihn mit diesem Trank umstimmen. Vielleicht hätte ich stärker um ihn kämpfen sollen. Unsinn! Man kämpft doch keinen Kampf, den man nicht gewinnen kann. Da schone ich lieber meine Kräfte für die wirklich wichtigen Dinge: nämlich meine Ausbildung.

Linda schiebt mir das Tablett erneut zu.

„Bitte, Jenny, du bist unsere letzte Hoffnung."

Ihre Verzweiflung steht ihr ins Gesicht geschrieben. Wäre der Rest der Belegschaft jetzt in der Küche, würden ihre Gesichtszüge die gleiche Sprache sprechen. Das ist ein Komplott gegen mich. Und meine Tante ist ihre Anführerin. Falls es misslingt – und es wird misslingen –, möchte ich nicht dafür verantwortlich gemacht werden. Aber genauso wird es kommen. Bleibe ich allerdings tatenlos, werden sie mich ebenfalls für schuldig erklären. Also spielt es keine Rolle, wie ich untergehe. Ich schnappe mir das neue Tablett und stelle das magische Glas zu den anderen. Entschlossen begebe ich mich wieder in den Festsaal und gehe direkt auf David zu. Doch der graue Herr hält mich auf und stellt sich mir in den Weg.

„Halt! Nicht so schnell. Oder haben Sie mich etwa vergessen?"

Mist, das wär mir beinahe durch die Lappen gegangen. Ich lächle den Herrn freundlich an und reiche ihm ein ausgewähltes Glas. Zufrieden nimmt er es entgegen und lässt mich passieren.

David steht nach wie vor auf demselben Fleck, nur diesmal ist er umringt von einer Schar von Gästen. Sollten die alle nach einem Glas Wein verlangen, bleibt für David keines mehr übrig. Ich muss mein Vorhaben wieder verschieben. Meine Tante, die weiterhin bei David steht, blinzelt mir zu und winkt mich heran. Kopfschüttelnd versuche ich, ihr klarzumachen, dass es jetzt zu riskant wäre, aber sie besteht darauf, dass ich zu ihnen stoße. Verständnislos über ihre Aufforderung gehe ich weiter, doch im nächsten Moment bleibe ich erschrocken stehen. Was ist, wenn wieder etwas schiefgeht? Sollte das Glas abermals in die falschen Hände geraten, könnte das Vorhaben endgültig scheitern. Mir fehlt ein Plan.

Gerade will ich den Rückzug antreten, als David auf mich aufmerksam wird.

„Jennifer! Was stehst du da herum? Komm zu uns herüber, die Geschichten deiner Tante sind wirklich amüsant."

Ja, später vielleicht. Aber jetzt muss ich erst mal einen neuen Plan austüfteln und das mach ich am besten in der Küche.

Ich werfe David ein verstörtes Lächeln zu und drehe mich um. Ab in die Küche! Ich muss hier schleunigst weg!

Doch bevor ich meinen Rückzug einleiten kann, versperrt mir meine Tante den Weg.

„Halt, hiergeblieben! Wo willst du hin?", raunt sie mir herrisch zu. „Du hast zuvor eine Aufgabe zu erfüllen. Oder willst du etwa kurz vor dem Ziel kneifen?"

„Neiiin! Aber ..."

„Na, dann los! Worauf wartest du noch? Überreiche ihm endlich den Wein!"

Leichtsinnig schiebt sie mich in Davids Richtung. Jetzt muss mir schnell was einfallen. Ich könnte das Tablett einfach fallen lassen. Damit würde ich etwas Zeit gewinnen.

Die meisten Gäste, die sich um David scharen, kommen mir entgegen und greifen nach einem Glas Wein. Eines nach dem anderen wird mir vom Tablett gepflückt, bis lediglich zwei übrig bleiben. Gerade will mir meine Tante das Tablett aus der Hand nehmen, als Veronica sich die beiden letzten Gläser herunternimmt.

Verdammt und zugenäht, es will nicht klappen! Was kann ich noch tun? Die Ausrede mit dem Käfer im Glas zieht bestimmt kein zweites Mal. Ich spüre, wie die komplette Belegschaft innehält und keiner mehr zu atmen wagt. Ich auch nicht. Geschieht nicht gleich ein Wunder, muss ich ersticken.

Nervös konzentriere ich mich auf das präparierte Glas, damit sie nicht durcheinandergeraten. Offensichtlich will sie David eines der Gläser reichen. Doch David führt ein angeregtes Gespräch mit einem Gast und bemerkt ihre Geste nicht.

Meine Tante legt das Tablett beiseite und wendet sich an Veronica.

„Oh, Mrs. Stephens, darf ich Ihnen die Gläser abnehmen? Sie haben ja keine Hand für das fliegende Buffet frei, das gleich serviert wird."

Welches fliegende Buffet?

„Nein, vielen Dank", erwidert sie kurz und knapp und hält beharrlich an beiden Gläsern fest.

Oh nein, gib mir sofort das Glas zurück! Ausgerechnet sie musste danach greifen! Das nenne ich Ironie des Schicksals.

Mit Nachdruck kämpft sie um Davids Aufmerksamkeit und reißt ihn aus dem Gespräch.

„David, der Augenblick ist passend. Warum gibst du es nicht jetzt bekannt?", fordert sie ihn auf und reicht ihm *das* Glas. Ich muss es ihr aus der Hand schlagen. Welche Wahl habe ich sonst? Ich mache ein paar Trockenübungen und schlackere mit den Armen umher. Danach visiere ich das Objekt an und hole kräftig Schwung. Mit einem machtvollen Hieb treffe ich – mitten ins Leere. Veronica hat zufällig im selben Augenblick das Glas zurückgezogen.

„Ich denke, diese Entscheidung solltest du schon mir überlassen", knurrt er sie an.

Ja, genau, gib das Glas endlich her! David will es nicht – schon gar nicht von dir!

„Veronica, ich nehme dir das zweite Glas gerne ab."

Rasch greife ich danach, doch sie zieht beide Gläser an sich heran wie eine Hyäne, die ihre Beute nicht teilen will.

„Danke, aber du siehst doch, dass David ohne Glas ist."

„Ja, ich werde es ihm überreichen. Ich bin ihm viel näher als du."

Skeptisch sieht sie auf das Glas. Was denkt sie jetzt wohl? Wahrscheinlich wundert sie sich, dass ich so erpicht darauf bin, David das Glas zu überreichen.

„Deine Versuche, Davids Aufmerksamkeit zu erlangen, sind wirklich erbärmlich. Du solltest lieber deiner Arbeit nachgehen und dich hier nicht zum Narren machen."

„Aber genau das ist meine Arbeit. Also gib mir verflucht noch mal das Glas!", fordere ich gereizt und kann nicht leugnen, dass meine Beherrschung am seidenen Faden hängt.

Diese Situation verlangt alles von mir ab. Nicht mehr lange und ich bin bereit, ein Blutbad für dieses Glas anzurichten.

Meine Tante, die meine fruchtlosen Versuche verfolgt hat, begibt sich wieder zu David. Geschickt verwickelt sie ihn in ein Gespräch und drückt ihn diskret zu mir herüber. Na bitte, jetzt steht er direkt neben mir. Es gibt also keinen

Grund, mir den Wein länger zu verweigern. Wenn du ihn mir nicht freiwillig geben willst, hole ich ihn mir mit Gewalt! Also lass das Glas endlich rüberwachsen!

Doch nun geht Veronica auf David zu und reicht ihm eines der Gläser. Verdammt, ich habe keine Ahnung, welches Glas das Richtige ist. Ich habe sie durcheinandergebracht. Oh nein!

David nimmt das Glas entgegen. Warum tut er das? Er darf es nicht annehmen.

„Mein Gott, Rosinchen, du siehst so blass aus", behauptet meine Tante seltsamerweise. „Fühlst du dich nicht gut?"

Alle werden auf mich aufmerksam. Nein, ich fühle mich großartig. Was will sie von mir? Welches Glas hat er bloß in seiner Hand? Ich weiß es nicht mehr.

Meine Tante hält mir ein kleines Fläschchen unter die Nase. Was soll das? Ich kann nicht auf Kommando ohnmächtig werden. Das ist mir noch nie gelungen. Ich atme den exotischen Duft gegen meinen Willen ein und kurz darauf wird mir schwarz vor Augen.

Als ich wieder zu mir komme, frage ich mich, was mir meine Tante unter die Nase gehalten hat. Es war ein süßlicher Duft, aber es hätte auch ein Narkotikum sein können. David kniet bei mir und streicht mir über die Stirn. Wo hat er das Glas nur gelassen?

„Was machst du bloß für Sachen? Du solltest dich etwas ausruhen."

Er zieht mich auf die Beine und drückt mich zum Ausgang. Aber ich will mich nicht ausruhen! Ich hab hier eine Aufgabe zu erledigen!

„Nein, hör zu, du musst aus dem Glas trinken! Das ist sehr wichtig. Lass uns zurückgehen."

„Du bist ja ganz verwirrt. Wahrscheinlich arbeitest du die letzte Zeit zu viel. Mach doch ein paar Tage Pause."

„Aber du verstehst nicht! Es geht hier nicht um mich, sondern um dich!"

„Nein, Jennifer, es geht um uns. Und ich hoffe, du vergisst das nicht, auch wenn der heutige Abend einen anderen Verlauf nehmen wird als du erwartest. Du musst mir vertrauen, egal, was heute passiert. Versprich es mir!"

Aber es darf nicht passieren! Mein Gott, jetzt ist alles zu spät. Ich habe verloren!

David nimmt mich am Arm und führt mich durchs Haus. Am Ende des Ganges öffnet er eine Tür – die Tür zu seinem Schlafzimmer. Ich glaub, wir sind hier falsch. Können wir den Gang bitte noch einmal entlanggehen und dann zum Beispiel die dritte Tür von rechts nehmen? Vielleicht steht da nicht so ein großes, bedrohliches Doppelbett, sondern nur eine schlichte, harmlose Couch. Auf keinen Fall lege ich mich da hinein. Mir geht's auch schon viel besser. Ging's mir jemals schlecht?

„So, du kannst dich hier solange erholen, wie du willst."

„Aber da wartet jede Menge Arbeit auf mich in der Küche!" *...und außerdem musst du noch aus diesem Glas trinken.*

„Du legst dich jetzt hin! Keine Widerrede! Habe ich mich klar ausgedrückt?"

„Ja, hast du, aber deswegen muss ich es ja nicht tun. Ich werde zurück in die Küche gehen!"

Ich schlüpfe an ihm vorbei und schlängle mich zum Ausgang. Jedoch habe ich nicht mit Davids schneller Reaktion gerechnet. Er packt mich am Schlafittchen und hält mich fest. Ich fühle mich wie ein Hund an der kurzen Leine.

„Du gehst nirgendwo hin. Warum bist du bloß so unvernünftig? Du hast gerade dein Bewusstsein verloren. Das passiert doch nicht ohne Grund."

Nein, da hast du Recht. Das passierte nur, weil mich meine Tante mit ihren Kräutergiften betäubt hat. Doch nun muss ich meine Aufgabe beenden. Und das geht schlecht, wenn ich die Feier verschlafe.

„Ich möchte, dass du auf deinen Körper hörst. Ruh dich aus! Bitte."

Also, wenn ich auf meinen Körper hören sollte, würde ich jetzt ganz andere Dinge tun. Zum Beispiel über David herfallen. Ich sehe ihn beschwörend an und hoffe, dass er mich freigibt. Nicht nur, dass die gesamte Belegschaft und meine Tante draußen auf mich warten, diese Aufregung hat zusätzlich dazu geführt, dass ich ein Mühlrad im Kopf habe. Dass ich mit David unverhofft allein bin – noch dazu in seinem Schlafzimmer – und er mit seinen hochgekrempelten Hemdsärmeln dasteht wie ein goldbraun geröstetes Toast, führt unweigerlich dazu, dass mein Motor heiß läuft. Ich muss hier schleunigst raus. Dieser Mann will gleich seine Verlobung bekannt geben, eine Horde geladener Gäste wartet im Saal und ich habe nichts Besseres zu tun als aufzuflammen wie ein Glühfaden einer 200-Watt-Birne. David wundert sich, weshalb ich meinen Widerstand eingestellt habe. Wahrscheinlich glaubt er, ich würde kapitulieren und auf seinen Rat, mich hinzulegen, hören. Aber seine nicht zu übersehene Unsicherheit verrät mir, dass er dem Frieden nicht traut. Wir stehen einen halben Meter voneinander entfernt und sehen uns stumm in die Augen. Ich wage kaum noch zu atmen, als ich mich ihm nähere. Dass David die meiste Zeit des Tages im Freien verbringt, ist an seinem appetitlichen Kakao-Teint zu erkennen. Gern würde ich meine Zunge über seine Haut gleiten lassen, um zu überprüfen, ob sie auch danach schmeckt. Seine sehnigen Arme sind harte Arbeit auf dem Hof gewohnt. Sie laden förmlich dazu ein, sie zu betasten und zu erkunden. Ich gehe auf ihn zu und greife mir seine Hand. Ich schiebe die hochgekrempelten Ärmel höher und streiche zart über die dunklen Haare auf seinem Arm. Begierig zeichne ich mit dem Zeigefinger die Narben nach, die ich in der Haut entdecke. David lässt es geschehen und sieht dabei zu, wie ich meine Hand zu der Knopfleiste seines Hemdes wandern lasse. Doch ich öffne nur zwei Knöpfe und streiche mit meinem Finger über die freigelegte Stelle seiner Brust. Mein Herz rast mir bis in den Kopf, wahrscheinlich hindert mich das viele Blut im Schädel am rationalen Denken. Ich weiß ja, dass das hier unpassend und dazu noch riskant ist. Denn David will Veronica heiraten, aber womöglich hoffe ich auch, ihn auf diese Weise stärker an mich zu binden. Aber eigentlich denke ich gerade nicht, sondern gebe mich meinen Trieben einfach hin. Ein tieferer Sinn meiner Handlung kann also ausgeschlossen werden. Nun nehme ich beide Hände zu Hilfe und lasse sie von Davids verdeckten Brustkorb aus langsam hinuntergleiten. Gott, wie sehr dieser Stoff mich stört!

„Jennifer ...", flüstert David. Zu mehr scheint er nicht fähig zu sein. Ich registriere, dass sich sein Puls verdoppelt hat. Seine Halsschlagader donnert geradezu gegen seinen Hals. Er wirkt beinahe willenlos, denn er bewegt sich keinen Zentimeter und lässt alles mit sich geschehen. Geht es ihm ebenso wie mir? Möchte auch er es? Als ich mich auf die Zehenspitzen stelle, um David sanft auf den Mund zu küssen, erwacht er aus seiner Lethargie und zieht mich stürmisch an den Hüften zu sich heran. Er fackelt nicht lange und erwidert leidenschaftlich meinen Kuss. Seine Zunge gleitet energisch in meinen Mund und sein Atem wird zunehmend schwerer.

„Du hast so weiche Haut", stellt er aufgewühlt fest, als er mit seinem Daumen über mein Gesicht streift. Mein Herz schlägt schneller, sodass mir schwindelig wird. Seine Finger wandern zärtlich über meine Wange und gleiten hinab, bis sie die Knöpfe meiner Bluse erreichen. Er öffnet einen Knopf nach dem anderen und scheint die Führung übernommen zu haben, denn ich bin wider Erwarten handlungsunfähig geworden. Na schön, ich habe diese Situation heraufbeschworen, also brauch ich mich auch nicht zu wundern, dass sich David seiner Erregung hemmungslos hingibt. Ich dagegen bin plötzlich wie paralysiert. Nie hätte ich gedacht, dass es sich so wunderbar anfühlt, leidenschaftlich von David berührt zu werden. Ich könnte ertrinken in meiner eigenen Wollust. Berauscht lasse ich seine hitzigen Handlungen zu. Mir ist klar, dass alles viel zu schnell geht und wir uns Zeit nehmen sollten, aber zu lange wünsche ich es mir bereits – das wird mir jetzt klar. Die Gefühle, die seine Berührungen in mir auslösen, sauge ich auf wie ein Schwamm. Endlich streift er mir die Bluse ab und lässt seine Hände über meine Brüste wandern. Ich werde wahnsinnig, wenn ich nicht bald seine nackte Haut spüren kann. Meine Finger tasten sich langsam unter sein Hemd, das ich ihm zuvor aus der Hose gezogen habe. Sein warmer Rücken fühlt sich gut an, aber das reicht mir noch nicht. Das Hemd muss weg! Ich halte mich nicht lange mit der Knopfleiste auf, sondern reiße es im Rausch einfach auf. Mit zwei Handbewegungen entledigt er sich des Fetzens und wirft ihn auf den Boden. Wir lassen uns aufs Bett sinken und schon liegt er mit seinem bloßen Oberkörper über mir.

Eigentlich müsste ich mich wehren, ihn daran hindern weiterzugehen. Aber er soll nicht aufhören, ich möchte alles, was er mir geben kann – jeden Kuss, jede Berührung, seine ganze Leidenschaft. Ich lasse meine Hände über seinen Po gleiten und drücke mich fester an ihn heran. Es bedarf keiner weiteren Andeutung. Er hat mich verstanden.

Die Ankündigung

Wir liegen umarmt nebeneinander und ich schaue verträumt durchs Zimmer. Ich würde mir nichts sehnlicher wünschen, als hier morgen früh mit ihm aufzuwachen und alles andere für immer zu vergessen. Aber leider warten unten im Haus weiterhin die Gäste und Veronica wird sich wohl auch nicht in Luft aufgelöst haben. Trotzdem gehe ich davon aus, mein Problem gelöst zu haben. Der Zaubertrank wird nun nicht mehr nötig sein. Alles, was eben geschah, stellt die bisherigen Versuche, David für mich zu gewinnen, in den Schatten. Die letzte Stunde war wie ein Zauber. Ich bin glücklich!

„Ich muss wieder zu den Gästen, auch wenn ich lieber bei dir bleiben würde. Es war wunderschön! Ich kann noch gar nicht begreifen, was gerade mit uns geschehen ist."

Na ja, da kann ich dir auf die Sprünge helfen. Wir gaben unseren Gelüsten nach und sind übereinander hergefallen. Dabei ist es zum Geschlechtsakt gekommen. Kann ja mal passieren.

„Wenn du möchtest, bleib doch liegen", bietet er an.

Nichts lieber als das, aber da gibt es noch etwas zu erledigen. Ich muss meinen Kollegen ein Zeichen der Entwarnung geben. Sie glauben doch nach wie vor, dass David seine Verlobung bekannt geben wird. Ich bin so froh. Alles wendet sich zum Guten. Himmel sei Dank!

„Nein, ich begleite dich!", lehne ich seinen Vorschlag ab.

„Aber es wäre mir lieber, wenn du nicht dabei bist. Bitte komm nicht mit! Es ist besser so."

Seine Worte machen mich stutzig. Hat er etwas zu verbergen? Nun komm ich natürlich erst recht mit. Nichts hält mich noch in diesem übergroßen Bett.

„Kommt nicht infrage. Was verheimlichst du mir?", will ich wissen.

„Ich möchte nicht, dass du etwas in den falschen Hals bekommst. Daher ist es für uns beide das Beste, du bleibst auf dem Zimmer. Wenn du bloß einmal auf mich hören würdest!"

Ich höre lediglich auf mein Gefühl, und das sagt mir, ich muss in jedem Fall auf diese Feier. Basta!

Ich ziehe mich an und gehe zur Tür. Unschlüssig drehe ich mich noch einmal um. David sitzt auf dem Bett und sieht bedrückt aus.

„Ich wünschte, ich wüsste, ob dir die letzte Stunde genauso viel bedeutet wie mir", sage ich unschlüssig und verlasse das Zimmer.

Meine Tante erwartet mich bereits, als ich den Saal betrete.

„Wo warst du nur so lange, Kind? Und wo ist David Barclay?"

„Er wird gleich kommen, Tante, und ich glaube, wir werden den Zaubertrank nicht mehr benötigen."

Jedenfalls hoffe ich das.

„Aber, Jenny, was auch immer eben geschehen ist, lass dich dadurch nicht blenden. Es gibt nur diesen einen Weg. Du musst ihm den Wein überreichen."

Meine Kollegen springen wie eine Horde Paviane auf mich zu.

„Endlich, warum hat das so lange gedauert?", sagt George und rüttelt an meinem Arm. „Jacob hat sich das richtige Glas unter den Nagel gerissen. Du kannst es ihm nun überreichen. Wir werden uns alle schützend um euch stellen, damit uns Veronica nicht wieder den Plan durchkreuzt."

Er hält mir das Glas vors Gesicht. Ich nehme es unsicher und frage mich, ob ich überhaupt eine andere Wahl habe. Gegen diese Meute habe ich keine Chance.

David betritt den Saal und schaut auf die Uhr. Es ist kurz vor Mitternacht. Gerade noch rechtzeitig, um mit den Gästen auf seinen Geburtstag anzustoßen. Das ist die Gelegenheit, ihm dafür den Wein in die Hand zu drücken.

Die Kapelle spielt einen Tusch. Einer der Gäste hebt sein Glas und gratuliert David zu seinem Geburtstag. Ich eile zu ihm, doch Veronica ist schneller. Keiner meiner Kollegen konnte dagegen etwas ausrichten. Nun steht sie wieder an seiner Seite. Aber ich lass mich nicht beirren. Lächelnd überreiche ich David mein Glas.

„Du brauchst etwas zum Anstoßen, David. Bitte nimm meinen Wein."

Er nimmt ihn entgegen und ich höre, wie einer der Kollegen ruft: „Auf unseren Boss! Er lebe hoch!"

Sie trinken auf ihn, aber David macht keine Anstalten, sich das Glas zum Mund zu führen.

„Jennifer, bitte höre jetzt nicht hin", beschwört er mich und wendet sich Veronica zu. Er legt seinen Arm um ihre Hüfte und lenkt sie auf die kleine Bühne zur Kapelle.

„Liebe Gäste, heute Abend möchte ich mit Ihnen mein Glas nicht bloß auf meinen vierzigsten Geburtstag erheben. Es gibt einen weiteren Anlass, warum wir hier heute versammelt sind. Ich bitte Sie, mit mir auf meine bevorstehende Vermählung mit Veronica Stephens anzustoßen."

Fassungslos erfriere ich zu einem Eiswürfel. Der Saal tobt vor Freude. Applaus ertönt von allen Seiten. Meine Kollegen stehen bewegungslos da und starren auf die Bühne. Meine Tante hält sich vor Schreck die Hände vors Gesicht und Jacob sieht besorgt in meine Richtung. Ich beobachte, wie David Veronica vor allen Gästen auf die Wange küsst. Das reicht! Die Party ist gelaufen! Ich muss auf der Stelle verschwinden! Verstört renne ich zum Ausgang und remple ein paar Gäste an. Linda kommt mir mit einem vollen Tablett entgegen. Ich stoße mit ihr zusammen und die gefüllten Champagnergläser fliegen in hohem Bogen zu Boden. Es scheppert so laut, dass alle Gäste auf mich aufmerksam werden und zu mir herüberschauen. Unbeeindruckt setze ich meinen

Weg fort. Dr. Wilson ist überraschend an meiner Seite und öffnet mir die Tür.

„Kommen Sie, Miss Robertson. Ich fahre Sie nach Hause."

Er zerrt mich am Arm in eine andere Richtung, denn ich bin so verwirrt, dass ich keine Ahnung habe, wie ich aus dem Haus komme. David ist plötzlich hinter uns und ruft nach mir. Ich beachte ihn nicht und folge Dr. Wilson stumpf.

„Jennifer, bitte lauf nicht weg! Ich werde dir alles erklären!"

Ich will seine Erklärungen nicht hören, sondern nur noch weg!

Als ich in Dr. Wilsons Wagen sitze, komme ich wieder zu mir. Was war da eben passiert? Ich hätte niemals vermutet, dass er – nach allem, was geschehen ist – weiterhin beabsichtigt, Veronica zu heiraten. Steht er etwa doch in ihrem Bann und kann sich dagegen nicht wehren? Hat meine Tante vielleicht Recht?

Dr. Wilson hält den Wagen vor meinem Haus an und stellt den Motor aus. Mitfühlend beugt er sich zu mir herüber und streicht mir über den Arm.

„Seien Sie unbesorgt, Miss Robertson. Das wird sich alles aufklären. Bestimmt ist alles anders als sie denken."

Warum sagt er das? Weiß er mehr, als er zugibt?

„Dr. Wilson, wenn Sie etwas wissen, sagen Sie es mir bitte."

„Ich kann Ihnen nur so viel sagen: Ich mag Sie sehr. Und wenn ich an David Barclays Stelle wäre, hätte ich Sie über alles aufgeklärt und Sie nicht im Unklaren gelassen."

„Aber wovon reden Sie bloß? Bitte sagen Sie mir, was Sie wissen! Sie kannten Veronica auch. Ich hörte von George, dass Sie mit ihr zusammen waren. Sie wissen doch ebenfalls, dass sie es lediglich auf Davids Vermögen abgesehen hat. Warum unternehmen Sie denn nichts?"

„Versuchen Sie ein bisschen zu schlafen. Morgen wird Ihre Welt schon wieder anders aussehen."

Er tut genauso geheimnisvoll wie David. Womöglich stecken die beiden unter einer Decke. Unzufrieden steige ich aus seinem Wagen. Es hat keinen Zweck – er will nicht reden.

„Mein Angebot steht übrigens weiterhin, Miss Robertson. Es wäre schön, wenn Sie für mich arbeiten."

„Danke, Dr. Wilson. Ich werde darüber nachdenken."

Ich lasse die Beifahrertür zufallen und lächle ihn durch die Scheibe an. Er nickt und lässt den Motor an. Langsam fährt der Wagen davon, während ich ihm gedankenverloren nachsehe, bis er in der Dunkelheit verschwindet. Aufgewühlt setze ich mich auf die Stufen vorm Eingang. Der Vollmond steht hoch am Himmel und taucht die Gegend in einen silbrigen Schimmer. Sollte David zu seinem Handeln gezwungen worden sein? Darauf hätte ich auch gleich kommen können. Veronica hat ihn in der Hand. Möglicherweise erpresst sie ihn, sodass ihm keine andere Wahl bleibt. Aber wieso hat er nicht mit mir darüber gesprochen? Es ergibt alles keinen Sinn. In der Ferne sehe ich ein Fahrzeug, das die Straße im Schritttempo hochfährt. Seltsamerweise fährt es ohne Licht. Nun biegt es ab und bewegt sich aus meinem Blickfeld, also grüble ich weiter über David nach. Vielleicht sollte ich zurückfahren und mit ihm reden. Ich hätte vorhin nicht einfach weglaufen dürfen und mir seine Erklärungen anhören müssen. Na gut, ich kehre zurück und er wird es mir erklären müssen. Ich werde darauf bestehen. Doch kaum habe ich meinen Entschluss gefasst, fällt mir ein, dass ich meinen Wagen auf dem Hof zurückgelassen habe. Um diese Uhrzeit bekommt man in dieser Gegend kein Taxi und zu Fuß bräuchte ich länger als eine Stunde. Selbst wenn ich es wollte, heute Abend kann ich nichts mehr ausrichten. Aber ein kleiner Spaziergang täte mir sicher gut. Und wenn ich schon mal so dabei bin, könnte ich doch die Richtung zu David einschlagen. Möglicherweise habe ich Glück und George fährt an mir vorbei. Er wohnt in derselben Straße wie ich und dürfte die Veranstaltung auch bald verlassen. Unterwegs könnte er mich einsammeln und bei den Barclays absetzen. Ich erhebe mich und gehe los. Mir ist bisher nie aufgefallen, wie ruhig es hier ist. Die Lichter in den Häusern sind längst erloschen und ein paar wenige Straßenlaternen spenden düsteres Licht. Ein bisschen unwohl ist mir schon, trotzdem entscheide ich mich weiterzugehen. Schlafen könnte ich ohnehin nicht, also spricht nichts dagegen, mir die Nacht mit einem ausgedehnten Spaziergang um die Ohren zu schlagen. Ich wechsle vom unebenen Gehweg auf die Straße. Da nicht damit zu rechnen ist, um diese Uhrzeit auf einen Autokorso zu treffen, kann ich meinen Weg auch bequem auf der Straße fortsetzen. Plötzlich höre ich einen Motor aufheulen und ein Auto mit quietschenden Reifen anfahren. Es ist so dunkel, dass ich nichts sehen kann. Aber es hört sich an, als führe das Fahrzeug in der Nähe. Ich drehe mich um. Wie aus dem Nichts schießt ein Wagen ohne Licht heran und rast ungebremst auf mich zu. Mein Leben spult sich in einer einzigen Sekunde wie ein Film vor mir ab. Mir bleibt keine Zeit auszuweichen. Mit weit aufgerissenen Augen starre ich auf das rasende Ungetüm und warte auf den Aufprall. Das war es also schon – so schnell kann alles vorbei sein! Gleich bin ich tot. Doch im letzten Moment bremst der Fahrer ab. Meine Knie berühren die Stoßstange. Mit qualmenden Rädern setzt er zurück, wendet den Wagen und braust davon.

Ich taste nach meinem Arm, den Beinen und fasse mir ins Gesicht. Kann es sein, dass ich noch lebe? Ich fühle meinen Puls und stelle fest, dass er Marathon läuft. Doch zur Ruhe kommt er nicht, denn abermals naht ein Fahrzeug. Diesmal jedoch mit Licht. Ängstlich laufe ich zum Gehweg und kauere mich in eine Ecke. Der Fahrer drosselt sein Tempo und hält direkt neben mir an. Die Tür öffnet sich und jemand steigt aus.

„Jenny, was ist los? Was machst du hier?" George kommt zu mir gelaufen und nimmt mich in den Arm. „Du zitterst ja am ganzen Körper. Warum hast du auch keine Jacke an?"

Weil es warm ist, du Schlaumeier!

„Du kommst erst mal mit zu mir", bestimmt er und legt mir sein Jackett um die Schultern. Misstrauisch lasse ich mich von ihm zu seinem Wagen führen. Was ist, wenn es George war? Kann es wirklich Zufall sein, dass er fast zur gleichen Zeit am Tatort ist?

„Ich möchte lieber nach Hause", widerspreche ich George und drücke ihm sein Jackett in die Hand.

„Keine Widerrede, ich lasse dich in diesem Zustand nicht allein."

Er drückt mich in sein Auto, schließt die Tür und steigt auf der anderen Seite ein. Als er losfährt, überlege ich, ob mein letztes Stündchen geschlagen hat. Aber er fährt bloß ein kurzes Stück, bis er eine Parklücke findet.

Wir gehen die Treppen hinauf zu seiner Wohnung und ich stelle mir vor, wie mir George ein Messer in den Rücken rammt. Aber als ich vor ihm seine Wohnung betrete, bin ich immer noch unverletzt.

„Möchtest du einen Tee, Jenny?"

Nein, lieber eine Waffe, damit ich mich verteidigen kann.

Ich antworte nicht und setze mich steif auf sein Sofa. Ich höre, wie es klirrt und klappert, und nach gut fünf Minuten kommt er mit zwei Tassen Kaffee aus der Küche und stellt mir eine vor die Nase auf den Tisch.

„Danke", sage ich und verstumme sogleich wieder.

„Du bist ja völlig durch den Wind. Kein Wunder, nachdem was vorhin vorgefallen ist. Keiner kann verstehen, warum der Boss diese Mrs. Stephens heiraten will. Es ist aber auch alles schiefgelaufen. Als du aus dem Saal gelaufen bist, hat er das Glas aufs Klavier gestellt, um dir zu folgen. Da steht es wohl jetzt noch. Dir macht keiner einen Vorwurf, Jenny. Du hast alles versucht."

Wollte er mich darum umbringen? Weil ich versagt habe? Wenn das ein Mordmotiv ist, könnte es die gesamte Belegschaft auf mich abgesehen haben. Es dampft aus der Tasse. Der Kaffeeduft steigt in meine Nase. Könnte der Kaffee vergiftet sein? Ich muss es in Betracht ziehen. Besser, ich lasse die Finger davon.

„George, ich möchte jetzt gehen. Bemühe dich bitte nicht weiter, ich habe ja einen kurzen Weg."

„Ich werde dich begleiten", entscheidet er und erhebt sich aus dem Sessel.

„Das ist nicht nötig, danke."

„Es sieht aber so aus, als wäre es nötig, Jenny. Wenn ich nur bedenke, wie ich dich eben vorgefunden habe. Keine Chance, ich bring dich."

George schnappt sich seine Schlüssel und geht vor. Ich folge ihm aus der Wohnung und halte einen Sicherheitsabstand ein. Als wir meinen Hauseingang erreicht haben, besteht er darauf, mich bis zur Wohnungstür hinaufzubringen. Mein Gott, er wird langsam lästig! Vor der Tür angekommen, krame ich nach meinem Schlüsselbund, deshalb bemerke ich erst nicht, was George sofort auffällt.

„Lässt du deine Wohnungstür immer offen stehen?", fragt er und drückt die angelehnte Tür auf.

Erschrocken nehme ich den Einbruch zur Kenntnis und bleibe wie angewurzelt stehen.

„Es sieht so aus, als wäre jemand in deine Wohnung eingedrungen. Wir müssen die Polizei verständigen."

Augenblicklich wird mir klar, dass dies mit dem Vorfall auf der Straße zusammenhängen muss. Und da George eben erst von der Feier gekommen ist, kann er unmöglich etwas damit zu tun haben. Weinend falle ich in seine Arme.

„Oh, Gott sei Dank, du bist es nicht gewesen. George, jemand wollte mich überfahren, doch aus irgendeinem Grund hat er es sich wieder anders überlegt und ist weggefahren. Kurz darauf bist du aufgetaucht. Ich nahm an, dass du …"

George streichelt mir über den Kopf.

„Aber Jenny, wie kannst du so etwas glauben? Setz dich erst mal auf die Stufen. Ich werde nachsehen, ob in der Wohnung alles in Ordnung ist."

Ich will nach George greifen und ihn daran hindern, doch bevor ich dazu komme, ist er durch die Tür verschwunden. Nach kurzer Zeit winkt er mich zu sich.

„Die Luft ist rein. Es sieht nicht so aus, als wäre was gestohlen worden. Schau mal nach, Jenny. Alles ist ganz ordentlich."

Auf zittrigen Beinen folge ich George in meine Wohnung und tatsächlich, alles steht wohlgeordnet an seinem Platz. Nur die Tür ist hin.

George kramt nach seinem Handy und wählt die Nummer der Polizei.

Verwirrung pur

George und ich sitzen uns seit einer geschlagenen halben Stunde auf dem Polizeirevier den Hintern platt. Man hat uns einen schlecht schmeckenden Kaffee in die Hand gedrückt, nachdem das Protokoll aufgenommen wurde. Ich verstehe nicht, warum man uns nicht gehen lässt. Man könnte meinen, sie verdächtigen mich, meine eigene Wohnung aufgebrochen zu haben. Der kleinere der beiden Polizisten bestand darauf, dass wir sie aufs Präsidium begleiten, und nun warten wir hier auf einen Inspektor Jones. Warum wir auf ihn warten sollen, konnte uns allerdings niemand beantworten. Es hieß lediglich, dass wir das Präsidium vorher auf keinen Fall verlassen dürfen.

Als mir gerade die Augen zufallen und ich meinen Kopf verschlafen auf Georges Schulter fallen lassen will, steht wie aus dem Nichts ein Mann vor mir und streckt mir seine Hand vors Gesicht.

„Guten Abend, Miss Robertson. Ich bin Inspektor Jones. Wir kennen uns ja bereits."

Ach ja?

Ich schaue ihn mir genauer an und stelle fest, dass mir sein Gesicht und sein Schnurbart bekannt vorkommen. Aber woher? Wir schütteln uns die Hände zur Begrüßung, während ich weitergrüble.

„Bitte begleiten Sie mich in mein Büro, Miss Robertson."

„Und was ist mit George?", erkundige ich mich.

„Der kann gehen!", ruft er mir aus seinem Büro zu, derweil ich noch im Flur stehe und mich fragend nach ihm umsehe.

„Du kannst ruhig fahren, George. Ich werde schon irgendwie nach Hause kommen."

„Bist du sicher?", fragt er besorgt.

Ich nicke und trete kurz darauf in Mr. Jones' Büro. Als ich ihm an seinem Schreibtisch gegenübersitze, fällt mir ein, woher ich ihn kenne. David hat mich ihm vorgestellt, nachdem ich diesen ominösen Schenkungsvertrag heimlich unter die Lupe genommen hatte. Aber aus welchem Grund steht David mit der Polizei in Verbindung? Was wollte Mr. Jones an diesem Tag von David?

„Miss Robertson, ich nehme an, dass Ihnen nicht bewusst ist, in welcher Gefahr Sie sich befinden."

Wovon redet er da?

„Nein, warum auch? Ich habe keine Feinde und führe ein durchschnittliches Leben. Weshalb sollte mir jemand nach dem Leben trachten? Das ist absurd."

„Ganz und gar nicht, Miss Robertson. Die beiden Vorfälle heute waren gewiss nur ein kleiner Vorgeschmack. Ab jetzt erhalten Sie Personenschutz, bis uns die Täter ins Netz gegangen sind."

„Es wäre schön, wenn Sie mich mal aufklären könnten. Um wen geht es da eigentlich? Und was wollen diese Leute ausgerechnet von mir?"

„Ich kann Ihnen leider nicht mehr sagen."

„Warum denn nicht?"

„Es ist zu Ihrer eigenen Sicherheit, glauben Sie mir."

Er zündet sich eine Zigarette an und bläst den Rauch in die Schreibtischlampe.

„Aber ich könnte der Polizei bei der Suche helfen, doch dazu müsste ich wissen, um wen oder was es geht", versuche ich erneut, ihm ein paar Informationen zu entlocken.

„Miss Robertson, es war ohnehin nicht geplant, dass Sie in unsere verdeckten Ermittlungen mit hineingezogen werden. Die Sache ist quasi aus dem Ruder gelaufen. Ich möchte Sie also bitten, die kommenden Stunden Ihre Wohnung nicht zu verlassen."

„Aber ..."

In diesem Augenblick wird die Tür zu Inspektor Jones' Büro aufgerissen und ein Luftzug weht ein paar Blätter vom Schreibtisch.

„David!", rufe ich verblüfft und kann nicht fassen, hier auf ihn zu treffen.

„Mr. Barclay, danke, dass Sie gekommen sind. Sie wissen ja Bescheid. Wir dürfen keinesfalls von unserem Plan abweichen. Das könnte unser Vorhaben gefährden. Miss Robertson erhält von uns Geleitschutz. Sie sollten sich weiterhin nichts anmerken lassen."

David antwortet bloß mit einem kurzen Nicken und geht auf mich zu.

„Jennifer, ist alles in Ordnung mit dir?", fragt er mich beunruhigt.

„Ja, ich bin okay. Aber was hat das alles zu bedeuten?"

„Komm, ich bring dich nach Hause."

Er greift nach meiner Hand und drückt sie fest. Kann es sein, dass er sich ernsthaft um mich sorgt?

„Ich denke, wir sind fertig, Miss Robertson. Sie können ruhig gehen."

Der Tischler hat die Tür notdürftig repariert. David und ich betreten meine Wohnung, die ich zuvor argwöhnisch inspiziere.

Auf der Fahrt hierher sprachen wir kein einziges Wort miteinander. Mir ging zu viel durch den Kopf. Die sich überschlagenden Ereignisse haben mich komplett durcheinandergebracht. Ich hoffte, David würde nun für mehr Klarheit sorgen, aber er macht keine Anstalten, mich über irgendetwas aufzuklären.

Ich schaue aus dem Wohnzimmerfenster und sehe auf die Straße. Zwei Männer sitzen in einem dunklen Fahrzeug auf der Lauer. Ich komme mir vor wie in einem goldenen Käfig. David begibt sich hinter mich und legt seine Arme fest um mich herum.

„Ich bin so froh, dass dir nichts passiert ist. Du musst mir versprechen, dass du auf den Inspektor hörst und zu Hause bleibst."

Einerseits bin ich zwar froh, dass David bei mir ist, andererseits möchte ich ihm gerne ein paar Würgemale verpassen. Er weiß etwas, wovon ich keine Ahnung habe, und spuckt es einfach nicht aus. Hier geht's schließlich um mich! Jemand hat versucht, mich in die ewigen Jagdgründe zu befördern. Da wäre wohl eine kleine Erklärung fällig. Erschwerend kommt hinzu, dass er Veronica zu seiner Braut erklärt hat, obwohl er mir eine Stunde zuvor hemmungslos verfallen ist. Ich glaube nicht, dass ich über all dies so hinweggehen kann.

Ich drehe mich zu David und stutze, als ich seine Tränen sehe. Meinetwegen braucht er doch keine zu vergießen. Erstens weile ich noch unter den Lebenden und zweitens ist Veronica diejenige, um die er sich von nun an sorgen sollte. Ich will ihm die Tränen aus dem Gesicht wischen, aber er greift nach meiner Hand und brüllt mich an: „Das wäre alles nicht passiert, wenn du nicht kopflos davongerannt wärst! Warum konntest du auch nicht auf mich hören? Ich hatte dich gebeten, auf dem Zimmer zu bleiben!"

„Weil ich ein selbstständig denkender Mensch bin und mir von dir keinen Sand in die Augen streuen lasse!", antworte ich in der gleichen Lautstärke. „Wenn du glaubst, ich funktioniere auf Knopfdruck, hast du dich getäuscht!"

„Nein, das weiß ich", fährt er ruhiger fort, „aber vielleicht kannst du dich in meine Lage versetzen. Ich möchte nie wieder jemanden, den ich liebe, verlieren."

So wie es aussieht, spielt er auf seinen Vater an. Keine gute Idee, diesen Verlust mit mir in Verbindung zu bringen. Schließlich bin ich bloß die ausgemusterte Zweitfrau. Die liebt man nicht, sondern bewundert sie allenfalls. Falls er mich verliert, wäre es demnach halb so schlimm.

„Du wirst Veronica schon nicht verlieren – solange du vermögend bist."

„Verdammt noch mal, willst du mich in den Wahnsinn treiben? Du bist ja verbohrter als ein alter Ziegenbock!"

„Nein, keine Angst, das habe ich nicht vor. Ich möchte euch beiden nur nicht im Weg stehen."

David lässt mein Handgelenk los, das er bis eben umfasst hielt und geht ein paar Mal auf und ab. Auf diese Weise versucht er wohl, seine Wut in den Griff zu bekommen. Nachdem er meinen Teppich gute fünf Minuten auf zwei Quadratmetern platt getreten hat und sich nun eine deutliche Laufstraße abzeichnet, bleibt er stehen und sieht mich sonderbar an.

„Ich hatte gehofft, du würdest mir vertrauen."

Mit gesenktem Blick begibt er sich zur Tür und geht.

Das war ja ein glanzvoller Abgang. Und ich stehe hier und weiß nach wie vor nicht, was los ist. Was ist das heute für ein verrückter Abend?

Ich gehe in die Küche und schenke mir ein Glas Wein ein. Meine Gedanken irren von einer Gehirnzelle zur anderen, aber Logik will sich nicht einstellen. Warum sagte dieser Inspektor Jones, ich sei in Gefahr? Wer trachtet mir nach meinem Leben? Das ergibt alles keinen Sinn. Ich habe keine Feinde. Außer womöglich Veronika, aber wäre sie zu einem Mord fähig? Und wollte man mich überhaupt ermorden? Außerdem befand sie sich ja genau wie ich auf der Feier. Sie kann demnach unmöglich in meine Wohnung eingebrochen sein. Es sei denn, sie besitzt die Fähigkeit, „astral" zu wandern. Aber Astralwanderungen gehören ebenso wie Liebestränke in die Abteilung der Fabeln und Märchen.

Es erscheint mir ein wenig übertrieben, zwei Bodyguards vor meinem Haus abzustellen. Hätte mich jemand ermorden wollen, wären die Gelegenheiten zahlreich gewesen. Der Geisterfahrer vorhin hätte ja nicht abzubremsen brauchen, sondern mich wie einen Kegel umnieten können. Das hatte er aber nicht getan. Er wollte mir also bloß einen Schreck einjagen. Aber wieso? Es war bestimmt eine Warnung. Doch wovor? Weiß ich zu viel? Aber ich weiß ja nichts! Jedenfalls weiß ich nichts, wovon ich wüsste – also bin ich absolut unwissend.

Ein Klopfen an der Tür reißt mich aus meinen unfruchtbaren Gedanken. Wer mag das sein? Etwa mein Mörder? Haben die Bodyguards unten im Wagen nicht aufgepasst und zugelassen, dass mein Henker unkontrolliert das Haus betritt? Ich gehe in die Küche und greife mir ein langes Küchenmesser. Sicher ist sicher! Mit dem Messer im Anschlag öffne ich die Tür. Mrs. Barclay schreit vor Entsetzen auf, als sie das Messer aufblitzen sieht. Ups! Mrs. Barclay? Was macht sie hier um diese Zeit und wann ist sie aus dem Krankenhaus entlassen worden?

„Meine Güte, Miss Robertson, haben Sie mich erschreckt! Was geht hier nur vor? Vor Ihrem Haus spionieren zwei Männer in einem Auto herum und Sie wollen mit einem Messer auf mich losgehen!"

„Aber nein, bitte kommen Sie herein, Mrs. Barclay. Ich wollte Sie gewiss nicht erschrecken, aber ich muss annehmen, dass mir jemand nach dem Leben trachtet, daher bin ich wohl ein wenig nervös. Bitte entschuldigen Sie, aber gerade wurde in meine Wohnung eingebrochen."

„Das ist ja grauenvoll!", erwidert Mrs. Barclay und scheint ehrlich betroffen zu sein.

Sie betritt die Wohnung und sieht sich um, während ich mich über ihren späten Besuch wundere. Ihr Sohn hat heute Geburtstag und die Party wird noch voll im Gang sein. Außerdem kann sie erst kürzlich aus dem Krankenhaus entlassen worden sein und statt sich zu schonen, schlägt sie zu so später Stunde bei mir auf. Ihr Anblick in meiner bescheidenen Wohnung wirkt für mich ungewöhnlich. Abgesehen von der Tatsache, dass ich sie zum ersten Mal ungeschminkt sehe – was sie sehr natürlich wirken lässt – hätte ich mir nie vorstellen können, sie in meinen schlichten Räumlichkeiten zu empfangen. Ich fühle mich etwas überfordert, weil ich nicht weiß, was ich Mrs. Barclay anbieten soll. Der Kaviar ist gerade aus und der Champagner nicht kalt gestellt.

„Möchten Sie ein Wasser, Mrs. Barclay?", wage ich zu fragen.

„Gern, das ist sehr freundlich von Ihnen."

Wir setzen uns an den Küchentisch und trinken zusammen Mineralwasser. Schweigend lässt sie ihren Blick schweifen, um meine Wohnungseinrichtung zu begutachten.

„Sie haben es sehr hübsch hier, Miss Robertson. Hier kann man sich wohlfühlen."

„Finden Sie?", frage ich skeptisch. Das kann sie unmöglich ernst meinen, schließlich ist sie Besseres gewohnt. Ohne auf meine Frage zu antworten, nimmt sie einen großen Schluck aus ihrem Wasserglas und stellt es kraftvoll zurück auf den Tisch.

„Miss Robertson", eröffnet sie das Gespräch, „ich möchte Ihnen danken. Dass Sie in dieser schweren Stunde an meinem Bett weilten, hat mir viel Kraft gegeben. Ihre Hände … nun ja, was ist nur mit Ihren Händen? Ich spürte diese Energie in mich hineinfließen. Es war sonderbar."

Aber nein, das hast du dir bloß eingebildet.

„Sie sind eine außergewöhnliche Frau, Miss Robertson. Sie tun meinem Sohn gut. Ihr

Einsatz auf unserem Gut, Ihr Engagement, als wären Sie eine geborene Barclay. Ich vertraue Ihnen und mein Sohn ebenfalls."

„Mrs. Barclay, ich bin Ihnen dankbar für Ihre offenen Worte, aber Ihr Sohn hat sich entschieden. Er heiratet Veronica. Obwohl ich weiß Gott nicht verstehe, warum."

„Aber genau deshalb bin ich hier. Mein Sohn darf diese Hochstaplerin auf keinen Fall zur Frau nehmen. Mir ist ebenso wie Ihnen unklar, was das alles zu bedeuten hat. Er tut neuerdings so geheimnisvoll und nichts ergibt mehr einen Sinn."

Ja, das kann man wohl sagen. Der Sinn verschließt sich mir ebenfalls.

Warum allerdings auch Mrs. Barclay im Unklaren ist, will mir nicht einleuchten.

„Ich habe Ihre Tante kennengelernt", sagt sie unerwartet und lässt mich vor Schreck erbleichen.

Oh Gott, alles, nur das nicht! Ich werde meine Tante auf einer einsamen Insel aussetzen, wo man sie niemals wiederfindet und sie keinen Schaden anrichten kann. Mrs. Barclay ist ihr nun also auch über den Weg gelaufen. Das ist ja grauenvoll!

„Hören Sie, Miss Robertson, bitte kommen Sie wieder zurück zur Feier und übergeben Sie meinem Sohn diesen Liebestrank. Das scheint mir der letzte Ausweg zu sein, um eine Katastrophe abzuwenden."

Ich glaube nicht, was ich höre. Da muss eine Fehlfunktion meiner Lauschorgane vorliegen, anders kann ich mir nicht erklären, warum ich diesen entsetzlichen Unsinn aufs Neue vernehme. Oder ist Mrs. Barclay von ihren eigenen Mitarbeitern bestochen worden? Welche Summe wäre da wohl nötig? Könnte ich ihr ein Gegenangebot machen, nur um diesem Spuk ein Ende zu bereiten?

„Bitte begleiten Sie mich und führen Sie zu Ende, was Sie begonnen haben."

„Um Himmels willen, Mrs. Barclay! Glauben Sie ernsthaft, ich könnte Ihren Sohn mit einer Mixtur von zerstampften Insekten und einem Pülverchen aus Asien umstimmen?"

„Wenn Sie es schaffen, mich mit Ihren Händen zu heilen, glaube ich auch daran. Also, was ist nun, wollen Sie meinen Sohn kampflos aufgeben oder dieser Betrügerin das Handwerk legen?"

Weder können meine Hände heilen noch habe ich die Macht, Veronica von der Spielfläche zu kicken. Mein Gott, bin ich bloß noch von Verrückten umgeben? Was ist hier los?

„Bitte, Miss Robertson, was kann ich tun, um sie umzustimmen? Ich gebe zu, dass ich anfänglich ein wenig schroff zu Ihnen war, aber bitte glauben Sie mir, dass ich Ihnen sehr viel Wertschätzung entgegenbringe. Nicht nur ich, auch sämtliche Mitarbeiter fühlen sich Ihnen enorm verbunden. Sie hoffen, dass Sie das Ruder herumreißen können – ich ebenfalls!"

Wie hat meine Tante das bloß wieder hinbekommen? Alle sind wie verwandelt. Das ist doch nicht die Mrs. Barclay, die ich kenne. Sie sieht ihr ähnlich, keine Frage, aber der Inhalt ihrer weltlichen Hülle scheint gegen einen neuen ausgetauscht worden zu sein. Anders kann ich mir diese Wandlung nicht erklären. Oder befinde ich mich möglicherweise in einer Parallel-Welt? Klar, ich bin hier falsch! Wo ist der Spalt, durch den ich gehen muss, um wieder in meine Welt zu gelangen?

„Sie spüren gewiss auch, dass etwas nicht stimmt", fährt sie fort. „Finden Sie es nicht ungewöhnlich, dass in Ihre Wohnung eingebrochen wurde und Sie offenbar jemand einschüchtern möchte? Zweifellos ist Mrs. Stephens der Schlüssel für all diese Geschehnisse und mein Sohn merkt es nicht. Sollte er ihr den Betrieb tatsächlich überschreiben, ist unser Besitz verloren!"

Mrs. Barclay tupft sich mit einem Seidentaschentuch Tränen vom Gesicht und sieht mich hilflos an. Ihr Blick lässt mein Herz erweichen. Na schön, ich habe wohl keine andere Wahl. Tot bin ich so oder so. Tue ich nichts, lynchen mich meine Kollegen, tue ich etwas, lynchen sie mich auch, weil es nicht funktionieren wird. Das sind ja schöne Aussichten.

„Gut, dann wollen wir mal", sage ich und hüpfe vom Stuhl. Verwundert schaut Mrs. Barclay auf.

„Heißt das jetzt, dass ich Sie umgestimmt habe?", fragt sie stutzig.

Das heißt, dass ich in dieser verkehrten Welt gefangen bin und mich ein paar übergeschnappte

Menschen nötigen, dem Mann, den ich ziemlich gern habe, einen magischen Trank zu überreichen, der alles andere als magisch ist, dies aber leider niemand begreifen will. Obwohl wir in einem Jahrhundert leben, in dem solche Praktiken als ausgestorben gelten. Da ich nun bei Nichterfüllung meiner auferlegten Pflichten fürchten muss, unheldenhaft am Galgen zu baumeln, bin ich quasi verdammt, mich in dieses Schicksal zu fügen. Ich werde David also – ob ich will oder nicht – dieses verdammte Glas überreichen müssen. Und danach will ich ins Kloster und meinen Frieden finden!

Ich ergreife meinen Degen und werfe mir meinen Umhang über. Unerschrocken gehe ich zum Ausgang. Welche Kutsche nehmen wir? Meine weilt noch beim Schloss! Jenny, komm zurück, du hast deinen Regenschirm in der Hand und Mrs. Barclays Mantel über deinen Schultern. Ich bin ja komplett gestört! Schnell stelle ich den Schirm zurück an seinen angestammten Platz und überreiche meinem Besuch verlegen den Mantel.

„Ich habe kein Auto, Mrs. Barclay und draußen passen zwei Wachhunde auf mich auf, damit ich die Wohnung nicht verlasse."

„Wir nehmen meinen Wagen. Er steht gleich hinterm Haus."

Sie zieht mich am Ärmel hinaus und führt mich zum Hinterausgang. Schlau, da wäre ich in meinem jetzigen Zustand nie drauf gekommen. Ich lasse mich zum Fahrzeug führen und zweifle daran, ob es richtig war, auf die Forderungen von Mrs. Barclay einzugehen. Worauf habe ich mich bloß eingelassen?

Im Wein-Glas liegt die Wahrheit

Der Chauffeur fährt uns zurück zum Gut und ich stelle fest, dass zu dieser späten Stunde noch jede Menge Autos auf dem Hof stehen. Die Feier ist also längst nicht vorbei. Musik dringt aus dem Festsaal nach draußen. Ich erkenne die Fahrzeuge einiger Kollegen und würde am liebsten wieder heimfahren. Gleich werde ich in die Mangel genommen. Sie werden ihre Speere auf mich richten und drohen, mich damit aufzuspießen, wenn ich nicht kooperiere.

Mrs. Barclay schiebt mich durch den Diensteboteneingang in die Küche. Linda stößt aufgeregt dazu und redet auf mich ein.

„Jenny, endlich – welch ein Segen! Stell dir vor, dein Glas steht unangetastet auf dem Flügel. Nachdem du aus dem Saal gelaufen bist, hat Mr. Barclay es dort abgestellt und nicht wieder berührt."

Ich bin erstaunt, dass sie in der Gegenwart von Mrs. Barclay so offen darüber spricht.

„Mein Sohn war seitdem wie verwandelt", ergreift nun Mrs. Barclay das Wort. „Er hat sich in die Küche gesetzt, den Kopf auf beide Hände gestützt und ununterbrochen dieses Einweckglas angestarrt, in dem Sie Ihre Zutaten für den Zaubertrank aufbewahrten. Als er hörte, dass Sie auf dem Polizeirevier waren, stürmte er regelrecht davon."

„Nun hat er sich wieder unter die Gäste gemischt", berichtet Linda weiter, als hätte sie sich mit Mrs. Barclay abgesprochen, wer welchen Text aufzusagen hat. „Mrs. Stephens weicht nicht mehr von seiner Seite. Du musst ihn retten, Jenny!"

Hab ich jetzt auch einen Text? Wo ist meine Souffleuse?

Ich werfe mir meine Schürze um und atme tief durch. Gut, dann wollen wir mal. Skalpell … Tupfer! – Konzentriere dich, Jenny! Die Leute hier nehmen dich ernst, also nimm sie und ihren blödsinnigen Wunsch auch ernst. Flöße David den Wein ein, dann bist du wieder frei.

Ich betrete den Saal und fühle mich für einen Augenblick wie eine Königin. Alle verbliebenen Kollegen werden auf mich aufmerksam und starren ehrfurchtsvoll zu mir. Los, verbeugt euch! – Jenny, bleib bei der Sache! Ich sehe den Wein auf dem Flügel stehen. Einsam steht er dort und wartet auf mich. Meine Tante wird auf mich aufmerksam und läuft aufgelöst zu mir.

„Jennylein, es wird aber auch langsam Zeit. Wo warst du so lange?"

Ich habe kurz mit dem Jenseits telefoniert und mich dort schon mal angemeldet.

Auch David bemerkt mich und löst sich von den Leuten, die ihn umringen. Als er neben mir steht, sieht er mich verärgert an und drückt mich von meiner Tante weg. Wir verlassen den Saal durch eine Tür, die David heftig zufallen lässt.

„Was hast du dir dabei gedacht?", wütet er mich an.

Nun ja, ich mir im Grunde nichts, aber meine Tante ... Wovon spricht er eigentlich?

„Ich verstehe nicht, warum du zurückgekommen bist. Der Inspektor hat dich gebeten, zu Hause zu bleiben. Du hast natürlich deinen eigenen Kopf und setzt dich über alles hinweg."

Dass ich meinen eigenen Kopf habe, kann ich nicht abstreiten, aber in diesem Fall haben eher andere Köpfe die Verantwortung für mein Kommen zu tragen. Aber das kann ich ihm schlecht so sagen. Ich müsste es begründen und wüsste nicht, wie. Können wir jetzt bitte wieder in den Saal gehen und so tun, als wäre nichts gewesen? Ich würde dir schnell das Glas überreichen und alle wären glücklich.

„Ich fahre dich zurück in deine Wohnung!", bestimmt er einfach so.

„Kommt nicht infrage", widerspreche ich. „Ich bleibe hier, ob es dir passt oder nicht."

Gerade will ich wieder in den Saal gehen, als er mich zurückhält.

„Weshalb bist du nur so unvernünftig?"

„Weil ich hier eine Aufgabe zu erfüllen habe ..."

„Aber davon habe ich dich freigesprochen! Kein Mensch verlangt, dass du ein Küchenmädchen spielst."

Das mag wohl sein, aber dafür verlangen deine durchgeknallten Mitarbeiter und ebenso deine nicht mehr zurechnungsfähige Mutter, dass ich dir einen Zaubertrank unterjuble. Und das ist viel schlimmer! Also lass mich endlich meine Arbeit tun, sonst fällen sie das Todesurteil über mich. Ich bin noch nicht bereit zu sterben.

Plötzlich überfällt mich eine prima Idee.

„Also gut, ich werde gehen, aber nur, wenn du mir zuvor einen Gefallen tust, ohne Fragen zu stellen", sage ich und reibe mir über meinen mutigen Vorstoß die Hände. Ich werde einfach offen heraus sagen, was ich von ihm möchte und er kann sich seinen Teil dazu denken. Da er Veronica ohnehin heiraten wird, ist doch sowieso alles egal. Ich muss lediglich meinen Kopf retten, um etwas anderes geht es hier nicht mehr.

„Und du versprichst mir, danach vernünftig zu sein?", will er wissen.

Klar, war ich je etwas anderes?

„Ja."

David nickt mit dem Kopf und signalisiert, dass er mir jeden Gefallen der Welt tun würde, nur um mich endlich von hier wegzuschaffen.

„Ich möchte, dass du jetzt mit mir in den Saal gehst", beginne ich mein Anliegen. „Dort werde ich dir ein Glas Rotwein übergeben und du musst nichts weiter tun, als daraus zu trinken. Meinst du, dass du dies für mich tun könntest?", frage ich verunsichert. Ich kann mich auch irren, aber er sieht so aus, als würde er gleich zu lachen beginnen. Er drosselt seinen bevorstehenden Lachanfall zu einem amüsierten Lächeln.

„Möchtest du mich vergiften oder mit deiner schwarzen Magie verzaubern?", fragt er spitzbübisch.

Eher das Letztere. Sag einfach ja und frag nicht so blöd.

„Du hast mir versprochen, keine Fragen zu stellen."

Schmunzelnd öffnet er ohne ein weiteres Wort die Tür zum Saal und lässt mich zuerst eintreten. Ich gehe geradewegs zum Klavier und ergreife das Glas. David folgt mir und nimmt es grinsend entgegen. Augenblicklich hören die Musiker auf zu spielen. Wissen die etwa auch Bescheid? Nun fehlt nur noch ein Trommelwirbel. David hält das Glas in der Hand und schaut sich verwundert um. Ihm muss aufgefallen sein, dass alle Mitarbeiter, meine Tante, seine Mutter und nun auch die Band nervös zu ihm herüberschauen. Hoffentlich trinkt er schnell aus dem Glas, damit es endlich vorbei ist.

„Ich weiß nicht, was hier gespielt wird, Jennifer, aber du wirst es mir später erklären", sagt er fast drohend zu mir. Sein Lächeln ist verschwunden. Riecht er etwa Lunte? Schnell nicke ich mit dem Kopf, um ihn weiterhin gütlich zu stimmen. *Später brauche ich dir nichts mehr zu erklären, weil dann ohnehin alles gelaufen ist. Nun trink schon!*

Er führt das Glas zum Mund und nimmt misstrauisch einen Schluck. *Juhu, er hat es getan! Das reicht, mehr brauchst du nicht zu trinken. Ich bin* gerettet! Die Musiker stimmen wieder ein Lied an und die Kollegen sind außer sich vor Freude. Das wird David bemerkt haben, aber er sagt nichts und stellt das Glas zurück aufs Klavier. Sofort ergreift er meine Hand und zieht mich aus dem Saal. Auf dem Weg zum Ausgang halten uns ein paar Gäste auf, die sich von David verabschieden wollen. Ich stehle mich heimlich in einem günstigen Augenblick davon, denn ich habe nicht die geringste Lust, mich von David heimfahren zu lassen. Auf Zehenspitzen schleiche ich den Flur entlang, als mir Veronica den Weg versperrt.

„Du hättest nicht wieder herkommen sollen, du dummes Ding!", sagt sie in einem überlegenen Ton.

Ich bin weder dumm noch „Ding", aber du bist gleich ohne Augen, weil ich sie dir nämlich auskratzen werde.

„Willst du mir etwa drohen?", frage ich herausfordernd. Doch ich erhalte keine Antwort mehr, denn ein dumpfer Schlag auf meinen Hinterkopf sorgt dafür, dass ich in einen ungewollten Dornröschenschlaf falle.

Als ich wieder wach werde, habe ich einen ordentlichen Brummschädel und befinde mich in einem elegant eingerichteten Kaminzimmer. Meine Tante, Mrs. Barclay und David stehen neben meiner Liege und die halbe Belegschaft hat sich im Raum verteilt. Sie reden über mich und ich kann nur hoffen, dass sich David gegenüber niemand verplappert hat wegen dieser Liebestropfen. Ich sollte das Gespräch noch ein Weilchen verfolgen und meine Augen wieder schließen, doch meine Tante lässt meine Täuschung auffliegen.

„Sie hat geblinzelt! Jennylein, endlich! Ich habe mir solche Sorgen um dich gemacht. Wer hat dir das bloß angetan?"

David beugt sich zu mir hinab und sieht mich bekümmert an.

„Was ist denn passiert?", fragt er ausgerechnet mich. Als wenn ich ihm diese Frage beantworten könnte. Woher soll ich wissen, was passiert ist? Der Schlag kam aus dem Hinterhalt. Hab ich hinten vielleicht Augen? Mühsam richte ich mich auf.

„Veronica hat mich im Flur aufgehalten und mir gedroht. Kurz darauf spürte ich einen Schlag auf den Hinterkopf und dann weiß ich nichts mehr."

Inspektor Jones tritt unversehens in mein Gesichtsfeld. War der eben auch schon da?

„Miss Robertson, wären Sie zu Hause geblieben, wie ich Ihnen angeraten habe, hätten wir jetzt nicht dieses Problem."

Von welchem Problem redet er? Zwar fühle ich mich etwas benommen, aber das hindert mich nicht daran, wütend zu werden.

„Ich verstehe nicht, was Sie mir sagen wollen, Mr. Jones. Das Problem habe lediglich ich und nicht Sie. Es ist nämlich mein Kopf, der gerade zu

Hackbrei zerstampft wurde", fahre ich ihn gereizt an.

„Sie verkennen die Lage, meine liebe Miss Robertson. Denn mit Ihrem Trotzkopf haben Sie unsere Ermittlungen empfindlich gestört und möglicherweise war nun alles umsonst."

Der geht mir langsam gehörig auf die Nerven, so wie diese ganze Geheimniskrämerei!

„Ihre dämlichen Ermittlungen können mir gestohlen bleiben. Und wissen Sie auch, warum? Weil diese Heimlichtuerei hier beinahe zwei Familien zerstört und dazu noch ein paar Arbeitsplätze gekostet hätte! Hinzukommt, dass ich fast einen Kopf kürzer gemacht worden wäre. David verheimlicht uns allen etwas und setzt dabei alles aufs Spiel, was ihm wichtig ist. Glauben Sie ernsthaft, da könnte ich seelenruhig zu Hause sitzen und so tun, als ginge mich das nichts an? Wer sind Sie eigentlich, dass Sie über Ihre Ermittlungen hinweg das Leben anderer Leute gefährden?"

Inspektor Jones kratzt sich ein paar Mal die Schläfe, bis er reagiert.

„Also schön, Miss Robertson, Sie denken, Sie können das besser als die Polizei?"

Was soll ich darauf antworten? Blöde Frage! Mein Kürbis schmerzt. Ich reibe mir über den Kopf und versuche zu verstehen, warum Mr. Jones mich aus allem raushalten möchte.

„Nein, das habe ich nicht gesagt, aber …"

„Ist schon gut", unterbricht er mich. „Mr. Barclay, müssen denn so viele Neugierige hier herumstehen? Ich würde gern mit Ihnen beiden alleine sprechen."

David bittet die Belegschaft, den Raum zu verlassen. Meine Tante und Davids Mutter allerdings rühren sich nicht von der Stelle.

„Es wäre ratsam, wenn nicht zu viele Leute Kenntnis über die Ermittlungen hätten", bemerkt Inspektor Jones, doch David schüttelt den Kopf.

„Ich denke, Miss Robertson hat vollkommen Recht", wirft er ein. „Diese Geheimnisse müssen aufhören. Meine Mutter und Jennys Tante sollten erfahren, worum es hier geht. Ich habe keine Kraft mehr für all diese Lügen. Bei allem Verständnis für die Arbeit der Polizei, aber meine Beteiligung war freiwillig und ich kann sie unmöglich fortführen. Diese unzähligen Missverständnisse hätten beinahe mein Leben ruiniert."

Mein Kopf ist zwar leicht lädiert, aber das Hirn funktioniert einigermaßen, somit vernehme ich durchaus, was David gerade sagt. Kann es sein, dass diese Sache mit Veronica nur inszeniert war oder was will mir das alles sagen?

„Heißt das, dass Sie aussteigen möchten, Mr. Barclay? Ist Ihnen klar, dass wir damit wieder von vorne beginnen?"

„Darf ich mal fragen, über was Sie da reden?", mische ich mich ein und setze mich in eine aufrechte Position, was ich aber sofort bereue, weil mein Kopf sich plötzlich anfühlt, als wäre er mit Steinen gefüllt.

„Wir ermitteln gegen Mrs. Stephens und ihren Komplizen", antwortet Inspektor Jones andeutungsweise genervt. „Dr. Wilson erstattete Anzeige gegen sie, weil sie ihn bestohlen hatte. Mrs. Stephens ist bereits aktenkundig bei der Polizei. Wir müssen annehmen, dass sie eine Heiratsschwindlerin ist, doch beweisen können wir es ihr nicht. Es liegen inzwischen weitere Anzeigen von zwei geprellten älteren Herren vor, deren Sparkonten geplündert wurden. Es sieht so aus, als stehen diese Fälle mit ihr in Zusammenhang. Aber auch hier fehlen uns die Beweise. Mr. Barclay war so freundlich, sich als Köder zur Verfügung zu stellen."

„Wollen Sie damit sagen", unterbricht Mrs. Barclay die Ausführungen des Inspektors empört, „dass mein Sohn uns allen etwas vorgemacht hat, bloß um Ihre Ermittlungen voranzutreiben? Er hatte niemals vor, diese Mrs. Stephens zu heiraten und ihr unser gesamtes Vermögen zu überschreiben? Es war also lediglich alles Theater?"

„Aber sicher doch", antwortet Inspektor Jones angespannt und tupft sich mit einem Taschentuch ein paar Schweißperlen von der Stirn. „Der Schenkungsvertrag war nur ein Lockmittel, um Mrs. Stephens bei der Stange zu halten, nachdem sie beinahe das Handtuch geworfen hätte, als Miss Robertson plötzlich auf der Bildfläche erschien. Danach schien alles aus dem Ruder zu laufen."

So, nun bin ich auch noch an allem schuld. Ich habe zwar einen ansatzweise zertrümmerten Schädel, aber das sieht ja hier auf einmal keiner mehr.

„Wenn Sie mich gleich gefragt hätten, Mr. Jones, und David keinen Maulkorb aufgezwungen hätten, wären Sie mit Ihren Ermittlungen bestimmt ein großes Stück weiter", bemerke ich erbost. „Ich kenne Veronica nämlich von früher und ihren fragwürdigen Lebenswandel ebenso."

Alle starren mich an, als hätte ich gerade den großen Preis bei einem Derby-Rennen gewonnen.

„Warum haben Sie das denn nicht gleich gesagt, Miss Robertson?", wirft Inspektor Jones vorwurfsvoll ein und wischt sich erneut den Schweiß aus dem Gesicht.

„Woher hätte ich wissen sollen, dass sich Ihre Ermittlungen um Veronica drehen? Kann ich etwa hellsehen?", verteidige ich mich.

„Das ist ja wirklich unerhört!", geht meine Tante dazwischen. „Mein lieber Mr. Jones, Ihre kleinen geheimen Aktivitäten hinter dem Rücken aller haben zu großen Verwirrungen geführt. Nicht auszudenken, was passiert wäre, wenn wir Mr. Barclay neben dem Liebestrank noch die Zaubersalbe verabreicht hätten. Möglicherweise hätte das böse Folgen nach sich gezogen."

Ich rutsche auf meiner Liege zurück und ziehe mir die Decke übers Gesicht. Als ich sie wieder herunterlasse, treffen mich die fragenden Blicke von David und Inspektor Jones. Davids Gesichtsausdruck lässt erkennen, dass er zwar noch nicht begreift, aber des Rätsels Lösung dicht auf der Spur ist. Sobald er verstanden haben wird, was meiner Tante gerade unschuldig herausgerutscht ist, wird er mit mir nichts mehr zu tun haben wollen. Ich würde mir auch nicht wieder über den Weg laufen wollen. Ich bin ja gemeingefährlich! Verbrennt mich auf dem Scheiterhaufen, das ist meine gerechte Strafe!

„Dann sollten Sie – wenn es Ihnen besser geht – zu mir aufs Revier kommen", verfügt Inspektor Jones, als habe er die Worte meiner Tante nicht vernommen. „Wir brauchen dringend Ihre Aussage. Möglicherweise stoßen wir auf etwas, was uns weiterhilft. Sie erhalten weiterhin Personenschutz, Miss Robertson, und bitte laufen Sie nicht erneut vor unseren Kollegen davon."

Ich nicke, denn ich habe meine Sprache noch nicht wiedergefunden. Dass meine Tante mich eben bis auf die Knochen blamiert hat, muss ich erst mal verdauen.

Inspektor Jones verabschiedet sich und geht. Ich sehe ihm nach und wünschte, er würde bleiben, denn jetzt möchte ich alles, nur nicht mit David allein sein. Aber zum Glück sind ja Mrs. Barclay und meine Tante im Raum.

„Sage mal, Roberta, das mit der Zaubersalbe musst du mir mal genauer erklären. Ich bin neugierig auf deine Rezepturen", tuschelt

Mrs. Barclay meiner Tante laut genug zu. Sie reden sich beim Vornamen an?

„Gerne, meine Liebe."

Meine Tante hakt sich bei ihr unter und gemeinsam verlassen sie – versunken in ein Gespräch – den Raum. Langsam entfernen sich ihre Stimmen und ich würde sie wirklich gern begleiten. David schließt die Tür und lehnt sich an das Sideboard. Erschöpft fährt er sich mit der Hand durchs Gesicht.

„Es ist nicht so, wie du denkst", beginne ich meine Verteidigung. „Ich meine, es ist schon so, aber irgendwie auch nicht. Also eigentlich ist alles ganz anders. Meine Tante ist an allem schuld. Ich hab mit dieser Sache nichts zu tun. Plötzlich tauchte sie hier auf und alle tanzten nach ihrer Pfeife. Ich weiß nicht, wie ihr das immer gelingt, aber sie manipuliert die Menschen und das fällt ihnen nicht mal auf. Dann kam sie auf diese verrückte Idee. Also, du weißt schon …"

David löst sich vom Sideboard und schüttelt den Kopf. Dies führt dazu, dass ich den Faden verliere und nicht mehr weiß, was ich eben sagen wollte. Daher verstumme ich und überlege, was seine Geste zu bedeuten hat. Ich gebe ja zu, dass ich das Eröffnungs-Plädoyer für meine Verteidigung nicht besonders gescheit begonnen habe, aber ich hatte ja auch keine Zeit, mir zuvor die richtigen Worte zurechtzulegen.

„Ich glaub das alles nicht!", beendet er sein Schweigen. „Wozu dieser Affentanz? Ich habe dir meine Gefühle längst gestanden. Du wusstest genau, was ich für dich empfinde. Ich habe dich nur darum gebeten, mir zu vertrauen. Mehr wollte ich nicht, bloß dein gottverdammtes Vertrauen!"

Sein Ton ist wieder alles andere als mäßig und mir will nicht einleuchten, worauf er hinauswill. Oder weiß ich es viel zu gut?

„Was auch immer du mit deiner Tante für schwachköpfige Pläne ausgeheckt haben magst, ich bin jedenfalls die falsche Adresse für diesen Blödsinn! Und dass ihr noch meine Mitarbeiter und obendrein meine Mutter in dieses närrische Experiment mit hineingezogen habt, ist ja wohl ungeheuerlich!"

Danke, liebe Tante, das hab ich alles dir zu verdanken. Diese Standpauke gilt eigentlich dir.

„Aber ich kann überhaupt nichts dafür!", versuche ich nochmals, mich zur Wehr zu setzen. „Wenn meine Tante nicht gewesen wäre, dann ..."

„Warum übernimmst du nicht Verantwortung für dein Handeln?", stoppt er mich erbittert. „Du hättest nein sagen und dich an meine Worte erinnern können. Nämlich dass ich dich brauche, dass du mir viel bedeutest. Stattdessen zettelst du eine Revolte an und beschwörst irgendeinen Voodoozauber herauf. Was ist bloß mit dir los?"

Geht das auch ein bisschen leiser? Mein Kopf zerspringt jeden Moment.

Nun ja, vermutlich trifft mich eine geringfügige Mitschuld. Ich hätte meine Tante schließlich

in ihrem Hotel fesseln und knebeln können, statt-
dessen lasse ich sie frei herumlaufen. Das war ein
unverzeihlicher Fehler – ich sehe es ein. Aber der
Rest lag nicht mehr in meinem Einflussbereich.
Ich war nur eine Marionette, also das ausführende
Organ.

„Was soll wohl deiner Meinung nach mit mir
los sein?", frage ich gereizt und versuche eine
neue Strategie des Widerstands. „Ich habe ja nicht
Hof und Besitz als Köder an den Angelhaken ge-
hängt, um ein paar kleine Fische zu fangen. Veronika mag eine Heiratsschwindlerin sein, meine
Güte, ja, aber ist es das wert, alle zu belügen? Jeder hier auf dem Hof nahm an, dass du diese Frau
heiraten willst – auch deine Mutter. Warum hast
du nicht wenigstens *sie* eingeweiht? Wieso
nimmst du dir das Recht heraus, allein darüber zu
entscheiden, wer über was informiert wird? Weshalb um alles in der Welt hast du das überhaupt
gemacht?!", schieße ich meinen letzten Satz laut
heraus. Diese Frage geistert mir schon die ganze
Zeit durch den Kopf. Warum ließ sich David in
die Rolle eines Lockvogels drängen? Hätte es ihm
nicht egal sein können, ob Veronicas Machen-
schaften von der Polizei aufgedeckt würden oder
nicht? Was gibt es für Gründe, die diesen Auf-
wand um sie rechtfertigten? Da draußen laufen
gänzlich andere Kriminelle herum. Gut, hier auf
dem Lande eher nicht, da sind Heiratsschwindler
eine große Nummer. Klar, dass die Polizei jeden
Strolchdieb dingfest machen will. Sie haben ja

sonst keine Sorgen. Aber was hat David mit all dem zu tun?

„Ich denke nicht, dass ich meine Entscheidungen dir gegenüber rechtfertigen muss. Diesen Betrieb führe immer noch ich!!!", donnert er wieder drauflos.

„Das streitet auch keiner ab", poltere ich gekränkt dazwischen. „Es ist dein Betrieb und ich bin unverkennbar das letzte Glied in der Kette, mit dem du dich absprechen möchtest. Bitte schön, das verstehe ich, aber verzeih bitte, wenn alle Leute auf dem Hof, deine Mutter und auch ich sich die Frage stellen, was du da in deinem stillen Kämmerlein ausklamüserst. Du bist nicht alleine auf der Welt, David. Da wirst du dir zwischendurch gefallen lassen müssen, dass sich die Menschen in deinem Umfeld Sorgen machen. Und da diese Menschen das Gefühl hatten, weltlich könnten sie nichts mehr ausrichten, um dich zur Vernunft zu bringen, haben sie sich eben an das Übernatürliche geklammert. Was ist daran so schlimm?"

Ich erhebe mich von der Liege, um im Zimmer auf und ab zu gehen. Das befreit, daher bin ich ziemlich schnell unterwegs und merke nicht, dass ich David damit nervös mache.

„Ich bin mir der Verantwortung sehr wohl bewusst, die ich meinen Mitarbeitern gegenüber habe. Ich brauche keine Belehrungen von dir!!!", brüllt er erneut unkontrolliert herum. „Das Einzige, worum ich dich bat, war, mir dein Vertrauen zu schenken. Aber da scheine ich zu viel von dir verlangt zu haben."

Mit geballten Fäusten bleibe ich stehen und bemühe mich, meinen einsetzenden Zorn auf ein Standardmaß herunterzudrosseln. Bis heute ist es nicht mal meiner Tante gelungen, mich so zu reizen, dass ich mich vergesse. Doch sein ungerechtes Verhalten führt zu einem Überdruck in mir. Ich fühle mich wie ein Korken, der jeden Augenblick aus der Champagnerflasche knallt.

„**Du** hast mir doch dein Vertrauen genauso wenig schenken wollen!!!", schreie ich ihn an. Interessant! Wenn ich will, kann ich das Volumen meiner Stimme nahezu verdoppeln. Und offenbar zeigt es Wirkung, denn David sieht mich alarmiert an. „Hättest du nur ein Fünkchen Vertrauen in *mich* gesetzt, wäre diese Geheimniskrämerei gar nicht nötig gewesen. Aber David Barclays Schultern sind ja grenzenlos groß. Die können nämlich die gesamte Last seines Lebens alleine tragen. Er braucht niemanden, dem er sich anvertrauen kann. Alle Menschen brauchen jemanden, aber David Barclay nicht. Er ist unverwundbar!!! Zwar möchte er, dass ihm jeder vertraut, aber er kann von sich nichts weiter geben als heiße Luft! Da sind Menschen, die sich um ihn sorgen und die bereit sind, ihr Weltbild auf den Kopf zu stellen, nur um ihm zu helfen. Statt diese Bemühungen – welcher Art sie auch sein mögen – anzuerkennen und dankbar dafür zu sein, weist er sie zurück, nein, er verurteilt sie sogar!"

Mir schießt die Röte ins Gesicht. So aufgeregt habe ich mich noch nie. Meine Vernunft sagt mir, dass ich meinen Puls so schnell wie möglich herunterfahren sollte, bevor meine Lebenserhaltung versagt, aber versuch mal bei Tempo zweihundert eine Vollbremsung hinzulegen. Das geht praktisch nicht!

„Es reicht", sagt David tonlos. „Ich habe genug gehört. Wenn du das alles so siehst, ist es besser, du gehst jetzt."

Er öffnet die Tür und weist mir den Weg aus dem Zimmer. Das lasse ich mir nicht zweimal sagen. Ich gebe zu, dass ich meinen Standpunkt ein wenig überdreht vertreten habe, aber seine ungerechten Worte wühlen mich derartig auf, dass sich meine Beherrschung verflüchtigt hat wie ein Gas.

„Du brauchst mich nicht rauszuschmeißen. Ich wäre ohnehin jetzt gegangen", sage ich mit dem letzten bisschen Stolz, der mir geblieben ist. Er kann sich nun gerne einen anderen Sündenbock suchen. Ich bin für heute bedient. Wenn David jeden so behandelt, der ihm lediglich Gutes will, weiß ich nicht, was ich hier verloren habe. Auf der Türschwelle bleibe ich stehen und sehe David ins Gesicht. Er schaut mich an, als begreife er selbst nicht, was gerade zwischen uns passiert.

„Herzlichen Glückwunsch zum Geburtstag", sage ich leise und gehe.

Neues Leben, neues Glück?

Vier Wochen sind vergangen und es hat sich viel für mich verändert. Ich bin zu neuen Erkenntnissen gelangt, vor allem aber habe ich durch den Streit mit David eine Seite an mir entdeckt, die mich zutiefst verunsichert. Bisher dachte ich immer, dass ich meine charakterlichen Schwächen gut im Griff habe, aber diese Annahme ist an jenem folgenschweren Tag wie eine Seifenblase zerplatzt. Abgesehen von der Tatsache, dass ich meine Selbstbeherrschung zum ersten Mal verloren habe, knabbere ich weiterhin an den Folgen dieses hitzigen Wortgefechtes: Ich bin nämlich recht einsilbig geworden und ein Lächeln ist mir nur noch selten zu entlocken.

Meine Tante blieb nach diesem entscheidenden Abend eine lange Woche bei mir, um mich auf andere Gedanken zu bringen. Sie arbeitete hart an mir mit verschiedenen Tinkturen und Heilkräutern. Aber gegen Liebeskummer ist nun mal kein Kraut gewachsen. Als sie endlich abfuhr, war ich sehr erleichtert und doch fühlte ich mich einsam.

Kurz darauf fing ich als Assistentin bei Dr. Wilson an und vielleicht wäre ich sogar glücklich, für ihn arbeiten zu dürfen, wenn die Umstände andere wären. Aber mein Glück fand ich auf Rosefield. Ich vermisse die Kollegen, Charly, Clark und vor allem David. Würde ich einen Weg kennen, alle Worte des Vorwurfs und der Kränkung aus meinem Gedächtnis auszublenden, ginge es mir erheblich besser. So jedoch muss ich damit leben wie mit einem lästigen Pickel.

Manchmal besucht mich Jacob und erzählt mir alles, was sich auf dem Hof zuträgt. Von David berichtet er seltsamerweise nichts. Im Grunde ist es mir recht so, denn es würde mich bloß unnötig aufwühlen. Da George in meiner Nachbarschaft wohnt, sehe ich ihn regelmäßig. Meistens treffen wir uns zum Kaffee in meiner oder seiner Küche. Wir sind gute Freunde geworden und er bringt mich gelegentlich zum Lachen. David ist zwischen uns ebenfalls kein Thema, somit habe ich nicht die geringste Ahnung, wie es ihm seit jenem Abend ergangen ist.

Immerhin klärt mich George ausführlich über Charlys Befinden auf. Auch Dr. Wilson fährt zuweilen vorbei und sieht nach seinem Bein. Es ist so gut wie verheilt. Und wenn ich Dr. Wilsons Urteil Glauben schenken kann, dauert es nicht mehr lange und er kann wieder geritten werden. Ich bin froh, dass ich damals mit aller Kraft um Charlys Leben gekämpft habe. Der Erfolg gibt mir Recht. Clark scheint es auch gut zu gehen, jedenfalls nimmt George das an. Er kann jedoch nicht mit Sicherheit sagen, ob ihm die Spaziergänge mit mir fehlen. Denn sein trauriger Hundeblick ließe durchaus darauf schließen.

Veronica wurde nach meiner Aussage aufgrund eines glücklichen Zufalls verhaftet. Ein neuer Geschädigter meldete sich bei der Polizei und konnte sie zweifelsfrei identifizieren. Ihr Komplize war im Übrigen eine Frau. Für eine Frau hatte sie allerdings einen ziemlich kräftigen Schlag. Die Beule auf meinem Kopf nahm noch ungeahnte Ausmaße an und ließ mich am selben Abend die Klinik aufsuchen.

Zum Glück war mit meiner Rübe alles in Ordnung, nur mein Herz ist seitdem erkrankt. Der Einbruch in meine Wohnung und die Episode mit dem Geisterfahrer gingen auf das Konto dieser Komplizin und sollte mir, wie ich bereits vermutet hatte, einen Schrecken einjagen. Eine dämliche Aktion, die letztendlich dazu führte, dass ich erst recht keine Ruhe gab. Ich wäre womöglich nicht mehr zur Polizei gegangen, um gegen Veronica auszusagen. Da ich nun aber selbst zum Opfer wurde, blieb mir praktisch nichts anderes übrig.

Meine Handfertigkeiten stelle ich zurzeit intensiv auf die Probe. Mit meinen Mitschülerinnen übe ich regelmäßig das Handauflegen und erfahre dabei, dass sie etwas dabei fühlen, wenn ich sie länger berühre – jedenfalls behaupten sie das. Kann das denn sein? Ich würde es ja gerne an mir selbst ausprobieren, doch da funktioniert es leider nicht. Noch suche ich hoffnungsvoll nach einer Methode, die mir einen endgültigen Beweis liefern kann, doch langsam wird mir klar, dass es wohl keine abschließende Erklärung in diesem Fall geben wird. Es gibt nun mal Dinge im Leben, die sich auch mit rationalem Verständnis nicht erklären lassen. Das sollte ich einfach akzeptieren.

Heute ist wieder ein grauenvoller Morgen. Vor gut vier Wochen ist das Wetter umgeschlagen und seitdem extrem unbeständig. Meistens regnet es und wenn es mal nicht regnet, ist es bedeckt und trüb. Das steigert meine Laune auch nicht gerade. Die letzte Woche war ich mit Dr. Wilson viel unterwegs, denn die meisten seiner Patienten hier auf dem Lande sind Rinder und Schweine. Auch bei ihnen wende ich das Handauflegen an und Dr. Wilson schwört darauf.

Seiner Ansicht nach ist der Fall klar: Seitdem ich ihm bei der Behandlung seiner Tiere assistiere, haben seine Heilerfolge zugenommen. Dass meine Hände hieran maßgeblichen Anteil haben, daran lässt er keinen Zweifel. Und das erzählt er ungeniert herum. Wahrscheinlich ist es bereits in der gesamten Gegend bekannt, denn immer wieder erhalte ich Anrufe von Menschen, die sich von meinen Händen Heilung versprechen. In einem kann ich mir jedenfalls sicher sein: Wenn ich meine Ausbildung zur Heilpraktikerin beendet habe, wird das Wartezimmer meiner zukünftigen Praxis aus allen Nähten platzen. Das sind doch recht gute Zukunftsaussichten.

Heute werden Dr. Wilson und ich den größten Teil des Tages in der Praxis verbringen. Es haben sich ein paar Kleintierbesitzer angemeldet. Ein

Kaninchen, zwei Vögel und ein Hund stehen bis jetzt im Terminkalender. Vielleicht wird es diesmal ein ruhiger Tag, ich könnte nach der Hektik der letzten Tage eine kleine Pause gebrauchen. In der Schule wird zurzeit viel von uns abverlangt. Ich komme mit dem Lernen kaum noch hinterher, denn Dr. Wilson nimmt mich sehr in Beschlag. Manchmal könnte ich schwören, er zögert meinen Feierabend absichtlich hinaus, um mehr Zeit mit mir zu verbringen.

Seine vielen Essenseinladungen habe ich bisher alle abgelehnt, aber irgendwann wird er ein Nein nicht mehr akzeptieren. Und womöglich sollte ich mich langsam mit dem Gedanken abfinden, dass es David in meinem Leben nicht mehr geben wird. Dr. Wilson ist ein verständnisvoller, durchaus attraktiver Mann. Wir arbeiten hervorragend zusammen und sind ein gutes Team. Ich sollte es mir überlegen.

Müde betrete ich die Praxis. Judy ist schon hinter ihrem Tresen und winkt mir gut gelaunt zu. Wie macht sie das nur, an solch einem Morgen so heiter zu wirken? Ein guter Kontrast zum Wetter, das muss ich zugeben. Aber es färbt leider nicht auf mich ab.

„Guten Morgen, Judy. Ist Dr. Wilson bereits da?"

„Aber ja, er wartet auf dich. Ich glaube, er möchte etwas mit dir besprechen."

Nicht doch! Am frühen Morgen kann ich un-möglich schon sprechen, geschweige denn etwas *be*sprechen. Das überfordert mich. Ich gehe in sein Büro und sehe ihn über einem Schriftstück brüten. Überrascht schaut er auf und macht den Ein-druck, gerade verreist gewesen zu sein.

„Oh, schön, dass Sie da sind, Miss Robertson. Ich habe hier etwas, das Sie sicher interessieren wird. Es ist ein wenig seltsam, aber sie sollten es wissen."

So, was kann das wohl sein?

Dr. Wilson sitzt an seinem Schreibtisch und ich setze mich ihm gegenüber. Bequem lehne ich mich zurück und gähne genüsslich.

„Sie sollten länger schlafen, Miss Robertson, Sie sehen müde aus."

Ja, in der Tat, aber du bist nicht ganz unschuldig an diesem Schlafdefizit.

„Bestimmt haben Sie Recht, aber wie soll das funktionieren? Ich arbeite schließlich täglich bis in die Abendstunden und danach muss ich noch ler-nen. Mir bleibt kaum Zeit für ein bisschen Priva-tes, geschweige denn für Schlaf."

Dr. Wilson sieht mich durch zusammenge-kniffene Augen an. Warum tut er das? Die Sonne kann ihn ja schlecht blenden bei diesem Sauwetter da draußen.

„Habe ich etwa einen leichten Unterton des Vorwurfs herausgehört?", fragt er mich mit kriti-schem Blick. „Miss Robertson, Ihre Mitarbeit ist für meine Praxis außerordentlich bereichernd. Ich bewundere Sie, und das wissen Sie nur zu gut. Aber es liegt mir fern, Ihren ursprünglichen Plänen im Weg zu stehen."

Oh je, ich habe ihn hoffentlich nicht gekränkt.

„Ihr Ziel ist eine eigene Praxis, wenn Sie Ihre Prüfung zur Heilpraktikerin bestanden haben, und die Arbeit bei mir soll Ihnen den Einstieg einmal erleichtern. Einige Patienten haben Sie ja schon gewonnen durch meine kleine Propaganda-Taktik. Und ich wünsche mir für Sie, dass es mehr werden. Wenn Ihnen also die Zeit für Ihren Lernstoff fehlt, gebe ich sie Ihnen. Das ist doch keine Frage. Warum haben Sie nicht mit mir darüber gesprochen?"

Ich reibe ermattet meinen Nacken und muss erkennen, dass Dr. Wilson vollkommen Recht hat. Er ist schließlich kein Unmensch. Man kann mit ihm reden und ich hätte längst etwas sagen müssen.

„Ich danke Ihnen für Ihr Verständnis, Dr. Wilson. Ehrlich gesagt war ich verunsichert, Sie nach so kurzer Zeit darum zu bitten. Sie schienen mich zu brauchen, und ich wollte Sie nicht enttäuschen."

„Natürlich brauche ich Sie!", sagt er lachend und legt das Schriftstück aus den Händen, an dem er sich bis eben festhielt. „Aber doch nicht so! Sie haben Ränder unter den Augen und sehen aus wie ein Murmeltier."

Ist das wahr? Mein Gott, wäre mir das aufgefallen, hätte ich mir ein bisschen Farbe ins Gesicht gepinselt. Ich greife mir die verchromte Papier-schere vom Schreibtisch und versuche, mich darin zu spiegeln. Tatsächlich! Ich sehe aus wie ein Nachtgespenst!

„Ein Wunder, dass ich mit diesem Anblick nicht alle Kühe und Schweine verschreckt habe", sage ich bestürzt und lege die Schere zurück an ihren Platz. Dr. Wilson lacht amüsiert und nimmt das Papier wieder auf, dass er soeben aus der Hand gelegt hatte.

„Ihre Art ist wirklich erfrischend, Miss Robertson. Keine Angst, so schlimm ist es nicht. Sie sind und bleiben eine attraktive junge Dame, daran ändern auch ein paar Augenränder nichts."

Mir schießt das Blut in den Kopf. Er hat doch bloß gesagt, dass er dich attraktiv findet. Es ist schließlich nichts dabei. – Schon, aber er hätte es ja nicht so unverblümt sagen müssen. Ich war ge-rade nicht auf solche Worte eingestellt.

Dr. Wilson bleibt meine Verlegenheit nicht verborgen. Er legt das Schriftstück wieder zurück und erhebt sich aus seinem Stuhl. Wollte er nicht mit mir über den Inhalt dieses Schreibens reden? Lächelnd geht er um den Tisch herum und lehnt sich lässig dagegen.

„Miss Robertson, ich weiß, dass Sie auf dem Gebiet der Homöopathie und der Naturheilkunde eine Koryphäe sind. Außerdem sind Sie schlagfer-tig und haben ein erstaunliches Redetalent. Sie können sich gut verkaufen und überzeugen mit

Ihrem Auftritt. Aber auf dem Gebiet des Zwischenmenschlichen sind Sie hilflos wie ein Teenager. Warum arbeiten Sie nicht ein wenig an dieser charmanten Charakterschwäche? Sie könnten zum Beispiel versuchen, etwas lockerer zu werden, und meine Essenseinladung endlich annehmen."

Erstaunt sehe ich ihn an. So viel Direktheit ist mir unangenehm. Allerdings hat er mich richtig durchschaut. Es ist nicht leicht für einen Mann, mich zu einem Rendezvous zu überreden. Erstens habe ich zu viel um die Ohren und zweitens erkenne ich die Zeichen, die ein Mann aussendet, so gut wie nie. Dabei sind die Zeichen, die Dr. Wilson mir gibt, mehr als deutlich. Sie fallen mir buchstäblich täglich vor die Füße. Ich müsste darüber stolpern, aber bisher wollte ich es schlichtweg nicht. Andererseits gibt es keinen Grund mehr, nicht auf seine Avancen einzugehen.

„Also schön, Dr. Wilson, Sie haben mich überredet. Ich esse gern Italienisch."

Ein Essen mit/ohne Folgen

Als ich vor Dr. Wilsons Haus stehe, bin ich unschlüssig. Vielleicht wäre es ratsam, wieder zu gehen. Ich könnte morgen sagen, dass ich seine Klingel nicht gefunden hätte oder ich von einem tropischen Fieber heimgesucht worden wäre, von dem ich jedoch am folgenden Morgen auf wundersame Weise genesen bin. Gerade will ich einen Rückzieher machen, als die Tür von innen geöffnet wird.

„Habe ich also richtig gehört, Sie sind bereits da", sagt er beschwingt. „Kommen Sie herein."

Nun gut, jetzt bin ich schon mal hier, dann kann ich auch kurz hereinkommen. Aber eigentlich habe ich ja Fieber.

Ich reiche Dr. Wilson eine Weinflasche als Gastgeschenk und trete über die Türschwelle. Sogleich nimmt er mir die Jacke ab und hängt sie auf einen Bügel. Er ist leger in Jeans gekleidet und hat sich um die Hüften eine weiße Schürze gebunden. Man könnte wirklich meinen, es mit einem Chef de Cuisine zu tun zu haben. Ein angenehmer Duft zieht mir aus der Küche in die Nase. Hm, das riecht aber lecker! Unter Umständen könnte ich doch ein wenig bleiben und mir den Wanst so richtig vollhauen. Wann bekomme ich schon mal was Gutes zu essen? Für mich allein koche ich kaum, das lohnt sich nicht.

Ich habe mich für den heutigen Abend in ein Kleid gepellt und bereue es gerade. Es sitzt am

Bauch so eng, dass ich möglicherweise nicht genügend Rationen in mich hineinessen kann. Das wäre ausgesprochen schade. Auch sieht ein Kugelbauch nicht sonderlich vorteilhaft bei einer Frau aus. Den ganzen Abend allerdings die Luft anzuhalten und den Bauch einzuziehen, geht nicht. Aber ich könnte es ja mal probieren. Was mache ich jetzt? Mir fällt mein Fieber wieder ein, aber dafür ist es nun zu spät. Dr. Wilson drückt mir einen Aperitif in die Hand und stößt mit mir auf einen schönen Abend an. Solange mein Kleid hält, spricht auch nichts dagegen – hoffe ich.

Ich lehne mich wohlig in meinem Stuhl zurück und streiche über meinen Bauch.

„Das Essen war vorzüglich. Auch der Wein – es passte alles zusammen. Wo haben Sie nur so gut küssen gelernt … äh, ich meine, kochen?"

Hoppla, da ist mir wohl der Wein zu Kopf gestiegen.

Dr. Wilson lacht herzhaft über meinen „Freudschen Versprecher". Ich überlege noch, ob mir zum Lachen zumute ist. Besser ich stecke meinen Kopf in eine Papiertüte. Oder aber ich tackere meinen Mund mit Heftklammern zu. Sähe zwar unpassend aus, wäre aber effektiv.

„Das Kochen habe ich mir selbst beigebracht und das Küssen, nun ja, das lernt man mit der Zeit eben, solange man die Praxis nicht verliert. Ich denke, es ist wie mit dem Fahrradfahren: Hat man es erst mal verstanden, verlernt man es nicht mehr. Oder wie sehen Sie das, Miss Robertson?"

„Ja, also", beginne ich gehemmt und räuspere mich, „das sehe ich genauso."

Können wir jetzt das Thema wechseln?

Auf einmal hebt Dr. Wilson lächelnd sein Glas und sieht mich erwartungsvoll an.

„Ich finde, wir sollten langsam dazu übergehen, uns beim Vornamen anzureden. Jetzt, wo wir bereits beim Thema ,Küssen' angelangt sind, passt es doch gut, wenn wir Brüderschaft trinken."

Dieser Dr. Wilson ist ein raffiniertes Schlitzohr. Da verplappere ich mich einmal versehentlich und er will sich gleich mit mir verbrüdern. Muss man sich danach nicht auch küssen? Mir weicht die Farbe aus dem Gesicht, als mir klar wird, was jeden Augenblick auf mich zukommt. Inzwischen ist er von seinem Platz aufgestanden und begibt sich zu mir.

„Also? Was ist nun?", fordert er mich auf und zeigt auf mein Glas. Ich erhebe mich von meinem Stuhl und nehme mein Getränk mit zitternder Hand auf. Was hab ich bloß? Deswegen muss ich doch nicht gleich nervös werden. Hier geht's schließlich nur um ein freundschaftliches Bussi, das dieses Ritual verlangt. Wir verhakeln unsere Arme und jeder trinkt einen Schluck aus seinem Glas. Schnell stelle ich mein Getränk zurück auf den Tisch und hoffe, dass er nicht auf den Kuss besteht.

„Jenny", sage ich verschämt mit gesenktem Kopf.

„Jack", flüstert er mir zu und kommt mir immer näher. Mit seiner linken Hand zieht er meinen Kopf zärtlich zu sich heran und drückt mir einen sanften Kuss auf die Lippen. Für einen Moment schließe ich die Augen, stelle dann aber fest, dass es sich nicht richtig anfühlt. Ich schmecke nach wie vor Davids Küsse und plötzlich wird mir klar, ich kann ihn nicht vergessen. Jack fühlt, dass etwas nicht stimmt, als er mich nach dieser flüchtigen Zärtlichkeit ansieht.

„Warum habe ich gerade das Gefühl, dass du auf einmal bedrückt wirkst?"

Er streicht mir eine Haarsträhne aus dem Gesicht und klemmt sie mir hinters Ohr. Diese befremdlichen Berührungen lassen mich erstarren. Ich muss ihm auf der Stelle klarmachen, dass ich gehen muss. Meine Migräne, aber natürlich! Normalerweise leide ich zwar nicht darunter, aber jetzt schon!

„Jack, ich glaube, ich möchte lieber gehen", sage ich und ziehe mich aus seinem Aktionsradius zurück, sodass seine Hände mich nicht mehr erreichen können.

„Aber weshalb denn?", fragt er überrascht. „Habe ich etwas gesagt, was dich gekränkt hat? Dann entschuldige ich mich dafür."

„Nein, daran liegt es nicht, es ist nur so ..."

„Du denkst immer noch an David Barclay", sagt er betrübt.

Woher weiß er das? Habe ich laut gedacht? Oder sieht man mir etwa an, dass ich ununterbrochen an David denke? Ich habe mich wirklich bemüht, ihn aus meinem Kopf zu verbannen. Jeden Tag habe ich versucht, mich abzulenken, mir einzureden, er sei mir egal. Aber jegliche Bemühungen waren vergebens. Nicht mal ein Rendezvous mit Jack lässt mich David vergessen. Es ist wie verhext! Jack gibt sich solche Mühe, er kocht ein Drei-Sterne-Menü, bereitet mir einen romantischen Abend, doch meine Gehirnzellen kreisen lediglich um David herum. Das hat Jack nicht verdient.

„Es tut mir leid", sage ich und hoffe, er würde mir die Absolution erteilen, denn ich fühle mich schuldig.

„Du brauchst dich nicht zu entschuldigen. Gegen seine Gefühle kann man nichts machen. Im Grunde habe ich es gewusst. Doch ich hoffte, du könntest ihn mit der Zeit vergessen, dich vielleicht in mich verlieben. Aber da hab ich mich wohl getäuscht."

Schwermütig sieht er mich an und wünscht sich wahrscheinlich, dass ich ihm widerspreche, ihm irgendwie das Gefühl gebe, dass es noch Hoffnung gibt. Doch so gern ich diese Situation entschärft und mir ein Lächeln in sein Gesicht gewünscht hätte, mir gelingt es nicht, über meinen Schatten zu springen. Meine Gefühle für ihn gehen nicht über Freundschaft hinaus. Selbst ein Zaubertrank für mich würde nichts nützen. Mein

Herz schlägt für einen anderen Mann, der es im Grunde nicht verdient hat. Wie ich es wieder zurückbekomme, weiß ich nicht. Würde ich meine Tante fragen, hätte sie bestimmt die eine oder andere dämonische Idee. Aber darauf kann ich getrost verzichten. Es ist besser, sie nicht mit solchen Aufgaben zu betrauen. Deshalb erzähle ich ihr auch nichts von meinem nicht enden wollenden Liebeskummer, der ihr jedoch auch ohne meine Berichterstattung nicht entgeht. Manchmal ließ sie während unserer Telefonate verlauten, dass Dr. Wilson eine gute Partie für mich wäre, zumal eine Verbindung mit ihm hervorragend zu meinen beruflichen Plänen passen würde. Da konnte ich ihr nicht widersprechen. Doch es wäre unehrlich, mit ihm eine Liaison zu beginnen, nur um mein berufliches Vorankommen zu beschleunigen. Veronica mag so abgebrüht sein, mir fehlt es allerdings an solcher Unerschrockenheit.

„Ich sollte jetzt wirklich gehen", sage ich und vergrößere den Abstand zwischen uns, indem ich einen Schritt zurückmache.

Doch Jack legt seine Hand auf meinen Rücken, um mich wieder zurückzuziehen. Durch den Stoff des Kleides spüre ich die Wärme seiner Hand, was mich in wilde Unruhe versetzt. Ich verstehe mich selbst nicht mehr und überlege, welche Gefühle gerade durch meinen Körper schießen. Ist das etwa Leidenschaft oder verwechsle ich es mit Panik?

„Ich will dich aber nicht gehen lassen", haucht er mir entgegen und ich könnte schwören, dass ich seine Halsschlagader pulsieren sehe – obwohl mir gerade das Gesichtsfeld verschwimmt. Wahrscheinlich ist es die Aufregung vor dem, was kommen könnte, ich aber eigentlich verhindern will, mir dessen aber nicht sicher bin.

„Was kann ich tun, damit du ihn vergisst?"

Jacks Frage überfordert mich, denn darauf habe ich keine Antwort. Ich wünschte, ich könnte David aus meinem Gedächtnis streichen und mich Jacks Avancen hingeben. Was kann mir schließlich Besseres passieren? David hat mich fallen gelassen und Jack will mich wieder auflesen. Das ist doch prima! Dazu ist er ein gut aussehender und überdies ein privilegierter Mann, der in dieser Gemeinde einen hervorragenden Ruf genießt, ja, den die Frauen verehren. Judy ist zum Beispiel eine von seinen Fans, aber das will er wohl nicht bemerken. Stattdessen hat er sich darauf versteift, mich zu erobern, und dabei bin ich eine schwer zu erlegende Beute. Womöglich ist es aber genau das, was ihn reizt. Männer begehren stets die Frauen, die schwer erreichbar für sie sind. Sobald sie die Gunst der Frau gewonnen haben, ebbt das Interesse schrittweise wieder ab. Aber vielleicht ist das auch bloß ein Vorurteil, wovon ich diverse in meinem Repertoire mit mir herumschleppe.

Jacks warme Hand zieht mich dicht an seinen Körper heran, sodass mich seine Hitze umhüllt.

Auch mir wird heiß, aber ich bemühe mich, es zu ignorieren. Werde ich jetzt schwach und sehe morgen wieder alles anders, nämlich so, wie es ist: dass ich mich nur freundschaftlich mit ihm verbunden fühle, dann kann ich Jack nicht mehr unter die Augen treten. Also Jenny, lass dich nicht von ihm einwickeln, auch wenn Deine Hormone gerade wild durcheinandergewirbelt werden.

„Jack, es wäre ein Fehler, wenn wir den Abend hier nicht enden lassen."

Ein Lächeln formt sich auf seinen Lippen und er sieht mich mit einer erstaunlichen Entschlossenheit an. Kann ich noch irgendetwas sagen, was ihn überzeugen würde, mich gehen zu lassen? Offenbar nicht, denn er senkt seinen Kopf und beabsichtigt, mich erneut zu küssen. Ich sollte meinen Kopf jetzt wegdrehen, stattdessen sehe ich ihn erwartungsvoll an und sehne mich beinahe danach, seine Lippen auf meinen zu fühlen. Wie ist es ihm nur gelungen, dass ich mich so unvernünftig verhalte? Hat er mir etwas in den Wein geträufelt, was mich willenlos werden lässt?

Das hättest du wohl gern, Jenny, dann könntest du die Verantwortung für dein Tun abgeben. Aber so einfach ist es nicht. Denn erstens würde Jack so etwas Plumpes niemals tun (Wozu auch? Ein attraktiver Mann wie er könnte schließlich jede haben.), zweitens bin ich erwachsen genug, um zu wissen, welche Konsequenzen mein Handeln nach sich ziehen wird. Also wach endlich auf und geh, und zwar schnellstens!

Warum ich nun aber meine Augen schließe und weiterhin hoffe, geküsst zu werden, ist mir nicht klar. Da passiert es: Weiche Lippen berühren meinen Mund und küssen mich so zart wie eine Feder im Wind. Mir gelingt es nicht, den Kuss zu erwidern, und ich versteife zu einem Stück Metall. Oh Gott, ich hab's wirklich versuchen wollen, aber ich kann nicht! Meine Gedanken schweifen ständig ab und dieser Kuss hat mich geradewegs in die Realität zurückgeholt.

Jack unterbricht seine Bemühungen und sieht mich mit einem verkniffenen Gesichtsausdruck an. Oh weh, jetzt habe ich ihn enttäuscht.

„Du bist wohl noch nicht so weit", stellt er richtig fest und gibt mich frei. Er fährt sich durch die Haare und dreht sich von mir weg. Mist, jetzt ist es passiert und ich habe den zweiten Mann vergrault. Mein Verschleiß ist ja sträflich.

„Es tut mir wirklich leid", sage ich und fühle mich wie eine gemangelte Tischdecke. Ich dampfe noch, bin aber verspannt, als hätte er Bügelsteife auf mich gesprüht.

„Bitte hör auf, dich ständig zu entschuldigen", sagt er gequält. „*Ich* müsste mich entschuldigen."

„Aber ...", sage ich und verstumme sogleich wieder, denn er hebt seine Hand, um mich zu stoppen. Dabei hätte ich ihn jetzt gerne mit einem Redeschwall übergossen, denn so mogle ich mich stets erfolgreich aus unangenehmen Situationen heraus. Mir war gar nicht bewusst, dass man mich am Reden hindern kann, bevor ich richtig loslege.

„Es gibt etwas, was ich dir sagen muss", beginnt er seinen Satz. Eröffnet jemand mit diesen Worten sein Plädoyer, bedeutet dies in der Regel eine längere Ausführung. Daher setze ich mich zurück auf meinen Stuhl und schaue ihn abwartend an. Endlich gehen zu können, kann ich getrost vergessen. „Ich hätte es dir längst sagen, mit dir darüber sprechen müssen, aber ich hab es nicht fertiggebracht. Du warst gerade dabei, ihn zu vergessen, dich gut in der Praxis einzuarbeiten. Die Patienten vertrauen dir und du leistet gute Arbeit. Ich wollte nur, dass du zur Ruhe kommst."

„Wovon sprichst du eigentlich?", frage ich Jack, denn seine Worte ergeben keinen Sinn für mich. Er begibt sich zu dem wuchtigen Schrank, der das Esszimmer zur Hälfte ausfüllt, und zieht eine Schublade auf. Seine Hand greift beinahe widerwillig in die Lade hinein und zieht ein Stück Papier hervor.

„Dieses Schreiben habe ich vor einigen Wochen empfangen. Ehrlich gesagt ist es eingetroffen, nachdem du bei mir angefangen hast. Es ist von Mrs. Barclay."

Meine Kehle schnürt sich zu und das Atmen fällt mir schwer. Warum wühlt es mich so auf, wenn ich diesen Namen höre?

„Als du seinerzeit wegen einer Anstellung zu mir gekommen bist, war mir gleich klar, dass etwas zwischen dir und ihm schiefgelaufen ist. Schließlich kann ich eins und eins zusammenzählen. Ich stellte dich aber nicht ein, um dich sofort wieder an die Barclays zu verlieren. Schließlich leistest du wertvolle Arbeit und bereicherst mein Team. Mrs. Barclay bat mich in ihrem Brief darum, dich zu entlassen, um dich für deine Arbeit auf dem Hof freizugeben. Sie schrieb, du würdest bei mir nicht glücklich werden und du hättest etwas auf dem Hof zu erledigen – es gäbe noch eine Sache zu klären. In Klammern setzte sie das Wort ‚Liebestrank‘. Weißt du, was sie damit meint?"

Meine Wangen beginnen zu glühen. Was soll ich darauf sagen? Ich schüttle lediglich den Kopf und schaue zu Boden. Jack nimmt mein Kopfschütteln zur Kenntnis und fährt mit dem Zeigefinger über den Brief.

„Hier erwähnt sie, dass David zwar gegen deine Wiedereinstellung sei, sie aber durchaus die Macht habe, sich über die Entscheidungen ihres Sohnes hinwegzusetzen. Er wisse ohnehin zurzeit nicht, was richtig oder falsch sei. Daher habe sie vorübergehend die Leitung des Betriebes übernommen. Solltest du nicht bald zurückkommen, könnte sie einen Konkurs nicht mehr ausschließen. Sie bittet um Diskretion und darum, dass ich mit dir rede, da sie dich seit Tagen nicht erreichen könne."

Ach ja, ich hatte die ersten zwei Wochen nach diesem Fiasko das Telefon abgestellt. Offenbar muss sie genau in dieser Zeit versucht haben, mich anzurufen. Interessant finde ich, dass David meine Wiedereinstellung offenbar ablehnt. Warum also pocht Mrs. Barclay so sehr darauf? Und weshalb spricht sie diesen Liebestrank an? Reicht es denn nicht, dass mich meine Tante ständig blamiert? Muss es auch noch Mrs. Barclay sein, die mich der Lächerlichkeit preisgibt? Gott sei Dank hat sie in ihrem Schreiben keine Details genannt, sonst hätte mir auch Jack eine partielle Geisteskrankheit bescheinigt. Kraftlos beuge ich mich auf meinem Stuhl nach vorne und sehe aus wie ein Knickstrohhalm. Ich sage nichts, als Jack mit seinen Ausführungen fertig ist und starre so ins Leere. Meine Gehirnzellen rasen durch den Kopf und ich bekomme keine Struktur in meine Gedanken. David will mich nicht mehr einstellen, aber Mrs. Barclay ist plötzlich ganz scharf darauf. Glaubt sie ernsthaft, es ginge gut, wenn ich mich wieder in Davids Dunstkreis befände? Und was verspricht sie sich davon? Dass David an Amnesie zu leiden beginnt und die Sache mit dem Liebestrank vergisst? Ich wüsste nichts, was ich machen könnte, um diese Peinlichkeit aus meinem Repertoire der Fehltritte zu löschen. Und David wird mich töten, sobald er mich auf seinem Grundstück erspäht. Ich würde es jedenfalls tun. Keinesfalls werde ich so dumm sein, nochmals auf dem Hof der Barclays anzuheuern.

Entschlossen springe ich vom Stuhl auf und beabsichtige, den Abend kurzerhand zu beenden. Jack hätte eher mit mir über Mrs. Barclays Post sprechen müssen. Mit welchem Recht nimmt er es sich heraus, mir solche fundamentalen Dinge vorzuenthalten? Hier geht es schließlich um mich und ich kann sehr wohl selbst entscheiden, was gut für mich ist und was nicht – glaube ich jedenfalls.

„Es war nicht richtig von dir, mir nichts zu sagen", bemerke ich in einem kühlen Ton und schaue Jack an, als hätte er ein Attentat auf den Hoover Staudamm verübt. Dabei hat er mich bloß schonen wollen. Doch das will ich nun nicht erkennen und greife nach meiner Tasche, die über der Stuhllehne hängt. „Tut mir leid, ich muss jetzt gehen."

Sag gefälligst danke zu Jack, dass er so sorgsam mit deinen Gefühlen umgegangen ist und lauf nicht weg wie ein kleines Schulmädchen. – Ich wüsste nicht, was ich hier noch soll. – Du verletzt Jacks Gefühle, das hat er nicht verdient. – Ich weiß, aber ich kann gerade nicht anders.

„Jenny, bitte bleib. Du hast Recht, ich hätte es dir sagen sollen. Aber versetz dich doch mal in meine Lage. Wochenlang habe ich versucht, dich abzuwerben und gehofft, dich einstellen zu können. Und plötzlich stehst du verzweifelt vor meiner Tür und bittest um eine Anstellung. Natürlich hatte ich mich gefreut, aber mir gleichzeitig Sorgen um dich gemacht. Ein paar Tage später erhalte ich diesen Brief. Es erschien mir falsch, dich damit in dieser Situation zu belasten."

Ich nicke mit dem Kopf. Seine Worte erinnern mich daran, wie aufgelöst ich in dieser Nacht an

seiner Tür geklingelt hatte. Mit tränenverschmier-
tem Gesicht stand ich da und bettelte darum, von
ihm eingestellt zu werden. Eine äußerst peinliche
Vorstellung, an die ich mich ebenso ungern erin-
nere wie an die Liebestrank-Affäre. Mit kleinen
Schritten begebe ich mich zu Jack hinüber und
bleibe vor ihm stehen.

„Du wirst sicherlich verstehen, dass ich kündigen muss", flüstere ich diesen Satz beinahe,
denn mein Mund hat diese Worte quasi ohne
mein Zutun ausgesprochen. Ich wollte etwas anderes sagen, aber meine Gedanken sind offenbar
schon einen Schritt weiter als ich selbst.

Jack lässt seine Schultern hängen und schaut
mich traurig an.

„Gestern, als ich dich in mein Arbeitszimmer
gebeten habe, hielt ich diesen Brief in der Hand
und wollte den Inhalt mit dir besprechen. Jetzt bin
ich dankbar, dass ich es nicht getan habe. Deine
Reaktion wäre gestern wohl die Gleiche gewesen
und wir hätten diesen heutigen Abend nicht miteinander verlebt."

Jacks Worte berühren mich tief und es
schmerzt mich, ihm trotzdem nichts anderes sagen zu können. Ich muss von nun an meinen eigenen Weg gehen. Meine Abschlussprüfungen für
den Heilpraktiker stehen bald an und da brauche
ich Zeit zum Lernen. Danach möchte ich meine eigene Praxis eröffnen. Doch wenn ich weiterhin für
Jack arbeite, finde ich keine Zeit, mich um alles zu
kümmern. Der Zeitpunkt für eine Kündigung ist

genau der richtige und hat im Grunde nichts mit dem Brief zu tun. Er hat lediglich ausgelöst, was unvermeidlich ist.

„Ich möchte dir für alles danken", sage ich bedrückt. „Du bist ein wunderbarer Mensch, Jack. Und jede Frau würde sich glücklich schätzen, einen Mann wie dich an ihrer Seite zu haben. Aber du und ich – das würde nicht gut gehen. Auch sind meine Gefühle für dich rein freundschaftlich."

„Aber das weiß ich doch, Jenny. Glaubst du denn, ich bin vollkommen blind?" Jack legt seine Hand auf meine und streicht über meine Finger. „Doch manchmal können Gefühle auch wachsen. Und ich gebe zu, das hatte ich gehofft. Ich hätte mich gefreut, wenn uns mehr Zeit geblieben wäre, aber ich werde dich nicht aufhalten. Natürlich wünsche ich dir von Herzen, dass du das findest, wonach du suchst."

Meine Augen werden wässrig, darum ist es dringend nötig zu gehen.

„Danke", sage ich abschließend und löse meine Hände aus seinen.

Mit einem befreiten Gefühl verlasse ich Jacks Haus.

Unverhofft kommt oft

Am folgenden Tag bereue ich, meiner Tante von den letzten Ereignissen erzählt zu haben. Natürlich hat sie am selben Abend, kaum dass ich meine Wohnung betrat, bei mir angerufen. Ich finde es manchmal beunruhigend, dass sie immer weiß, wenn meine Gefühle Achterbahn fahren. Irgendetwas muss uns verbinden, obwohl ich ehrlich keine Ahnung habe, was das sein könnte.

Sie hatte sofort ihren Koffer packen und zu mir fahren wollen. Aber mit viel Geduld und Mühe konnte ich ihr dieses Vorhaben wieder ausreden. Das hätte mir gerade noch gefehlt, dass meine Tante hier weiterhin Unheil anrichtet.

Zerknautscht stehe ich am nächsten Morgen im Badezimmer vorm Spiegel und stelle fest, dass meine Augenränder so tief sind wie der Barringer Krater in Arizona. Wenn ich nicht bald mehr Schlaf bekomme, kann ich mit Hui Buh um die Wette spuken.

Als es an der Tür klingelt, zucke ich zusammen. Da ich niemanden erwarte, grüble ich angestrengt, wer das sein könnte. Aber ich komme zu keinem Ergebnis und entscheide mich, auf Zehenspitzen zur Tür zu schleichen und erst einmal durch den Spion zu linsen.

Weder meine Tante noch Mrs. Barclay möchte ich jetzt empfangen müssen, daher bin ich erleichtert, als ich George im Treppenhaus stehen sehe.

Im Schlafdress und mit zerzaustem Haar öffne ich und winke ihn herein. Er schaut mich irritiert von oben bis unten an. Eigentlich müsste mir mein Aufzug peinlich sein, aber mir bleibt keine Zeit, darüber nachzudenken, denn meine Tante stürmt hinter ihm die Treppen wie ein Tsunami nach oben.

„*Um Himmels willen, George, mach bloß die Tür zu!*", denke ich, aber er reagiert nicht, schließlich habe ich versäumt, es laut auszusprechen.

„Ach du meine Güte, Rosinchen, du siehst ja grauenvoll aus. Die Augenränder müssen weg, und zwar auf der Stelle."

Sie schließt die Tür, nachdem sie ungefragt eingetreten ist, und drängelt sich an George vorbei. Ihre riesige Reisetasche stellt sie auf dem Boden ab und schießt wie ein Pfeil in die Küche. Ach herrje, wie lange hat sie vor zu bleiben?

„Wo sind deine Kartoffeln?", will sie wissen und sorgt somit dafür, dass George und ich uns fragend ansehen. Bisher haben weder er noch ich ein Wort gesprochen.

„Wie bitte?", frage ich und setze mich konsterniert auf mein Sofa.

„Ach, da sind sie ja."

Offenbar ist sie in meiner Küche fündig geworden. Sie schneidet eine Kartoffel in zwei Hälften und kommt damit zurück ins Wohnzimmer. Ich ahne, was mir blüht: Sie fackelt nicht lange und legt mir die Kartoffelhälften auf die Augen, nachdem sie mir den Kopf in den Nacken gedrückt hat.

„So, sie werden deine Augenränder etwas mindern, aber Wunder kann ich an dir nun auch nicht mehr vollbringen, Jennylein – jedenfalls nicht in der kurzen Zeit. Hätte ich gewusst, dass du dich so hängenlässt, wäre ich vor vier Wochen nicht abgefahren."

„Aber ich habe mich nicht hängenlassen …"

„George, hier ist eine Liste mit Dingen, die ich dringend benötige", sagt sie zu ihm und ignoriert meinen Protest. „Könntest du bitte so freundlich sein und sie mir schnellstens besorgen?"

Mit den Kartoffeln auf den Augen sehe ich leider nicht, welchen Gesichtsausdruck er gerade macht. Denn so wie ich meine Tante kenne, stehen auf diesem Zettel vollkommen hirnverbrannte Zutaten für irgendeine kranke Mixtur.

„Haben Sie etwa vor, wieder einen Zaubertrank zu mischen?", erkundigt sich George und scheint seine Frage ernst zu meinen. Sein Tonfall klingt beinahe begeistert. Sofort nehme ich die Kartoffeln von den Augen, um zu überprüfen, ob Georges Gesichtsausdruck mit dem Klang seiner Stimme deckungsgleich ist. Ich kann nicht glauben, dass er euphorisch die Zutatenliste – für was auch immer – überfliegt.

„Die bleiben drauf!", schimpft meine Tante und legt mir die Kartoffelhälften zurück auf die Augen. Daraufhin verlagert sie ihre Aufmerksamkeit wieder auf George und erklärt ihm, dass es sich diesmal allen Ernstes um die Zutaten für einen Anti-Aggressions-Trank handele. Schließlich habe der Liebestrank seine Wirkung nicht entfalten können, weil David Barclay besessen war von überschießenden negativen Gefühlen. Diese würden ihn emotional blockieren. Um eine nachträgliche Wirkung des Liebestranks zu erreichen, müssten jene Blockaden mit dem Anti-Aggressions-Trank aufgelöst werden. Ich schieße wie eine Rakete in die Höhe, sodass die Kartoffelhälften durch den Raum sausen und gegen meinen Fernseher donnern, um dort einen schmierigen Film zu hinterlassen, kurz bevor sie aufs Laminat plumpsen.

„Neiiiiin!", rufe ich verzweifelt. „George, gib sofort die Liste her! Ich werde sie verbrennen."

Doch er zieht den Zettel zu sich heran, als ich nach ihm greifen will, und faltet ihn zusammen.

„Ich werde mich sofort auf den Weg machen", sagt er und ignoriert, dass ich puterrot angelaufen bin und jeden Augenblick wie ein umfallender Spiegel zerspringe. Entschlossen geht er zur Tür und ich schaue ihm sprachlos nach. Kurz keimt in mir die Hoffnung auf, dass er sich wieder umdreht, um mir zu sagen, er würde die Idee grotesk finden und Roberta eine Schraube locker haben. Aber stattdessen öffnet er die Haustür und nickt meiner Tante anerkennend zu.

„Gut, dass Sie zurück sind, Mrs. Robertson."

Ich beginne, auf meine Tante einzureden, um sie zum Abreisen zu bewegen. Aber sie nimmt meine Beschwörungen nicht ernst und behauptet sogar, ich wisse selbst nicht, wie dringend ich ihre Hilfe benötige. Als wir das geklärt haben und ich begreife, dass die Chance, sie wieder loszuwerden, auf die Größe eines Atoms geschrumpft ist, ergebe ich mich meinem Schicksal.

„Du wirst jetzt auf der Stelle zu den Barclays fahren und um deine Wiedereinstellung bitten", befiehlt meine Tante. Ich nicke lediglich und erspare mir weitere Widerworte, da sie ohnehin bloß an ihr abprallen würden. Mit dem einen Auge schiele ich bereits auf meine Bücher und nehme mir vor, meiner Tante das Gefühl zu geben, alles zu tun, was sie mir vorschreibt. Stattdessen jedoch plane ich, zum See zu gehen und bei diesem herrlichen Sonnenschein in meine Bücher zu schauen. Ich habe eine Menge Lernstoff nachzuholen.

Zwei Stunden später sitze ich am Ufer des Sees und strecke mein Gesicht der Sonne entgegen. Dabei überlege ich, wo ich übergangsweise wohnen könnte, bis sich meine Tante entschließt, wieder abzureisen. Vollkommen unmöglich, die kommenden Tage mit ihr unter einem Dach zu leben. Ich brauche meine Ruhe zum Lernen und solange sie da ist, werde ich nicht eine Sekunde meinen Seelenfrieden finden. Vielleicht könnte ich

George fragen, aber der hat sich ja quasi mit meiner Tante verbündet. Meine Konzentration lässt nach und ich gebe mich dem Wohlgefühl hin, das sich langsam in mir ausbreitet, denn die Wärme der Sonne auf meiner Haut lässt mich schläfrig werden. Ich lasse meinen Oberkörper ins Gras sinken und es dauert nicht lange, bis ich einschlafe.

Hätte ich gewusst, dass mein Lieblingsplatz am See der gesamten Belegschaft von Rosefield bekannt ist, hätte ich mir einen anderen Ort zum Dösen ausgesucht. Doch nun ist es zu spät: George kniet neben mir und rüttelt an meinem Arm, um mich aufzuwecken. Als ich meine Augen aufschlage, sehe ich eine Traube von Menschen um mich herum stehen, inklusive meiner Tante, die direkt neben Jacob steht und mich vorwurfsvoll ansieht.

„Wir haben dich überall gesucht", sagt George aufgeregt und zeigt auf eine Thermoskanne, die er in der anderen Hand hält und sie ein wenig hin und her schwenkt. „Hier ist der Anti-Aggressions-Trank deiner Tante. Er muss warm getrunken werden, sonst kann er seine Wirkung nicht entfalten."

Linda kämpft sich zu mir heran. Ihre Kollegen stehen so dicht gedrängt um mich herum, dass nicht mal mehr ein Sonnenstrahl zu mir durchdringt. Sie beugt sich herab und ergreift meine Hand.

„Seitdem du den Hof verlassen hast, ist nichts mehr wie früher", behauptet sie und glaubt wohl, mich mit ihren Worten erweichen zu können. „Mr. Barclay ist pausenlos missgestimmt und scheucht uns täglich herum. Mrs. Barclay hat nun das Zepter in die Hand genommen und leitet den Betrieb. Aber es klappt nichts mehr und das Betriebsklima ist inzwischen so schlecht geworden, dass keiner mehr für die Barclays arbeiten möchte. Du bist unsere einzige Hoffnung, Jenny. Bitte hilf uns und verabreiche Mr. Barclay diesen Trunk. Deine Tante hat uns erklärt, warum der Liebestrank nicht wirken konnte. Doch nun bist du ja wieder hier und wirst uns helfen, nicht wahr?"

Ich schaue Linda an, als hätte ich es mit einer Geisteskranken zu tun. Aber als ich meinen Blick zu den anderen wandern lasse, wird mir klar, dass ich es mit einem Kollektiv von Geistesgestörten zu tun haben muss. Ein paar Mal schließe ich die Augen und öffne sie erneut, doch der Anblick der Kollegen bleibt unverändert. Also entschließe ich mich, aufzustehen und zu meinem Volk zu sprechen.

„Ja, seid ihr denn von allen guten Geistern verlassen?", beginne ich und muss mich zügeln, nicht auf sie loszugehen. „Die Praktiken meiner Tante sind mittelalterlich, nein, völlig irrsinnig. Aber ihr redet darüber, als sei es das Normalste der Welt. Dieser Liebestrank hat mich bereits in Teufelsküche gebracht, denn David Barclay ist uns am Ende auf die Schliche gekommen und hat mich deshalb aus dem Haus geworfen. Er will nichts mehr mit mir zu tun haben und jetzt glaubt ihr allen Ernstes, dass ich mich auf diesen Quatsch ein zweites Mal einlasse, obwohl das komplette Vorhaben nutzlos ist? Wieso denkt ihr überhaupt, dass David bereit sein wird, mit mir zu reden, geschweige denn erneut ein Getränk von mir anzunehmen? Sobald ich mit dieser Thermoskanne in seine Nähe komme, riecht er doch Lunte! Ich verstehe das nicht, ihr seid intelligente Menschen und wisst, dass es etwas wie Liebestropfen nicht gibt."

„Ach, Rosinchen", unterbricht meine Tante meine Predigt, „du bist ja ganz durcheinander und kannst in deiner derzeitigen Lage unmöglich beurteilen, was richtig oder falsch ist. Ja, siehst du nicht, dass deine Freunde verzweifelt sind und dringend etwas passieren muss?"

„Aber ja", antworte ich, „das sehe ich nur zu gut. Und du nutzt ihre Lage schamlos aus, indem du ihnen erzählst, ich könnte ihnen mit diesem dämlichen Gebräu tatsächlich helfen. Immer mischst du dich in mein Leben ein, ob ich es will oder nicht. Ist dir nicht klar, wie sehr du an mir zerrst und dass ich das vielleicht gar nicht möchte? Lass mich doch mein Leben so führen, wie ich es für richtig halte. Ständig weißt du alles besser und setzt null Vertrauen in mich und meine Pläne. Ich brauche mehr Luft zum Atmen, verstehst du? Und hör endlich auf, meine Kollegen für deine Zwecke zu manipulieren. Sollte es auch nur einen Hauch einer Chance geben, David zurückzuerobern, schaffe ich das bestimmt ohne dich und dieses esoterische Gesöff."

„Natürlich schaffst du das", erwidert meine Tante und ihr Gesichtsausdruck verrät, dass ich sie gekränkt habe. Trotzdem bewahrt sie Haltung. „Ich zweifle nicht an dir, das habe ich nie getan. Schade, dass du das so siehst. Ich wollte stets nur das Beste für dich."

„Aber sicher wolltest du das, Tante Roberta. Nur du musst mir auch den Raum lassen, mich ohne deinen Einfluss zu entwickeln. Du bist wie eine Glucke!"

Der letzte Satz trifft meine Tante tief, denn sie verstummt und schaut deprimiert zu Boden. Meine Güte, muss das sein? Nun tut es mir leid, sie so hart angepackt zu haben. Dabei wollte ich bloß, dass sie mich versteht. Schließlich muss man bei ihr erst eine feste Schicht durchdringen, bis man den Dickschädel erreicht. Daher ist es in der Regel überaus mühselig, sie von etwas zu überzeugen.

„Ich störe diese kleine Versammlung ja höchst ungern", ruft uns jemand verärgert aus der Ferne zu, „aber auf dem Hof gibt es eine Menge Arbeit und es wäre schön, wenn sich alle zurück an ihren Platz begeben würden."

Es ist David, der mit seiner Mutter im Paradeschritt auf uns zusteuert. Am liebsten würde ich

274

mir ein Büschel Gras über den Kopf streuen, in der Hoffnung, dann nicht mehr erkannt zu werden. Aber als ich mich gerade bücken will, um ein paar Grashalme zu pflücken, drückt mir George die Thermoskanne in die Hand.

„Hör zu, Jenny, wir finden es schade, dass du mit deiner Tante uneins bist, aber ihr seid nun mal unsere letzte Hoffnung. Die Barclays haben in dieser Region das größte Gehöft und stellen die meisten Arbeitsplätze. Wir brauchen unsere Jobs, denn die Alternative wäre, arbeitslos zu sein. Natürlich sind wir nicht total vertrottelt und wissen genau, wie schräg dieser Plan ist, aber das ist uns egal. Wenn weltliche Versuche fehlschlagen, haben wir nichts gegen ein bisschen übernatürliche Hilfe. Hauptsache ist doch, dass am Ende alles gut wird. Bitte versuch es wenigstens. Wir wären dir alle sehr dankbar."

Georges flehender Blick scheint ansteckend zu sein, denn wie beim Dominoeffekt greift er auf die anderen über. Ich schaue der Reihe nach in alle Gesichter und mir wird klar, dass meine Tante Recht hat. Sie sind verzweifelt und da sie meine Freunde sind, ist es meine Aufgabe, ihnen zu helfen. Gott, ich sollte mich schämen, aber ich beschließe, diesen Unsinn mitzumachen. Daher nicke ich mit dem Kopf und signalisiere ihnen mein Einverständnis. Die Freude in ihren Gesichtern ist wirklich erschreckend. Wie hilflos müssen sie sein!

„Also schön, ich werde es versuchen", bemerke ich und schaue danach zu meiner Tante,
die wieder aufblickt und erstaunt zu mir herüber-
sieht. Offenbar habe ich sie auch mal überraschen
können. „Aber ihr müsst mir versprechen, dass
ein für alle Mal Schluss ist mit diesem Hokuspo-
kus, sollte es nicht klappen. Sind wir uns da ei-
nig?"

Erfreut nicken sie mir zu und wirken erleichtert. Mitleidig sehe ich sie an, dabei sollte ich mich
von nun an selbst bemitleiden. Ich habe mich erneut auf diesen Humbug eingelassen. Und wahrscheinlich wird mich das Kopf und Kragen kosten, denn Davids Gesichtsausdruck sieht zum
Fürchten aus, als er mit seiner Mutter unsere
Runde erreicht.

„Aber natürlich", bemerkt David gereizt, als
er mich – umringt von seinen Mitarbeitern – sieht.
„Ich hätte mir ja denken können, dass du dahin-
tersteckst. Wenn ich dich nun bitten dürfte, mein
Land zu verlassen und verdammt noch mal nicht
mehr zu betreten!" Wow, deutlicher hätte er es
mir nicht sagen können. „Und ihr", er lässt seinen
Blick über die Gesichter wandern und hebt seinen
Zeigefinger in Richtung des Hofes, „habt hier
nichts verloren. Na los, ran an eure Arbeit! Ich be-
zahl euch doch nicht fürs Nichtstun!"

„Und wenn du so weitermachst", erhebe ich
das Wort, „hast du bald keine Angestellten mehr,
weil du sie nämlich der Reihe nach vergraulst."

Mrs. Barclay rückt von ihrem Sohn ab, um ihm in die Augen sehen zu können.

„Du solltest auf Miss Robertson hören, mein Sohn. So geht es nicht weiter. Es sind Menschen, die du beschäftigst, und keine Maschinen."

„Denkst du, das weiß ich nicht?", fährt David seine Mutter an. „Ich hab den Kopf voll mit anderen Dingen. Was glaubst du wohl, weshalb ich Jennifer fürs Personal eingeteilt hatte? Doch die junge Dame hatte ja Flausen im Kopf und das gesamte Personal aufgehetzt für ihre dummen Spielchen."

Empört gehe ich einen Schritt auf David zu.

„Ich habe niemanden aufgehetzt. Hast du dir mal überlegt, dass du allein für alles verantwortlich bist?"

„Ach, jetzt machst du's dir aber leicht, indem du jegliche Verantwortung von dir weist."

„Nein, das tue ich nicht", widerspreche ich, „aber du bist nicht unschuldig an diesem Schlamassel. Warum hast du niemandem davon erzählt, dass Veronica eine Heiratsschwindlerin ist und dass du mit der Polizei zusammenarbeitest, um sie dingfest zu machen? Alle, einschließlich deiner Mutter, wurden von dir an der Nase herumgeführt. Mein Gott, David, jeder hat gedacht, du wolltest ihr das Gut überschreiben."

„Hättest du nicht in meinem Büro rumgeschnüffelt und dein Halbwissen an die Belegschaft weitergetragen, wäre nie so ein Missverständnis entstanden!", donnert David aufgebracht zurück.

„Ich hatte diese Informationen für mich behalten", protestiere ich entrüstet. „Aber wie du siehst, lässt sich nichts lange geheim halten. Nicht einmal deine Mutter hattest du eingeweiht und allen vorgegaukelt, Veronica heiraten zu wollen. Du solltest dich schämen!"

Überraschend löst sich David von der Stelle und macht einen Satz auf mich zu. Seine Hände packen mich an den Oberarmen und ziehen mich zu sich heran. Der Druck seiner Finger sorgt für einen heftigen Schmerz, doch ich lasse mir nichts anmerken.

„Was für ein Recht hast du, ein Urteil über meine Entscheidungen zu treffen, ohne den Grund dafür zu kennen?"

Davids Ton klingt bedrohlich und seine Augen glühen vor Zorn.

„Hättest du mit mir über den Grund gesprochen", erwidere ich kampfeslustig, „müsste ich jetzt nicht spekulieren. Außerdem musst du zugeben, dass alles sehr seltsam war."

„Das mag ja sein", knurrt David, „aber weshalb hätte ich ausgerechnet mit dir darüber sprechen sollen? Man kann dir offenbar nicht vertrauen, denn du bist abgebrüht wie ein Mafia-Boss, um deine Ziele zu erreichen."

Ein Gemurmel unter den Mitarbeitern beginnt. Offenbar sind sie über Davids Worte ebenso überrascht wie ich. Doch keiner von ihnen ist bereit, mich in dieser Situation allein zu lassen. Ginge es nach David, hätten sie längst zu ihrem Arbeitsplatz zurückkehren sollen. Aber sie rühren sich nicht von der Stelle und schauen gebannt auf uns beide. Oder wollen sie bloß nicht verpassen, wie ich zum Schafott geführt werde?

„Wieso sagst du so etwas?", frage ich verwundert. Mir ist schon klar, dass ihm die Sache mit dem Liebestrank nicht gefallen hat, aber mich deswegen schonungslos an den Pranger zu stellen, finde ich unfair.

„Ich denke nicht, dass ich dir meine Worte zu erklären brauche. Wenn du nicht von selbst drauf kommst, tut es mir leid." David lässt von mir ab und kehrt mir den Rücken zu, um sich seinen Mitarbeitern zuzuwenden. „Ich werde mich nicht wiederholen. Ran an eure Arbeit!", schreit er sie an.

„Mir tut es auch leid, jemals so ein Raubein wie dich kennengelernt zu haben", sage ich tonlos und schnappe mir meine Bücher aus dem Gras. Die Thermoskanne in meiner linken Hand ist bereits mit den Fingern verschmolzen, so angespannt halte ich sie fest.

David dreht seinen Kopf in meine Richtung und versprüht seinen wütenden Blick. Doch er erwidert nichts auf meine Bemerkung, sondern wundert sich lediglich, dass sich keiner seiner Angestellten in Bewegung setzt.

„Was hat dies zu bedeuten?", fragt er irritiert und sieht einem nach dem anderen ins Gesicht. Da sich niemand berufen fühlt, auf seine Frage zu antworten, schießt meine Tante nach vorne und ergreift das Wort.

„Also Mr. Barclay, es gibt wirklich keinen Grund, so rumzutoben."

David fährt sich mit der Hand strapaziert durchs Gesicht.

„Sie haben mir gerade noch gefehlt, Mrs. Robertson. Reicht es nicht, dass mir Ihre Nichte das Leben schwermacht?"

„Also bitte, mein lieber Mr. Barclay, niemand macht Ihnen das Leben schwer. Das gelingt Ihnen auch allein", sagt Tante Roberta und überprüft mit einer Hand die Locken ihrer Frisur. „Sie sind manchmal wirklich unleidlich. Ich hätte es keinen Tag ausgehalten, für Sie zu arbeiten. Anstatt sich glücklich zu schätzen, so zuverlässige Leute hinter sich zu wissen, die sich mit Ihrem Hof und der Familie verbunden fühlen, tun Sie aber auch alles dafür, sie zu vertreiben. Ja, merken Sie das denn nicht?", fragt meine Tante und durchbohrt David mit ihrem vorwurfsvollen Blick. Er stützt seine Arme in die Hüften und schaut verbittert in den Himmel. Da findet er die Antwort auf die Frage meiner Tante auch nicht. Das hält ihn aber nicht davon ab, es trotzdem zu tun. Eine Träne, die sich in seinem Auge bildet, glänzt in der Sonne auf. Ich bin verblüfft, als es mir auffällt – und beunruhigt. Was hat das zu bedeuten?

„Mein Vater hätte sicher eine Antwort auf Ihre Frage gewusst, Mrs. Robertson", erwidert David und versucht, Fassung zu bewahren. „Er hatte ein gutes Verhältnis zu seinen Mitarbeitern und kannte jede persönliche Geschichte." Mit dem Ärmel wischt er sich übers Gesicht, um die Beweise der kurzen Schwäche zu beseitigen. „Aber er ist tot und die Beliebtheit bei seinen Mitarbeitern hat ihn auch nicht davor bewahrt, früher aus dem Leben zu scheiden. Wüssten Sie, was ich weiß, Mrs. Robertson, würden Sie anders reden. Und glauben Sie mir, ich mache mir meine Entscheidungen nicht leicht. Es steht jedem frei, den Hof zu verlassen, wenn ihm mein Ton nicht gefällt. An meinem Führungsstil wird das nichts ändern. Womöglich ist Ihnen nicht klar, dass dies kein Kinderspielplatz ist, sondern ein Betrieb. Und die wirtschaftlichen Interessen haben nun einmal Vorrang."

George und die anderen schauen sich an und nicken sich der Reihe nach zu. Offenbar sind sie zu einem Entschluss gekommen und ich befürchte, er wird David nicht gefallen. Erstaunlicherweise ist es Linda, die einen Schritt nach vorn wagt und das Wort für alle ergreift.

„Also wenn das so ist, Mr. Barclay", beginnt sie ihren Satz, „möchten wir alle nicht mehr für sie arbeiten."

David verlagert seine Aufmerksamkeit auf das Küchenmädchen und ist überrascht über ihren Vorstoß.

„Aber Linda?", sagt seine Mutter und kann nicht fassen, was der Streit für eine Wendung nimmt. „Sie gehören doch quasi zum Inventar. Ich lasse Sie nicht gehen – keinen von Ihnen!" Sie lässt ihren Blick über die Belegschaft gleiten. „Bitte versteh'n Sie doch. Seit mein Mann im letzten Jahr von uns ging, ist es nicht leicht für uns. Er war der Kopf der Familie und hat den Betrieb aufgebaut. Es hat lange gedauert, bis mein Sohn und ich uns einen Überblick verschafft haben. Mein Mann hat viel Wissen mit ins Grab genommen. Leider hatte er David nur einen unzureichenden Einblick in alles gegeben, somit fanden sich einige aufgelaufene Rückstände und Verbindlichkeiten. Ich möchte ehrlich zu Ihnen sein, es gab sogar Überlegungen, den Betrieb zu schließen und alles zu verkaufen. Zum Glück ist es uns schnell gelungen, das Ruder wieder herumzureißen. Aber das soll nicht heißen, dass es nicht weiterhin schwer für meinen Sohn und mich ist, alles am Laufen zu halten. Wir brauchen jeden Einzelnen von Ihnen, denn Sie sind der Motor und bitte – so soll es auch bleiben! Es wäre schön, Sie würden Ihre Entscheidung noch einmal überdenken."

Ich bin überrascht über Mrs. Barclays Worte und darüber, dass sie den richtigen Ton getroffen hat. Sie scheint das Herz am richtigen Fleck zu haben, doch das hatte ich nicht gesehen. Erst jetzt bemerke ich, dass sie ein durchaus liebenswerter

Mensch ist, der ein schwieriges Jahr hinter sich gebracht hat. Der Tod ihres Mannes wird bestimmt nicht leicht für sie gewesen sein.

Linda berät sich mit den Kollegen und signalisiert ihre Zustimmung.

„Wir werden bleiben, aber nur, wenn sich Ihr Sohn uns gegenüber freundlicher verhält."

Alle nicken und bestätigen Lindas Meinung.

David tänzelt auf der Stelle herum und scheint hin- und hergerissen zu sein. Ich wüsste gern, was ihn bisher davon abgehalten hat, ein persönlicheres Verhältnis zu seinen Angestellten aufzubauen. Wieso sträubt er sich davor? Man merkt ihm an, dass ihm diese Situation überaus unangenehm ist und er sich zu einer Antwort überwinden muss.

„Ich ... ", David sucht noch nach Worten, „ich werde mich bemühen."

Alle freuen sich und klatschen in die Hände. David jedoch kehrt ihnen den Rücken zu und geht zurück zum Haus. Ich finde sein Verhalten rätselhaft und würde der Sache gern auf den Grund gehen. Daher beabsichtige ich, ihm zu folgen. Doch Mrs. Barclay hält mich davon ab und nimmt mich beiseite.

„Sie sollten ihm einen Augenblick Zeit geben, in Ruhe über alles nachzudenken, Miss Robertson. Mein Sohn ist sehr aufgewühlt, seitdem er Ihnen wieder begegnet ist."

Ach ja?

„Wissen Sie, seit dem Tod meines Mannes ist er unzufrieden geworden. Etwas beschäftigt ihn und lässt ihm keine Ruhe. Als Sie bei uns angefangen haben, Miss Robertson, war er wie verwandelt. Plötzlich lachte er wieder und wurde den Angestellten gegenüber nachsichtiger. Sie ahnen ja nicht, was Sie bei meinem Sohn in kurzer Zeit bewirkt haben."

Nein, das tue ich nicht. Das erklärt aber nicht, warum er sich so schwer damit tut, mir wiederzubegegnen und seinen Mitarbeitern ein besseres Betriebsklima zu versprechen.

„Das mag ja alles sein, Mrs. Barclay, aber ich verstehe trotzdem nicht, warum sich David mir gegenüber so ablehnend verhält. Na schön, ich habe mich auf Drängen der Belegschaft zu diesem dummen Fehler hinreißen lassen, aber das kann unmöglich der Grund sein, warum er sich so starrsinnig gibt."

„Aber, Miss Robertson, Sie haben keinen Fehler gemacht. Und sollte es so sein, bin ich ebenso schuldig, weil ich Ihnen dazu geraten habe, bei dieser Sache mitzumachen. Es war ein Strohhalm, nachdem wir alle gegriffen haben. Jeder von uns hatte Angst, mein Sohn könnte den Besitz tatsächlich an Mrs. Stephens verscherbeln."

„Aber er ist jetzt unendlich enttäuscht von mir und sein Verhalten mir gegenüber fühlt sich an wie eine kalte Dusche."

„Bitte, Miss Robertson, lassen Sie sich davon nicht entmutigen. Sie sind doch eine unerschrockene Frau."

Unerwartet drängt meine Tante sich zwischen uns und hakt sich bei Mrs. Barclay unter.

„Aber sicher ist sie das, Olivia, deshalb sollten wir sie nicht weiter aufhalten und sie zu ihrem David laufen lassen. Was meinst du?"

„Roberta, wie schön, dass du wieder da bist. Du musst mir unbedingt von diesem Anti-Stress-Trank berichten. Linda hat mir alles erzählt. Was für eine hervorragende Idee."

„Oh, er nennt sich Anti-Aggressions-Trank und glaube mir, meine Liebe, dein Sohn hat ihn bitter nötig."

Vertieft ins Gespräch wenden sie sich von mir ab und gehen langsam in Richtung des Waldes, um sich einen entspannenden Spaziergang zu gönnen. Doch unverhofft dreht sich meine Tante noch einmal um und winkt mir zu.

„Ach, Rosinchen, vergiss bitte nicht die Thermoskanne, ja?"

Ich rolle mit den Augen und drehe mich weg. Was ich jetzt auch tue, es wäre alles verkehrt. Also kann ich diese dämliche Kanne ruhig mit zum Haus nehmen.

Reden ist Silber, miteinander reden ist Gold

Als ich das Haus der Barclays betrete, spüre ich den Backstein in meinem Magen anwachsen. Ich weiß, dass ich im Grunde nichts Schlimmes verbrochen habe, und trotzdem habe ich das Gefühl, für den Untergang Roms verantwortlich zu sein. Langsamen Schrittes nähere ich mich Davids Büro. Ich höre ihn schon von Weitem telefonieren und mein Herz überschlägt sich beinahe vor Aufregung. Mir ist bewusst, dass er mich wahrscheinlich ohne ein weiteres Wort aus dem Haus werfen wird, aber das Risiko muss ich eingehen.

Ich stehe vor seinem Büro und höre, wie er sein Telefonat beendet. Ich lasse etwas Zeit vergehen, bevor ich anklopfe.

„Ja!", ruft er gereizt. Einen Augenblick zögere ich einzutreten. Die Tür ist nur leicht angelehnt und er hat mich noch nicht gesehen. Immerhin erwarte ich, gleich wieder angeschrien zu werden. Da braucht man schon einige Sekunden der Vorbereitung. Noch könnte ich wieder gehen, doch mir bleibt keine Zeit, mein Vorhaben erneut zu überdenken, da David die Tür von innen öffnet. Sprachlos stehen wir uns gegenüber. Meine Glieder beginnen zu zittern, denn die Aufregung in mir lässt sich nicht mehr kontrollieren. Darum fallen meine Bücher zu Boden, die bis eben noch unsachgemäß unter meinem Arm klemmten. Aber immerhin halte ich die Thermoskanne fest in der

Hand, die mir David aber plötzlich abnimmt. Kurz darauf bückt er sich nach meinen Büchern und bittet mich herein, bevor er meinen Kram auf dem Schreibtisch ablegt.

„Es ist gut, dass du gekommen bist", sagt er erstaunlicherweise. Ich schaue mich um, ob die Guillotine schon aufgebaut oder der Galgen vorbereitet ist. Doch ich sehe weder das eine noch das andere. Auch fehlt der Henker, falls David ihn nicht vertritt.

„Ach ja?", frage ich und bemühe mich nicht, meine Verblüffung zu verbergen.

„Ich weiß", sagt er, „ich bin ein Scheusal. Du kannst es ruhig sagen."

Stumm schaue ich ihn an. Irgendwie hatte ich damit gerechnet, gegen seine Uneinsichtigkeit kämpfen zu müssen. Stattdessen hat es den Anschein, als wäre er gerade tief in sich gegangen und dabei zu einer Erleuchtung gelangt. „Hör zu, Jennifer, ich würde gern versuchen, alles zu vergessen und einen Neuanfang mit dir zu starten. Natürlich nur, wenn du noch willst."

„Äh …"

„Das kommt vielleicht ein bisschen plötzlich, aber ich denke bereits länger darüber nach, dir das zu sagen. Du hast mir gefehlt, ich kann dir gar nicht sagen, wie sehr." Noch habe ich meine Sprache nicht wiedergefunden und stehe da wie ein Streichholz, das seine Reibefläche verloren hat. Eigentlich war ich auf eine explosive Stimmung eingestellt. Diese neue Situation überfordert mich ein wenig. „Als ich hörte, dass du bei Dr. Wilson angefangen hast, dachte ich, mir zerspringt das Herz. Ich befürchtete, dass ihr ein Paar seid, und mir war unwohl bei dem Gedanken, genau dies zu erfahren. Verdammt, Jennifer, ich hatte dich am Tag der Feier gebeten, im Zimmer zu bleiben. Warum konntest du nicht auf mich hören? Stattdessen kamst du auf diese dumme Idee mit dem Liebestrank. Ich dachte, du wärst erwachsen. Hab ich mich denn so in dir getäuscht?"

Diese Worte sind Anlass für mich, Widerstand zu leisten. Ich kann sie unmöglich unkommentiert stehen lassen.

„Erstens", beginne ich, „ich bin erwachsen und voll zurechnungsfähig, auch wenn es auf dich manchmal nicht den Anschein hat. Übrigens, das Gleiche dachte ich über dich, als mir dieser Schenkungsvertrag in die Finger geriet. Zweitens, ich war nicht der Initiator für diesen Zaubertrank. Das hatte ich dir am Abend deines Geburtstages versucht zu erklären. Es war meine exzentrische Tante, die für diese skurrilen Ideen landesweit bekannt ist. Und deine Mitarbeiter waren sofort Feuer und Flamme für diesen Einfall, weil sie gehofft hatten, er werde dich vor einem großen Fehler bewahren – nämlich Veronica zu heiraten. Dass alles nur ein Schwindel war, um sie der Polizei in die Hände zu spielen, wusste ja niemand. Das hattest du erfolgreich für dich behalten. Ich war lediglich ein Opfer, ob du es glaubst oder nicht. Es war mir nicht mehr möglich, sie davon zu überzeugen, dass der Liebestrank eine Schnapsidee ist. Sie waren der Reihe nach von diesem hirnrissigen Gedanken infiziert worden. Deine Mutter übrigens auch. Sie hatte mich sogar zu Hause aufgesucht, um mich erneut zu ermuntern, dir diesen Trank zu überreichen. Selbst *sie* hatte sich etwas davon versprochen und gehofft, ihr Vermögen auf diese Weise zu retten, das du im Begriff warst zu verpulvern."

Ich mache eine kleine Pause, um David die Möglichkeit zu geben, etwas darauf zu sagen, doch er schweigt und scheint begierig zu sein, den Rest der Geschichte zu hören. Hätte er damals schon die Ruhe gehabt, mir zuzuhören, dann wäre uns eine Menge Kummer erspart geblieben. Ich gehe ein paar Schritte auf ihn zu und bleibe neben dem Besucherstuhl vorm Schreibtisch stehen, um mich auf ihn zu stützen.

„David, wenn du mich unbedingt schuldig sprechen willst, dann bitte nur in einer Sache: Ich habe an dir gezweifelt und tatsächlich geglaubt, du würdest Veronica heiraten. Aber mal ehrlich, du hast mich über alles im Unklaren gelassen. Hast du also nicht ebenso an *mir* gezweifelt?"

Bewusst beende ich meinen Monolog, denn ich bin neugierig, was David auf meinen Vorwurf zu sagen hat. Doch er schweigt und nimmt mich an die Hand, um mich aus dem Büro zu führen. Gemeinsam gehen wir die Treppen hinunter bis zur Haustür. Ist das jetzt ein Rausschmiss? Während wir das Haus verlassen, sehe ich ihn fragend an, doch ich zögere nicht und gehe weiter. Bevor ich allerdings davonlaufen kann, ergreift er wieder meine Hand und zieht mich voran.

„Wo gehen wir hin?", frage ich und registriere, dass er mich zum Stall führt. Jacob verlässt in diesem Moment mit einer Mistgabel in der Hand die Scheune. Offenbar will er gerade die Ställe ausmisten. Wie gut, dass die Angestellten ihre angedrohte Kündigung nicht wahr gemacht haben. Wo hätte der arme Jacob in seinem Alter sonst Arbeit gefunden? David bittet ihn, dafür zu sorgen, dass wir ungestört bleiben, und führt mich daraufhin zu Charlys Box. Ich freue mich, ihn endlich wiederzusehen. Auch er begrüßt mich aufgeregt mit einem Wiehern. Liebevoll streichle ich über seinen Hals und rede ein paar Worte mit ihm. David beobachtet mich und gibt mir ein wenig Zeit mit ihm.

„Glaubst du ehrlich, ich hätte an dir gezweifelt?", beendet er meine Wiedersehensfreude mit Charly und knüpft an unser Gespräch im Büro an. „Mein Gott, Jennifer, ich habe bisher keinem Menschen so vertraut wie dir. Du hast mir das Leben gerettet, hast du das schon vergessen?"

Nun ja, sicher nicht. Aber ihm das Leben gerettet? So übertrieben hätte ich es nicht dargestellt. Ich war zufällig da, als er sich in einer misslichen Lage befand – mehr nicht.

„Am Tag meines Reitunfalls", fährt er fort, „warst du sofort zur Stelle und alles, was du getan hast, war so routiniert. Charly lag auf mir und drohte, mich zu zerquetschen. Auf wundersame Weise hast du das Pferd beruhigen können, obwohl es sich vor Schmerzen wand. Ich frage mich ständig, wie das möglich war. Als du deine Hände auf mich gelegt hast, verschwanden meine Schmerzen. War das Zufall oder hast du etwas bewirkt, dass ich mir nicht erklären kann? Ich hatte dir freie Hand mit Charly gelassen und darauf vertraut, dass du das Richtige tun würdest. Jeder hätte dieses Pferd aufgegeben, doch du hast auch um *sein* Leben gekämpft. Oh, ich habe dir vertraut, und ich habe es nicht bereut. Als du deine neue Arbeit bei Dr. Wilson begonnen hast, konnte ich es nicht fassen. Ich hatte Angst, dich an ihn zu verlieren …"

David gerät ins Stocken und braucht einen Augenblick, um sich wieder zu fangen. Diese Worte muss ich erst mal verstehen. Für mich hatte es so ausgesehen, als wollte David mit mir nichts mehr zu tun haben. Und der Brief seiner Mutter schien mir die Bestätigung dafür zu sein.

„Aber ich wusste nichts von deinen Ängsten", sage ich verwundert. „Im Gegenteil, ich hörte, du wolltest mich nicht mal mehr auf dem Hof sehen. Und dein Verhalten vorhin hatte meine Vermutung bestätigt. Du wolltest mich von deinem Land jagen, weil du mich mit deinen Angestellten am See ertappt hast. Wahrscheinlich hast du vermutet, ich würde eine Revolte anzetteln."

„Verdammt, Jennifer, was glaubst du denn, was in den letzten Wochen in mir vorgegangen ist? Diese Ereignisse haben mich vollkommen aus der Bahn geworfen. Ich wollte all die Zeit nur eins: nämlich dich! Doch irgendwie ist alles aus dem Ruder gelaufen. Diese Sache mit Veronica war für mich schon schwierig genug, aber dich auch noch unter Kontrolle zu halten, war mir einfach nicht möglich. Dein Temperament ist wirklich erfrischend, aber du hast einen unglaublichen Dickkopf und wolltest schlichtweg nicht nachgeben. Immerzu hast du Fragen gestellt, dabei durfte ich mit niemandem darüber reden. Als ich dann von diesem Liebestrank erfuhr, konnte ich nicht verstehen, warum du solche Maßnahmen ergreifst, obwohl du mich längst am Angelhaken hattest. Ich hab mich die ganze Zeit gefragt, ob du nicht sehen konntest, wie viel mir an dir liegt. Sicher bin ich vorhin zu grob mit dir umgegangen, und das tut mir leid. Ja, ich gebe zu, ich befürchtete, du könntest die Leute erneut zu kuriosen Methoden anstiften. Ich hatte ja keine Ahnung, dass deine Tante dahintersteckt und die Belegschaft auf ihre Seite gezogen hat, du also von *ihnen* angestiftet wurdest."

„Aber natürlich wusstest du das, David. Ich habe dir alles erzählt, kurz bevor du mich aus dem Haus geworfen hast. Doch offenbar wolltest du es nicht verstehen."

„Ich weiß", erwidert David gequält. „Ich war so voller Wut und Enttäuschung. Es erschien mir nicht logisch. Und das wirklich Seltsame war, dass ich noch größere Sehnsucht nach dir verspürte, nachdem ich aus diesem Glas getrunken hatte. In mir gab es bloß noch einen Gedanken: Ich wollte mit dir allein sein. Und nicht nur, um dich wegen diesem Hexengebräu zur Rede zu stellen. Glaub mir, so wichtig erschien mir das zu diesem Zeitpunkt nicht. Zwar wunderte ich mich, dass der gesamte Saal seine Aufmerksamkeit auf mich richtete, als ich das Glas zum Mund führte, aber bis dahin ahnte ich ja nicht den Grund. Als ich dich am Ende wütend aus dem Haus zitierte, hatte ich es kurz darauf schon wieder bereut. Ich versuchte, dich telefonisch zu erreichen, eine Woche lang …"

Das muss die Woche gewesen sein, in der ich das Telefon abgeschaltet hatte. Meine Güte, er hätte ja auch vorbeikommen können!

„ … aber du hast nicht abgenommen. Und als ich dann erfuhr, dass du bei Dr. Wilson arbeitest, vergrub ich mich in meine Arbeit. Ich bemühte mich, dich zu vergessen – jeden verdammten Tag! Meine Mutter lag mir täglich in den Ohren, dich wieder einzustellen. Aber anstatt um dich zu kämpfen, so wie du es mit dem Zaubertrank getan hast, resignierte ich. Das war keine reife Leistung von mir und darauf bin ich nicht stolz. Um eine Frau wie dich muss man kämpfen, das ist mir jetzt klar geworden."

Unerwartet beendet David seinen Vortrag, gerade an solch einer prekären Stelle. Nicht nur, dass ich gern mehr von diesen Worten gehört hätte, ich weiß auch nichts darauf zu sagen. Und dass sein Blick mich jetzt verspeist, hilft mir ebenso nicht weiter, denn das hindert mich am Denken. Was war eben noch Thema? Und wo bin ich überhaupt?

David streckt seine Hand nach meiner aus und ich bin geneigt, nach ihr zu greifen. Doch plötzlich wird die Stalltür aufgerissen und meine Tante rast wie ein Formel-1-Wagen herein. Jacob läuft verzweifelt hinterher und versucht, sie am Eindringen zu hindern – aber ohne Erfolg. Es hätte mich auch gewundert, wenn es ihm gelungen wäre, denn meine Tante lässt sich nicht stoppen, selbst ein Sumo-Ringer könnte das nicht.

David steht mit dem Rücken zur Tür, somit kann er nicht sehen, wer seiner Anweisung, uns nicht zu stören, nicht Folge leistet. Allerdings macht er sich nicht die Mühe nachzusehen, sondern brüllt sofort los.

„Was in aller Welt ist so schwer daran zu verstehen, dass ich nicht gestört werden will?!"

Meine Tante bleibt wie angewurzelt stehen und schaut auf uns beide.

„Verzeihen Sie bitte, Mr. Barclay", geht Jacob dazwischen. Ich hatte es Mrs. Robertson erklärt, aber sie ließ sich nicht zurückhalten."

David dreht sich um, um etwas zu erwidern, doch meine Tante lässt keine Zeit vergehen und beginnt zu sprechen: „Mr. Barclay, glauben Sie nicht auch, dass Ihr rüpelhaftes Benehmen nach einer Entschuldigung verlangt? Solange Sie nicht einen taktvolleren Umgang mit Ihren Mitmenschen lernen, werde ich keinen Fuß mehr auf Ihr Anwesen setzen. Ich war gerade im Begriff zu gehen und wollte lediglich ein paar Worte mit meiner Nichte wechseln. Das lasse ich mir von Ihnen sicherlich nicht verbieten. Ihre Aggressivität ist ja kaum zu bändigen, junger Mann. Sie sollten wirklich von dem Anti-Aggressions-Trank trinken, den ich Jennifer für Sie mitgegeben habe. Er würde Ihnen gut tun und Ihren Mitarbeitern auch. Sie sind die eigentlichen Leidtragenden."

Als ich dieses gewisse Wort aus dem Munde meiner Tante höre, lasse ich meinen Blick nach unten gleiten. Von nun an sehe ich versteinert auf den Betonboden des Stalls. Ein paar Strohbüschel fallen mir ins Auge und am liebsten hätte ich nach meinem Besen gegriffen, um sie wegzufegen – solange ich nur Davids Blick nicht ertragen muss. Jetzt glaubt er doch endgültig, ich hätte einen Dachschaden.

Zu allem Überfluss steht auch noch Mrs. Barclay im Türrahmen und hakt sich bei meiner Tante unter.

„Ach, Roberta, schön, dass ich dich noch erwische. Weißt du eigentlich, ob mein Sohn den Anti-Agressions-Trank …?" Prompt verstummt sie, als sie David und mich im dunklen Stall ausmacht. „Oh!", murmelt sie nur noch und lächelt verlegen.

Ein paar Mitarbeiter haben inzwischen den Weg zum Stall gefunden und postieren sich um Jacob und die beiden Frauen herum, um ebenfalls einen neugierigen Blick in die Stallgasse zu wagen.

Ich erlaube mir einen schnellen Blick auf David, der erst irritiert auf meine Tante schaut und dann zu seiner Mutter. Dass nun bald alle Angestellten des Hofes versammelt sind, bereitet mir Unbehagen. Nicht dass David sie mit dem Ton seiner Stimme der Reihe nach umbläst. Aber er bleibt ruhig und sagt kein Wort – noch nicht.

Unverhofft drängelt sich Inspektor Jones durch die Tür.

„Haben Sie zufällig Mr. Barclay gesehen?", fragt er Mrs. Barclay und streicht sich über seinen Schnurrbart. Doch es braucht ihm keiner zu antworten, denn er erblickt uns am anderen Ende des Stalls. „Ah, Mr. Barclay, ich müsste Sie bitte einen Augenblick unter vier Augen sprechen. Ich möchte Ihnen das Ergebnis unserer Ermittlungen mitteilen."

Ein paar lange Sekunden sind nötig, bis David sich zu einer Antwort entschließt. Zuvor sieht er mich mit einem fragwürdigen Blick an. Leider kann ich ihn nicht deuten. Das verunsichert mich zusätzlich. Gott, warum bringt mich meine Tante bloß ständig in diese peinlichen Situationen? Gerade war ich dabei, mich David wieder anzunähern, aber ihr unüberlegtes Verhalten hat wohl erneut alles zerstört. Danke, Tante Roberta, darin bist du wahrhaftig eine Meisterin! Ich muss offenbar tiefer in die Weiten der Welt auswandern, um mich deinem Einfluss zu entziehen. Aber beim nächsten Mal werde ich meinen Aufenthaltsort nicht mehr preisgeben.

„Inspektor Jones, Sie kommen gerade zur rechten Zeit", sagt David und stützt seinen rechten Arm in die Hüfte, während er entspannt sein Gewicht auf das linke Bein verlagert und sich an Charlys Stalltür lehnt. „Darf ich Sie bitten, den Grund Ihrer Ermittlungen laut vorzutragen. Bestimmt interessiert es nicht nur Miss Robertson und ihre Tante, sondern auch meine Mutter und die Belegschaft, weshalb ich Veronica Stephens als meine Verlobte ausgegeben habe."

Inspektor Jones sieht fragend von einem zum anderen und danach wieder zu David.

„Aber … sind Sie sicher?"

David gibt ihm ein Handzeichen, um ihm zu signalisieren, dass das Versteckspiel nun ein Ende hat.

„Allerdings und fangen Sie bitte von vorne an."

„Also schön, wie Sie wünschen. Indessen dürfte Ihnen allen bekannt sein, dass Mrs. Stephens eine gesuchte Heiratsschwindlerin ist."

Alle nicken.

„Als sie vor zwei Jahren ihre Arbeit in diesem Betrieb begann", fährt Inspektor Jones fort, „wurde sie von Mr. Barclay senior eingestellt und niemand schöpfte Verdacht. Aber ihr Bestreben war es, an das Vermögen der Barclays heranzukommen. Soweit mag Ihnen die Geschichte bekannt sein."

Wieder nicken alle einhellig.

„Dafür war ihr jedes Mittel recht. Sie stellte dem alten Mr. Barclay nach und machte ihm schöne Augen. Für kurze Zeit sah es so aus, als würden ihre Bemühungen Früchte tragen." Inspektor Jones hält inne und sieht besorgt zu Mrs. Barclay. Das Raunen der Belegschaft entgeht ihm nicht. „Bitte, Mrs. Barclay, es war lediglich eine kurze Phase der Schwäche Ihres Mannes. Irgendwann ist ihm klar geworden, welches Ziel Mrs. Stephens verfolgte. Daraufhin setzte er sich mit uns in Verbindung und zeigte sie an. Er bat mich damals, diskret vorzugehen und seine Familie aus allem rauszuhalten. Als Mr. Barclay jedoch kurze Zeit später bei diesem Reitunfall ums Leben kam, mussten wir die Mordkommission einschalten und seinen Sohn benachrichtigen, dass wir verdeckt gegen Veronica Stephens wegen Mordes ermittelten. David Barclay wiederum bat uns in dieser Sache um Stillschweigen, um seine Mutter nicht unnötig aufzuregen. Eine verdeckte Operation war deshalb notwendig, weil die Beweise gegen sie schlichtweg zu dünn waren. Allerdings lastete bereits ein schwerer Verdacht auf Mrs. Stephens: ein Mord – geschehen in Edinburgh, der ihr niemals nachgewiesen werden konnte."

Ich horche auf, als Inspektor Jones „Edinburgh" erwähnt. Veronica und ich hatten unsere Ausbildung zusammen im dortigen Liberton Hospital begonnen. Mir fällt Dr. Brown ein, der ihr damals den Laufpass gab, woraufhin sie sich

„Dr. McCoy" schnappte. Einen alten, vermögenden Arzt, der kurz vor der Pensionierung stand. Veronica hat mir doch erzählt, dass er kurze Zeit später verstarb. Hatte sie hier etwa die Hände im Spiel gehabt und seinen Tod verschuldet?

„Miss Robertson", der Inspektor richtet seinen Blick auf mich. „Ihre Aussage beim Präsidium lieferte uns schlussendlich den entscheidenden Hinweis."

„Ach ja? Aber ich hatte doch keine Ahnung von alledem. Ich hätte niemals vermutet, dass Veronica zu einem Mord fähig ist."

„Deshalb haben Sie sich ja auch immerzu in Gefahr begeben. Statt auf die Polizei zu hören, haben Sie sich heimlich dem Personenschutz entzogen. Um ein Haar wären Sie Mrs. Stephens und ihrer Komplizin ins Netz gegangen. Stellen Sie sich vor, Miss Robertson, die beiden hatten geplant, Sie ebenfalls aus dem Weg zu schaffen, wie sie später im Verhör zugaben."

Ich kann kaum glauben, was ich da höre. Bin ich tatsächlich in Gefahr gewesen? Und ich nahm die ganze Zeit an, die hiesige Polizei würde aus einer Mücke einen Elefanten machen. Dabei waren sie hinter einer Mörderin her und David hatte mich bloß schützen wollen. Wie konnte ich nur denken, dass er diese Schlange heiraten wollte?

„Und welcher meiner Hinweise hat Ihnen nun geholfen?", frage ich interessiert.

Ich sowie alle anderen stehen angespannt da und versuchen, das Gehörte zu verarbeiten.

„Als ‚Dr. McCoy‘, ich meine natürlich Dr. Floyd – Mrs. Stephens’ verstorbener Gatte – ums Leben kam, hatte sie ein wasserdichtes Alibi“, fuhr Inspektor Jones fort. „Dabei fand die Polizei Beweise, durch die Veronica Stephens als Täterin in Betracht kam. Ihre ehemalige Kollegin Clarissa Johnstone aus Edinburgh, deren Anschrift und Telefonnummer Sie uns freundlicherweise überlassen haben, Miss Robertson, konnte sich daran erinnern, Mrs. Stephens und ihre Komplizin zur Tatzeit in der Nähe des Tatortes gesehen zu haben. Im Verhör haben die beiden nun alles zugegeben und auch der Mord an Mr. Barclay senior konnte ihnen schlussendlich nachgewiesen werden. Sein Sohn hat freundlicherweise den Lockvogel für die Polizei gespielt, um sie als Mörderin zu überführen und sie bei der Stange zu halten, bis alle Beweise zusammengetragen waren. Denn auch im Falle des Mordes an Mr. Barclay wies Mrs. Stephens ein Alibi vor, das sich allerdings im Nachhinein als falsch entpuppte.“

„Aber warum hast du nichts von alledem gesagt?“, frage ich David empört, als mir langsam klar wird, welcher Druck auf ihm gelastet haben muss.

„Ja, verstehst du denn nicht?“, erwidert er in mäßig lautem Ton. „Ich wollte euch alle bloß schützen. Sie hat meinen Vater umgebracht. Wer weiß, wozu sie noch fähig gewesen wäre.“

„Miss Robertson", geht Inspektor Jones dazwischen, „Mr. Barclay hätte sie alle in Gefahr gebracht, hätte er sie darüber informiert."

„Mein Mann ist also umgebracht worden?", fragt Mrs. Barclay ungläubig und hält sich ein Taschentuch vor den Mund.

„Es tut mir leid, Mrs. Barclay, aber so ist es", antwortet Inspektor Jones.

„Aber ich dachte, es war ein Reitunfall", bemerke ich verblüfft. Ich kann mich noch gut daran erinnern, wie mir Jacob die Geschichte vom Unfallhergang erzählte.

„Sicher war es das, Miss Robertson, jedenfalls sollte es danach aussehen", erwidert der Inspektor. „Aber der Sattelgurt war manipuliert und als Mr. Barclay mit seinem Pferd über die Hecke sprang, löste sich der Gurt und der Senior rutschte samt Sattel vom Pferd. Den Rest kennen Sie bestimmt. Er verletzte sich am Kopf und war sofort tot. Kurz bevor er losritt, musste sich jemand am Sattel zu schaffen gemacht haben. Mrs. Stephens behauptete damals, zu dieser Zeit beim Arzt gewesen zu sein. Diese Aussage stimmte überein mit der ihres behandelnden Arztes. Wie sich später jedoch herausstellte, war es ihre Komplizin, die den Gurt fast vollständig durchschnitt. Den Plan zur Durchführung hatten die beiden gemeinsam ausgeheckt und Mrs. Stephens sich wohldurchdacht den Termin beim Mediziner besorgt, damit kein Verdacht auf sie fällt. Dass sie nicht allein arbeitete, wussten wir zu diesem Zeitpunkt noch nicht."

„Aber warum hat sie das nur getan?", will Mrs. Barclay aufgelöst wissen.

Inspektor Jones wickelt seinen Zeigefinger um die linke Hälfte seines Schnurbartes und überlegt, was er antworten kann, ohne die Witwe weiter aufzuregen.

„Es war reine Rachsucht, die zum Mord an Ihrem Mann geführt hat, Mrs. Barclay. Er hatte Mrs. Stephens' Pläne gründlich durchkreuzt, als er sich gegen eine Verbindung mit ihr entschied."

Ich sehe, wie Davids Mutter die Farbe aus dem Gesicht weicht, aber meine Tante reagiert sofort und hält ihr ein Riechfläschchen unter die Nase. Dies führt dazu, dass Mrs. Barclay sich einem Hustenreiz hingeben muss und vergisst, dass sie gerade im Begriff war, in Ohnmacht zu fallen. Ein paar Mal klopft Tante Roberta ihrer neuen Freundin auf den Rücken, bis der Husten nachlässt und Mrs. Barclays Blässe rosa gefärbten Wangen weicht.

„Inzwischen sind die Beweise erdrückend", fährt der Inspektor fort, „und beide Täterinnen haben ein umfassendes Geständnis abgelegt. Sie werden mit Sicherheit eine lange Zeit hinter Gittern sitzen. Mr. Barclay, ich wünsche Ihnen und Ihrer Familie, dass Sie über den Tod Ihres Vaters und Ehemanns", Mr. Jones schaut mitfühlend zu Mrs. Barclay, „hinwegkommen werden."

„Danke Inspektor, das war dann alles", sagt David und spricht ihn davon frei, weitere Details preiszugeben.

„Ich empfehle mich", erwidert der Inspektor mit einem kurzen Nicken und verlässt das Stallgebäude.

Ende gut, alles getrunken

Ein Motor heult auf und Mr. Jones' Wagen fährt vom Hof. Ich sehe ihn durch ein verstaubtes Stallfenster davonbrausen. Meine Tante kümmert sich rührend um Mrs. Barclay, die sich nur mühsam wieder fängt. Ich überlege, ob ich das Wort an David richten soll, denn er steht nach wie vor neben mir und sieht mich mit ernster Miene an. Sollte ich mich dafür entschuldigen, dass ich offenbar alles falsch gemacht habe?

„David, ich weiß nicht, was ich sagen soll", beginne ich meinen Satz. „Es tut mir leid. Hätte ich gewusst, dass Veronica … Nun ja, einen Mord habe ich ihr wirklich nicht zugetraut. Immerhin kannte ich sie von früher und ja, sie war manchmal in der Tat gemein. Aber dass sie so weit gehen würde … Ich bin fassungslos! Wenn ich das eher gewusst hätte, ich …"

„Meine Güte, Jennifer", unterbricht mich David, „hast du nicht eben noch behauptet, du wüsstest nicht, was du sagen sollst?" Peinlich berührt senke ich den Kopf. Da haben wir wieder mein Problem: Ich rede wie eine aufgezogene Puppe, sobald mir etwas unangenehm ist. „Ich bin derjenige, der sich entschuldigen muss", fährt er fort, „und das nicht nur bei dir, Jennifer, sondern bei allen!" Er richtet seinen Blick in die Runde. „Die letzte Zeit war recht schwierig für mich. Ich habe meinen Vater verloren unter solch unbegreiflichen Umständen. Plötzlich waren meine Mutter und ich auf uns allein gestellt und mussten uns um Geschäfte kümmern, die mein Vater bis dahin größtenteils allein führte. Glauben Sie mir, trotz der großen Trauer um ihn, war ich wütend auf meinen Vater, weil er nicht eher dafür gesorgt hat, dass ich Einblick in die Bücher erhalte. Schlagartig saß ich vor einem Berg Arbeit und hatte Mühe, mich in alles einzuarbeiten. Zudem war da dieser ungeheuerliche Verdacht, mein Vater könnte ermordet worden sein. Vielleicht können Sie sich vorstellen, wie schwierig es für mich war, mit niemandem über all das sprechen zu können. Die Zusammenarbeit mit der Polizei und diese ständige Heimlichtuerei vergrößerten den Druck noch weiter, unter dem ich stand. Erst jetzt ist mir klar geworden, wie sehr Sie unter meiner daraus resultierenden Reizbarkeit leiden mussten. Dafür möchte ich mich bei jedem Einzelnen von Ihnen entschuldigen. Auch bei dir, Mutter, denn dass ich gerade dir gegenüber Stillschweigen bewahren musste, ist mir besonders schwergefallen. Ich hoffe, du kannst mir verzeihen."

Mrs. Barclays Tränen scheinen zu versiegen und sie strafft ihren Oberkörper, als wolle sie damit sagen, sie hätte nun genug getrauert.

„Mein Junge, ich mag mir gar nicht ausmalen, was du die letzten Monate durchgemacht hast. Ich gebe nicht dir die Schuld an dem, was passiert ist. Wenn dein Vater nicht so starrköpfig gewesen wäre, was die Leitung des Betriebes anging, hättest du es leichter haben können. Dass er bei einer jungen Frau schwach geworden ist, sieht ihm ähnlich. Glaub mir, David, dein Vater ließ selten etwas anbrennen und womöglich sollte dies sein Schicksal sein."

Die Worte seiner Mutter berühren David tief. Sicher war es nicht einfach für ihn zu erfahren, dass sein Vater ein Schürzenjäger und seiner Mutter vermutlich untreu geworden war. Aber offenbar hatte Mrs. Barclay ihren Mann trotzdem geliebt und hätte ihn wahrscheinlich niemals verlassen. Doch die Zeit der Trauer um ihren Mann scheint vorbei zu sein. Bestimmt haben diese neuen Informationen einiges hervorgeholt und alte Wunden aufgerissen, aber sie wirkt stark und es hat den Anschein, als habe sie genug Tränen um ihren Mann vergossen.

„So, ich denke", fährt Mrs. Barclay unerwartet fort, „dass alles gesagt wurde und wir alle wieder unserer Arbeit nachgehen können."

David allerdings schüttelt den Kopf und hebt einen Arm, um die Leute zurückzuhalten.

„Halt, Mutter, nicht so schnell! Eine Sache ist noch offen."

Alle schauen sich aufgeregt an und ein hitziges Gemurmel zwischen den Mitarbeitern lässt vermuten, dass David mit seiner Bemerkung voll ins Schwarze getroffen hat.

„Mrs. Robertson, ich vermute, es ist in Ihrem Sinne – und so wie ich die Sache sehe, auch im Sinne der gesamten Belegschaft – wenn ich noch einen Schluck von diesem (wie nannten Sie ihn doch gleich?) Anti-Agressions-Trank nehme. Ich möchte bloß sichergehen, dass diese Sache endgültig vom Tisch ist und niemand mehr auf dumme Gedanken kommt."

David sieht mich auffordernd an und wartet auf eine Reaktion von mir. Jedoch hindert mich meine Verblüffung daran, etwas darauf zu erwidern. Das kann er unmöglich ernst meinen.

„Also bitte, Jennifer", fordert David mich auf, etwas zu sagen, „wo ist dieses Zeug?"

„Ähm … es ist in deinem Büro. Die Thermoskanne …", antworte ich zaghaft.

„Na schön", bemerkt David und schaut zurück zu seinen Mitarbeitern. „George, seien Sie doch so freundlich und holen Sie die besagte Kanne aus meinem Büro. Und bitte beeilen Sie sich!"

„Wird gemacht!", erwidert George und macht sich eilig auf den Weg.

Es wirkt beinahe so, als mache sich große Erleichterung unter den Angestellten breit. Beschwingt tuscheln sie miteinander und einige von ihnen reiben sich die Hände oder machen befreite Gesten. Auch Mrs. Barclay und meine Tante stehen abwartend da und unterhalten sich.

Ich schaue David an, dessen Blick bereits auf mir ruht.

„Das habe ich nicht verlangt. Du weißt das", flüstere ich ihm zu.

„Sicher doch", antwortet er und kommt näher an mich heran, um mir die Arme um die Hüften zu legen. „Aber es ist die einzige Möglichkeit, diesem Spuk ein Ende zu bereiten. Deine Tante wird keine Ruhe geben und die Belegschaft garantiert auch nicht. Und selbst meine Mutter scheint zu glauben, dass lediglich dieser Zaubertrank mich heilt." David grinst bei seinen Worten und zieht mich zu sich heran. Mir fällt nicht auf, dass sich sämtliche Aufmerksamkeit auf uns beide richtet. „Dabei kann man meine Krankheit gar nicht heilen, denn ich bin einfach nur liebeskrank."

„Dann solltest du wohl nichts von diesem Gebräu nehmen", gebe ich zu bedenken, „dadurch verstärken sich deine Gefühle bloß noch mehr."

„Falls das möglich ist, dann soll es so sein", erwidert er mit einem breiten Grinsen.

George kommt atemlos in den Stall zurück.

„Hier ist die Kanne!", ruft er begeistert und hält sie in die Höhe. Alle blicken andächtig auf sie, als wäre sie der Heilige Gral. Fehlt nur noch, dass sie zu leuchten beginnt. Doch bevor ich mich möglichen Halluzinationen hingeben kann, wird mir die Thermoskanne von George überreicht. Ich beginne, den Schraubverschluss zu öffnen und registriere, dass es plötzlich totenstill im Stall ist. Nur Charly schnauft genüsslich ins Heu, das er bis eben ununterbrochen gefressen hat. Aber auf einmal schaut sogar er hoch und lässt von seinem Futter ab, als wüsste er, dass nun etwas Entscheidendes passiert. Jetzt, wo sich alle Blicke auf mich richten, merke ich, dass meine Hände zu zittern beginnen. Diese ungewollte Aufmerksamkeit macht mich nervös. Außerdem bin ich mir nicht sicher, ob ich David mit dieser Mixtur vergifte. Kann ich meiner Tante hier vertrauen?

„David, wir müssen das nicht machen", sage ich und hoffe, ihn davon abbringen zu können.

„Doch, das müssen wir", antwortet er leichtsinnigerweise und hält mir den Becher der Kanne hin, den ich ihm zuvor in die Hand gedrückt habe. Langsam befülle ich das kleine Blechgefäß und achte sorgsam darauf, dabei nicht zu sehr zu zittern. Allerdings gelingt es mir nur mäßig, meine Aufregung unter Kontrolle zu halten. Der Geruch der warmen Flüssigkeit steigt mir in die Nase. Es riecht nach faulen Eiern. Mein Gott, was ist das für eine Giftmischung?

„Das reicht schon, Rosinchen", ruft meine Tante von Weitem, als könnte sie von dort etwas erkennen. Aber wahrscheinlich hat sie ihr zweites Paar Augen über uns an die Decke geheftet. Denn meine Tante kann alles sehen, auch Dinge, die sonst niemand wahrnimmt.

Ich drehe den Verschluss der Kanne wieder zu und blicke zu David. Er sieht mich bereits an und führt den Becher langsam zum Mund, ohne eine Miene zu verziehen. Ich bewundere ihn für seine Körperbeherrschung, doch am liebsten würde ich ihm das Gesöff aus der Hand schlagen. Doch ich bemühe mich, meine Reflexe in Schach zu halten, so schwer es mir auch fällt.

In einem Zug trinkt er den Becher leer und wischt sich danach mit dem Handrücken über den Mund. Alle beginnen zu klatschen und zu jubeln. Einige tanzen auf der Stelle und andere fallen sich begeistert in die Arme. Mit solch einer übertriebenen Reaktion hätte ich nicht gerechnet. Ja, sind denn alle vollkommen irre? Mrs. Barclay und meine Tante liegen sich in den Armen, während ich bewegungslos auf David starre und hoffe, dass er nicht jeden Augenblick tot umfällt. Aber er lächelt mich an und reicht mir seine Hände, die ich nach kurzem Zögern ergreife.

„Das ist doch ein Grund zum Feiern", bemerkt er und zieht mich in die Mitte des Stalls. „Würden Sie mir die Ehre eines Tänzchens erweisen, Miss Robertson?", fragt David und macht auf mich den Eindruck, wie verwandelt zu sein. Ausgelassen klatscht er im Takt in die Hände und fordert seine Angestellten auf, das Gleiche zu tun. Nun schwingt er seine Hüften und tanzt mit mir durch jeden Winkel des Gebäudes. Es dauert nicht lange und jemand stimmt ein Lied an, woraufhin einer nach dem anderen mitsingt. Meine Tante und Mrs. Barclay nehmen sich bei den Händen und drehen sich im Kreis. Auch Linda und George beginnen zu tanzen und bald die gesamte Belegschaft. Clark läuft schwanzwedelnd in den Stall und schließt sich dem Tumult mit einem begeisterten Bellen an. Langsam vergesse ich meine Scheu und gebe mich der Stimmung hin. Diese Fröhlichkeit ist geradezu ansteckend und ich hätte niemals gedacht, dass sich David so gehen lassen kann. Ob dieser Zaubertrank das bewirkt hat?

Nach einer Weile zieht mich David in eine Ecke des Stalls, die uns vor den Blicken Neugieriger schützt. Seine Arme legen sich besitzergreifend um meine Hüften und ziehen mich nah an sich heran.

„Wie sehr habe ich mir gewünscht, dich endlich wieder in den Armen halten zu dürfen", sagt er mit glänzenden Augen.

„Vielleicht hättest du eher von dem neuen Zaubertrank trinken müssen", behaupte ich und lächle verschmitzt.

„Es scheint so ...", erwidert David schmunzelnd und senkt seinen Kopf, um seinen Mund zärtlich auf meine Lippen zu drücken. Als unsere Zungen sich berühren, versinken wir in ein lustvolles Spiel der Leidenschaft und vergessen alles um uns herum.

„Kommt schnell her!", ruft Linda ihren Kollegen zu und winkt sie heran. „Sie küssen sich. Es hat geklappt!"

***

Sechs Monate später habe ich die Prüfung zur Heilpraktikerin mit Bravour bestanden und meine Praxis in einem sonnigen Flügel des Herrenhauses eingerichtet. Die Patienten rennen mir seit der Eröffnung die Türen ein. Die kleinen Zaubertricks meiner Tante haben sich im Ort herumgesprochen, ebenso die Wunder, die meine Hände an Mrs. Barclay im Krankenhaus vollbracht haben. Alle wissen jetzt, dass ich die Nichte einer Hexe bin, was den Zulauf in meine Praxis aber nicht bremst – im Gegenteil.

Zu meinem Geburtstag hat mir David eine Glaskugel geschenkt und mir vorgeschlagen, sie in meiner Praxis auf den Schreibtisch zu stellen. Garantiert würden einige meiner Patienten ehrfürchtig davor erstarren, hatte er gesagt und sich dabei köstlich amüsiert. Er kann sich bis heute nicht erklären, was an jenem Tag im Stall mit ihm geschehen ist, aber er gibt zu, dass er sich leicht beschwingt gefühlt hat. Meine Tante aber bestreitet vehement, dass Alkohol im Spiel gewesen sei. Außerdem würde so ein winziger Schluck Hochprozentiges doch nicht gleich zu solch einem Kontrollverlust führen, hatte sie erwidert. Immerhin wären wir um ein Haar vor den Augen aller über uns hergefallen.

Ich muss gestehen, dass eine wahrnehmbare dauerhafte Wesensveränderung bei David stattgefunden hat. Ob dies allerdings mit dem Zaubertrank meiner Tante in Zusammenhang steht oder aber damit, dass David von diesem Druck befreit ist, kann ich nicht sagen. Ich genieße jeden Tag mit ihm und freue mich auf die bevorstehende Hochzeit, die im Sommer stattfinden wird. Ich hoffe nur, dass sich meine Tante nicht wieder ein paar unvorhersehbare Überraschungen einfallen lässt. Auf jeden Fall freue ich mich für sie, denn sie hat in Jacob einen liebevollen und verständnisvollen Partner gefunden, der ihre Eskapaden sanftmütig erträgt.

Mrs. Barclay ist bei meiner Tante in die Lehre gegangen und lässt sich von ihr in die Künste der Magie einweisen, ebenso wie in die Kräuterheilkunde. Es ist erstaunlich, wie wissbegierig sie in dieser Sache ist. Den einen oder anderen Tipp hat mir meine zukünftige Schwiegermutter bereits gegeben. Auch wenn ich die Rezepturen meiner Tante auswendig kenne, so lasse ich mir nicht anmerken, dass ihre Ratschläge für mich nicht neu sind. Ich freue mich einfach nur, dass Olivia Barclay eine Aufgabe gefunden hat, in der sie offenbar aufgeht und die sie den Kummer über ihren verstorbenen Mann vergessen lässt.

Das Betriebsklima ist inzwischen ausgezeichnet. Gelegentlich schleiche ich mich undercover unter die Leute oder besser gesagt in den Stall, um die Stallgasse wie früher zu fegen. Ich kann es einfach nicht lassen, denn es macht mir Spaß und erinnert mich daran, wie alles begann.

Leseprobe:

„Das Mädchen und der Star"
von
Sabine Richling

Überreden gilt nicht

„Eigentlich möchte ich da nicht hin", entgegne ich Lucy. „Ich kenne diesen Sänger nicht und wenn ich's mir recht überlege, habe ich schon etwas anderes vor."

Jedenfalls hypothetisch gesehen.

Ich denke nicht, dass meine Ausrede sonderlich überzeugend wirkt, aber versuchen kann man es ja mal.

„Doch, du gehst!"

Lucy legt mir die Einladung vor die Nase auf den Tisch. Ich werde wieder weichgeklopft, wie so oft. Das geht bei mir völlig problemlos. Mein Schicksal scheint besiegelt.

Lucy hatte an einem Gewinnspiel teilgenommen, bei dem der Hauptgewinn dieser Sänger war, genaugenommen ein gemeinsames Essen mit ihm. Sie hat tatsächlich gewonnen, aber nun keine Zeit, den Termin wahrzunehmen, da ihr Chef sie nach Deutschland beordert hat. Sie soll dort einen Vortrag am archäologischen Institut Hamburg über die Methoden der Archäologie halten. Lucy ist Archäologin und hat schon viel ausgegraben. Ein wirklich interessanter Beruf. Er ist ein bisschen artverwandt mit meinem. Ich bin Völkerkundlerin.

Genetisch betrachtet bin ich ein halber Inuit, andere sagen Eskimo. Mein Vater ist Inuit, doch äußerlich bin ich das Ebenbild meiner schwedischen Mutter. Ihre blauen Augen und das fast silbern glänzende Haar haben sich bei mir vollends durchgesetzt. Aus mir wurde ein Mischling, der nicht gemischt aussieht. Nur der ausgeprägte Zartbitterschokoladenteint meines Vaters verwandelte meinen Hautton in einen dezenten Vollmilchteint. Ich bin also eine Vollmilchschwedin. Dafür habe ich das Temperament meines Vaters geerbt. Ich bin so unterhaltsam wie eine Schlaftablette: ruhig und in mich gekehrt. Am liebsten sitze ich auf einem Eisblock und schaue aufs arktische Meer.

Seitdem ich in New York lebe, sehe ich ab und zu aus dem Fenster. Mein bester Freund ist mein Computer, denn ich schreibe viel. Im September veröffentliche ich erneut ein Buch – das fünfte an der Zahl. Da ich Völkerkundlerin bin, liegt es natürlich nahe, worüber ich schreibe. Viermal bereits habe ich mich für einige Zeit einem Indianervolk angeschlossen, dessen Kultur und Lebensart beobachtet und mit den Menschen eines Stammes zusammengelebt. Für einen scheuen Menschen wie mich eine Herausforderung und auch Überwindung.

Die Ureinwohner Australiens faszinieren mich enorm. Leider leben auch sie – ebenso wie die Indianer Nordamerikas – in Reservationen. Ich schloss mich einem kleinen Stamm der Aranda an und lebte gut fünf Monate unter ihnen in der Wüste Australiens. Es war eine aufregende Zeit – unvergesslich. Meine Erlebnisse und Erfahrungen schrieb ich in meinem letzten Buch nieder. Es kommt in zwei Monaten auf den Markt.

Ich will die Missstände mit meinen Büchern an die Öffentlichkeit bringen, informieren und Verständnis aller Völker für andere Völker gewinnen. Das ist mein Ziel. Warum ich mich dafür ausspreche? Vielleicht, weil ich in einer Welt aufgewachsen bin, die anders war, in der meine Hautfarbe zu einem Problem wurde.

„Hör zu, Malina", redet Lucy auf mich ein, „ist dir denn nicht klar, wer dieser Danny ist?"

Im Grunde ... nein.

Ich schaue Lucy unschuldig in die Augen.

„Er könnte die Inkarnation von John Lennon sein und du würdest es nicht wissen, nicht wahr?"

Wäre möglich.

„Wie auch immer, einer muss dorthin. Und da ich ausgerechnet an diesem Tag was anderes zu tun habe, bleibst nur du übrig. Glaub mir, er ist ein wahrer Traummann."

Sie hält sich das Foto von Mr. Greyeyes an die Brust und tanzt verträumt durch den Raum. Wenn ich ihre Freude bloß teilen könnte. Aber man kann von mir nicht gerade behaupten, ich wäre besonders begeisterungsfähig. Lucy würde ich eher mit einem tobenden Fluss vergleichen, während ich der stille und starre See bin. Mein Enthusiasmus hält sich für gewöhnlich in Grenzen. Vor allem, wenn es sich um Rocksänger handelt, die ich nicht kenne und mit denen ich gegen meinen erklärten Willen essen gehen muss.

Das kleine Dorf in Grönland, in dem ich aufgewachsen bin, war so abgeschieden, dass mir die halbe westliche Welt fremd war. Nachdem ich Grönland verlassen hatte, führte sich etwas fort, was bereits in meiner Kindheit begonnen hatte: das Gefühl, fremdartig zu sein.

Mein Problem seit meiner Geburt war, ein Mischling zu sein, ein Mischling, der nicht wie einer aussah, sondern eher wie jemand von einem anderen Stern. Meinem älteren Bruder Namid beschied das Schicksal mehr Glück. Unser Vater hatte bei seiner Zeugung alles gegeben und ein fast vollständiges Abbild seiner selbst produziert.

So viel zu meinem Problem. Warum das ein Problem war?

Kinder können grausam sein. Namid nahm seine Rolle als älterer Bruder sehr ernst und verprügelte regelmäßig unsere Mitschüler, um mich vor ihren Hänseleien zu schützen. Mein europäisches Aussehen passte nicht in diese Gegend, ich passte irgendwie nicht dorthin. Jedenfalls fühlte es sich so an.

Zum Glück musste ich nicht ewig zur Schule gehen – nicht in diese. Als mein Bruder und ich alt genug waren, zeigte unser Vater uns überlebenswichtige Tricks, spannte unsere Hunde vor den Schlitten und durchzog mit uns ein paar Tage die arktische Eiswüste. Wir lernten, wie man Schneehütten baut und Robben jagt. Die Ausflüge in den ewigen Schnee und die eisige Welt der Gletscher mit meinem Vater bleiben in meiner Erinnerung unauslöschlich. Die Einsamkeit, der Wind, die Sonne; heute noch verspüre ich die Verbundenheit mit der ungezähmten Natur des Nordens.

Ich lernte früh, mich in der rauen Landschaft allein zurechtzufinden. Gleichzeitig hatten – aufgrund fehlender Möglichkeiten – meine charakterlichen Schwächen alle Zeit der Welt, sich zu multiplizieren. Die Einsamkeit schenkte mir Isolation und gehörte zu mir wie ein Körperteil. Die einzige Freundin, die ich mir erarbeitet hatte, schnappte sich meinen einzigen Freund nach sieben gemeinsamen Jahren. Sie sind heute verheiratet.

Kurz nach der Schmach, meinen ersten und bis heute einzigen Freund eingebüßt zu haben, noch dazu an meine beste Freundin, verließ ich meine Heimat. Ich wollte studieren und aufbrechen in die große Welt. Also ging ich nach New York.

Während des Studiums lernte ich meine heute beste Freundin Lucy kennen. Obwohl ich eine Art „Beste-Freundin-Trauma" entwickelt hatte, wagte ich das „Freundin-Risiko" erneut. Bis heute ist alles bestens gelaufen mit Lucy, aber ich hatte ja auch noch keinen neuen Freund. Die letzten fünf Jahre war ich ohne nennenswerte männliche Begleitung.

Lucy und ich wohnen zusammen und teilen uns eine hübsche Drei-Zimmer-Wohnung. Sie ist ständig unterwegs auf irgendwelchen Tagungen oder Ausgrabungen. Doch nun zwingt sie mich zu diesem Treffen mit einem Rockstar oder Star gleich welcher Art, was meinen Seelenfrieden gehörig durcheinanderwirbelt. Schließlich möchte ich bloß in Ruhe und Frieden in meiner Höhle Bücher schreiben. Mein Musikgeschmack hinkt dem Zeitgeist hinterher. Habe ich überhaupt einen? Wenn ich ehrlich bin, weiß ich kaum, was gerade so „in" ist auf dem Musikmarkt. Ich höre keine Musik. Was ist Musik? Falls Lucy mal zu Hause ist, höre ich ihr Gedudel unfreiwillig mit. Mag sein, dass dieser Sänger da mal mit von der Partie war. Wie hieß er doch gleich? Danny Greyeyes. Ich soll mich mit Danny Greyeyes treffen. Browneyes wären mir lieber.

„Malina, du musst mir unbedingt alles genau erzählen, hörst du? Nimm am besten eine Kamera mit und mach dir Notizen, damit du nichts vergisst!"

„Ich soll ihn fotografieren? Das ist mir zu doof."

„Natürlich wirst du Fotos machen. Jeder Fan würde das."

Bin ich etwa ein Fan?

„Außerdem solltest du unbedingt ein paar Lieder von ihm hören, damit du weißt, um wen es geht."

Lucy läuft zu ihrem CD-Ständer und zieht drei Scheiben aus dem Regal. Sie kommt auf mich zu und drückt sie mir in den Bauch.

„Hier, hören und die Titel auswendig lernen, klar?"

Klar.

„Muss ich wirklich da hin? Ich meine, kennst du keine andere, die sich darüber freuen würde? Warum gerade ich?"

Lucy lacht herzerfrischend und wuselt mir durchs Haar.

„Sicher doch, aber du bist genau die Richtige dafür."

Ich? Wieso?

„Außerdem treibst du dich zu viel mit irgendwelchen Buschmännern herum, statt das wahre Leben kennenzulernen."

Das wahre Leben findet also auf der Bühne eines Rockstars statt?

Freiwilliger Zwang

Lucy ist in Hamburg. Sie bearbeitete mich noch einen Tag und eine halbe Nacht, bevor sie die Wohnung mit ihrem Koffer verließ. Das wäre nicht mehr nötig gewesen, denn ich hätte ohnehin nicht gewagt, mich ihrem Willen zu widersetzen. Wenn Lucy beschließt, dass ich Mr. Greyeyes treffen soll, dann mache ich das – ob ich das will oder nicht.

Ich sitze auf dem Sofa und höre Dannys Musik. Sie gefällt mir – etwas rockig und doch sanft. Mein Zeigefinger rührt in meinem Haar herum und sucht nach einer geeigneten Strähne, die er umwickeln kann. Der Finger ist zu kurz. Das Haar rollt sich doppelt und dreifach um ihn herum, solange, bis er nicht mehr zu sehen ist. Müsste das Haar mal wieder kürzen. Oder längere Finger …?

Das Telefon reißt mich aus meiner Lethargie.

„Hallo, sind Sie Miss Lucy Atkinson?", hallt mir eine hohle Stimme aus dem Hörer direkt in den Gehörgang.

„Nein, die ist nicht da. Mein Name ist Malina Bergstroem. Kann *ich* Ihnen weiterhelfen?"

Stille. Knacken. Rascheln. Geflüster.

„Wissen Sie, wann sie wieder zu erreichen ist?"

„Erst in drei Tagen", erwidere ich. „Worum geht es denn, mit wem spreche ich überhaupt?"

Stille. Rascheln. Knacken. Geflüster.

„Mein Name ist Adam Fox. Ich bin Danny Greyeyes' Manager. Miss Atkinson hat unseres Wissens den Hauptpreis gewonnen: ein Abendessen mit Danny. Wissen Sie etwas darüber? Ich wollte die weiteren Formalitäten mit ihr absprechen."

„Ähm, nun ja, die werden Sie wohl mit mir absprechen müssen. Miss Atkinson hat mir ihren Gewinn abgetreten."

Stille. Rascheln. Knacken. Geflüster.

„Also gut. Verraten Sie mir dann Ihren Namen?"

„Malina Bergstroem heiße ich."

Ich spüre meinen Pulsschlag überall. Eigentlich will ich das nicht machen, aber könnte ich Lucy enttäuschen oder irgendeinen anderen Menschen außer mich selbst? Mich enttäusche ich pausenlos, weil ich es nie schaffe, meinen eigenen Willen durchzusetzen. Ich lasse mir lieber einen fremden aufdrücken – ist einfacher.

Mr. Adam Fox erklärt mir den Ablauf des Zusammentreffens mit Danny Greyeyes: wann ich was zu sagen und wie ich in die Kamera zu schauen habe. Welche Antworten ich beim Interview mit dem Star-Magazin geben müsste und welche Kleidung ich vorzugsweise tragen sollte.

„Seien Sie pünktlich, Miss Bergstroem. Morgen um fünfzehn Uhr in den Studios der Plattenfirma Megastar."

Schon morgen? Können wir das Ganze nicht auf nächste Woche verschieben? Oder nächstes Jahr?

„Ja", höre ich mich leise ins Telefon murmeln. Na prima!

Den folgenden Tag beginne ich mit unruhigem Herumlaufen in der Wohnung. An Frühstück ist nicht zu denken. Wohin sollte ich es essen? Mein Magen ist weg – in die Kniekehlen gerutscht. Der Kleiderschrank spuckt keine geeigneten Klamotten aus. Das übliche Problem von Frauen. Seit wann bin ich eine übliche Frau? Ich tapse in Lucys Zimmer und durchwühle ihren Kleiderschrank: ein Kleid, schwarz, kurz, Spaghettiträger – dezent, aber kleidend. Nehme ich!

Das Telefon klingelt: Lucy!

„Hey, Malina, denk nicht mal daran, den Termin zu versäumen! Und vergiss die Kamera nicht! Ich beneide dich so."

Danke, mir geht's gut und dir?

„Dann komm doch her und geh da selbst hin! Ich springe für dich in Hamburg ein."

„Ach, Malina, wenn das ginge, sofort. Aber ich gönne es dir."

Oh, wie rührend. Warum gönne ich es mir selbst nur nicht?

Ich erzähle Lucy von dem Gespräch mit Mr. Adam Fox und dem geplanten Tagesablauf: Fotoshootings, Interviews, erneutes Posieren für die Kameras mit Danny Greyeyes und das ersehnte Dinner in trauter Zweisamkeit ohne Kameras und Zeugen. Was rede ich bloß mit ihm? Hoffentlich öffnet sich mein Mund zum Sprechen. Ich frage Lucy, über was man sich mit einem Rockstar unterhält. Sie lacht.

„Warum lässt du es nicht auf dich zukommen? Es wird sich schon ein Gespräch ergeben."

Guter Tipp, warum bin ich nicht selbst darauf gekommen?

Nach dem Telefonat mit Lucy fühle ich mich nicht besser. Die Zeiger der Uhr scheinen einen Wettlauf gegeneinander zu führen. Die Zeit rast in einem Höllentempo – immer wenn man es nicht gebrauchen kann. Auf den letzten Drücker sause ich ins Bad und schmeiße mich unter die Dusche. Frisch, aber leider nicht als neuer Mensch, verlasse ich sie und widme mich Lucys Kleid. Es scheint zu passen. Mein widerspenstiges Haar föhne ich über Kopf trocken, während ich dabei ständig auf die Uhr sehe. Verflixt, ich muss los! Ich will da nicht hin! Ich will nicht!

Das soeben getrocknete Haar fliegt nun im hohen Bogen durch die Luft über meinen Kopf hinweg und landet in luftigen Wellen auf meinem Rücken. Schuhe. Wo sind die? Griff zur Handtasche. Jacke nicht nötig: warm draußen. Treppe runterflitzen, Auto finden und mit quietschenden Reifen losfahren. Mein Puls ist auf hundertachtzig.

Ohne es zu merken, komme ich dort an: bei Megastar. Meine Gedanken kreisen wild durcheinander und können sich nicht auf das Jetzt und Hier konzentrieren, daher fällt mir auch nicht auf, dass ich vorbeifahre – an Megastar. Verflixt noch mal, wo bin ich hier? Uups, die Ampel war rot! Was sage ich bloß, wie verhalte ich mich? Was ist, wenn die spitzkriegen, dass ich null Ahnung habe von Danny und seinen Greyeyes? Moment mal, war das nicht gerade das Gebäude von Megastar? Kehrtwendung. Lass mich gefälligst rein, ich hab's eilig! Es hupt. Der Fahrer des hupenden Gefährts winkt mir zu. Ich winke zurück. Sah aus wie ein langer Mittelfinger. Affe!

Eine Parklücke direkt vor dem Gebäude. Gott sei Dank! Ich steige aus meinem Wagen aus und bemerke erst jetzt einen unbezwingbaren Menschenauflauf vorm Eingang. Wo wollen die alle hin? Offensichtlich gibt es kein Durchkommen durch diese Menschenansammlung. Kurz verweile ich bei der Menge und überlege mir einen Plan, schleunigst in das Gebäude zu kommen. Die Tür wird von zwei athletischen Wachmännern blockiert. Mir kommt der Gedanke, die Eingangstür brutal zu stürmen, die Menschen mit einem Boxhieb beiseitezuräumen und die Wächter der Pforte rüde niederzurennen. Bestimmt fällt mir noch was Besseres ein. Möglicherweise gibt es einen Hintereingang. Nur wo? Zweifelnd blicke ich mich um. Eine Einfahrt zu einem Hof hinter dem

Gebäude. Das sind gute Voraussetzungen für einen Hintereingang. Unbemerkt setze ich mich von der Meute ab und schlendere unsichtbar den „Hinterweg zum Hinterhof" hinab, um von hier aus zum vermeintlichen Hintereingang zu gelangen. Da, ich habe Recht! Hinterhoftür soeben ausfindig gemacht. Falls mich dahinter kein Bluthund mit fletschenden Zähnen und Riesenmaul erwartet, könnte es mir von hier aus gelingen, meinen Weg in das Gebäude zu Mr. Greyeyes fortzusetzen. Die Tür quietscht beim Öffnen wie ein Stück Kreide, das ungeschickt über die glatte Fläche einer Tafel gezogen wird. Ich muss mich schütteln.

Ich trete durch die Tür, die einem Portal zu einer Höhle ähnelt, und befinde mich in einem stockfinsteren Treppenhaus. Kein Hund in der Nähe.

Der Weg zu meinem Ziel wird von Metalltreppen geebnet. Das kann ich nicht sehen, aber der blecherne Widerhall meiner Schritte verrät es mir.

Ich höre jemanden von oben heruntertrapsen. Die Schritte gewinnen an Tempo. Plötzlich sehe ich sie: Die konturenlose Gestalt trapst wie ein D-Zug auf mich zu. Machtlos ahne ich, dass ein Ausweichen unmöglich ist. Die Gestalt bemerkt mich nicht und verringert auch nicht ihr Tempo. Ich bleibe stehen und halte mich krampfhaft am Geländer fest in der Hoffnung, einem Sturz somit entgegenzuwirken. Durch zusammengekniffene Augen spüre ich den Stoß der unvermeidbaren

Kollision. Ein heftiger Schmerz am Kopf lässt mich erahnen, was gerade passiert: Die Gestalt und ich purzeln einige Metallstufen hinab.

„Um Gottes willen!", ruft die Person, als wir nicht mehr weiterkullern und sie mit ihrem ganzen Körpergewicht auf mir liegt. Ich fühle mich eigenwillig geplättet – wie ein getrocknetes Feigenblatt zwischen den Seiten eines dicken Buches. Mein linker Fuß ist in einem umgeklappten Hosenbein verfangen. Meins kann es nicht sein, ich habe ein Kleid an. Mein rechter Arm scheint verdreht wie eine Kordel und berührt einen fremden Arm, der unter meinem Rücken verweilt und meinen Po berührt. Falls es eine Auflösung dieses Knotens gibt, hätte ich sie gerne gewusst.

Es kommt kein Wort über meine Lippen. Der erhitzte Atem der Gestalt durchwandert meinen Ausschnitt und gibt den appetitlichen Duft von Pizza und Knoblauch frei. Lange Haare kitzeln mir im Gesicht – sind auch nicht meine. Nun zieht die Gestalt ihren warmen Arm hinter meinem Rücken hervor und spricht zu mir.

„Ist alles in Ordnung mit dir?"

„Glaub schon."

Aha, die Person scheint männlichen Ursprungs zu sein. Die Stimme hat's verraten.

„Verdammt noch mal, das passt zu diesem Tag!", ruft er verstimmt.

Besorgt versuche ich, mich auf meine Arme zu konzentrieren, als der Typ von mir abrückt. Den einen finde ich wieder, aber den anderen nicht. Im

Dämmerlicht mache ich eine rechte Hand aus, die mir zugestreckt wird, und ich überlege, sie zu ergreifen. Wo ist mein rechter Arm? Alternativ halte ich der Hand meinen linken hin, den sie sogleich ergreift und mich auf die Füße hebt. Kurz darauf finde ich endlich den rechten Arm. Langsam kommt wieder Gefühl hinein. Ich spüre es kribbeln.

„Tut mir leid, ich hab dich nicht gesehen. Es ist aber auch verdammt dunkel in diesem Laden! Gibt's hier denn verdammt noch mal kein Licht?!"

Verdammt scheint sein Lieblingswort zu sein.

„Sorry, aber ich muss dringend weiter. Hab nachher noch ein albernes Treffen mit 'ner Tussi, die ich nicht kenne. Wirklich alles okay mit dir?"

„Ja, danke."

Die männliche Gestalt nickt und setzt ihren Weg nach unten fort, hält aber unerwartet inne und dreht sich zu mir um. Als hätte man den Stecker zu seiner Energieversorgung gezogen, steht er regungslos da und sieht stumm zu mir. Was schaut er so geheimnisvoll? Er kann doch bei dieser *verdammten* Dunkelheit sowieso nichts von mir erkennen. Nervös zappeln meine Finger an der Hand und springen gleich aus ihrer Verankerung. Sollte ich noch was sagen? Nein, jetzt geht er weiter.

Nach diesem heftigen Unfall erklimme ich die Stufen im Schneckengang, um somit einem möglichen Wiederholungssturz entgegenzuwirken. Im Falle des Falles gewinne ich mehr Zeit für die

Berechnung eines Ausweichmanövers. Endlich erreiche ich einen hellen Flur. Von Weitem vernehme ich Stimmenwirrwarr in verschiedenen Tönen. Klingt wie ein Baum voller schimpfender Spatzen. Tippelnde Schritte nähern sich meinem Standort. Misstrauisch vor dem, was mich erwarten könnte, halte ich mich dicht an der Wand. Eine elegant gekleidete Frau tritt in mein Gesichtsfeld und tänzelt mir auf ihren Stöckelschuhen entgegen.

„Ach, da sind Sie ja!", ruft sie mir zu.

Ich drehe mich um, schaue zu ihr zurück und zeige fragend mit dem Zeigefinger auf mich.

„Sie sind doch das Mädchen, das heute ihren großen Schwarm treffen darf? Miss Bergstroem?"

Das Mädchen! Hält die mich für 'nen Teeny?

„Ja, das bin ich."

„Dann kommen Sie mal schnell! Los, husch, husch, husch! Wir müssen Sie noch stylen für das Fotoshooting mit Danny."

Ach du meine Güte! Was machen die jetzt mit mir?

Sie ergreift meinen lädierten Arm und zerrt mich den Flur entlang. An Zimmer Nummer 21 bleiben wir stehen. Energisch drückt sie die leicht angelehnte Tür auf und ein Team von Stylisten und Friseuren stürmt auf mich zu. Alles plappert wild durcheinander und zupft an mir herum. Jeder weiß genau, welche handwerkliche Fingerfertigkeit er an mir vollbringen muss. Sie ziehen mich auf einen Stuhl und ehe ich auch nur einen

Mucks von mir geben kann, stauben weiche Borsten eines großen Pinsels mein Gesicht ab und kitzeln mir die Nase. Eine Hand tuscht mir das Augenlid, eine andere toupiert mein Haar, die nächste lackiert meine Fingernägel. Ein bisschen hier, ein wenig dort. Bloß nicht in den Spiegel schauen, wer weiß, was dabei herauskommt. Können die mich nicht lassen, wie ich bin? Was ist gegen mein Aussehen einzuwenden? Ist doch ganz okay.

Die Stöckelschuhlady hetzt zurück ins Zimmer.

„Beeilt euch, Leute, die Zeit drängt! Seid ihr noch nicht mit ihr fertig?"

Genau, was macht ihr da so lange mit mir? Die tun ja so, als bräuchte ich eine Komplettüberholung. Jetzt schmier'n die mir auch noch Lippenstift um den Schnabel. Bäh!

Ich werde aufgefordert, in den Spiegel zu schauen. Die Instandsetzung scheint beendet. Weshalb sehen die mich alle so entzückt an wie eine Mutter ihr Neugeborenes? Himmelherrgott, was haben die aus mir gemacht?! Staunend schaue ich mit weit geöffnetem Mund in den Spiegel. Gut, ich gebe zu, nicht schlecht. Aber … wo bin ich? Ich meine I C H!

Die Stöckelschuhe kommen erneut auf mich zu. Sie klappt ihre Hände auf ihr Gesicht.

„Wow, Mädchen, du bist ein richtiges Prachtstück."

Alles schaut mich an, als wäre ich das beispiel-
lose Meisterstück ihrer Arbeit.

„Komm, nun aber los!"

Stöckelschuhlady packt mich wieder am Arm
und zieht mich aus dem Stuhl. Vorsicht, das ist
der beschädigte! Könnte ich auch laut sagen, geht
aber nicht. Mein Mund ist mit Lippenstift verklebt.

Wir gehen den Flur entlang zu Zimmer 13. Die
Tür öffnet sich und – weitere Menschen. Zu viele
für meinen Geschmack. Ich wünsche mich auf
eine einsame Eisscholle. Klappt leider nicht, nach
wie vor bin ich in Zimmer 13.

„Ich hab mich bei dir noch nicht vorgestellt,
du kannst Helen zu mir sagen. Ich werde dich den
heutigen Tag coachen. Wie ist dein Name gleich?"

„Malina", antworte ich leise.

„Ach ja, richtig. So, Leute, hört mal her, das ist
Malina. Ihr könnt jetzt ein paar Fotos von ihr machen und … wo ist eigentlich Danny?"

„Hier bin ich!"

Der Satz kam aus dem Hinterhalt. Helen und
ich drehen uns um und sehen einen, wie ich zuge-
ben muss, äußerst knusprigen Mann durch die
Tür kommen mit einer Pizza-Knoblauch-Fahne.
Ein Fragezeichen wächst auf meinem Kopf.
Danny Greyeyes, die „Pizza-Gestalt" aus dem
Treppenhaus?

„Hey, Malina, wie geht's?"

Er kommt direkt auf mich zu und streckt seine
Arme aus. Ich drehe mich verunsichert um und

überprüfe, ob ich für jemand anderen aus dem Weg gehen sollte. Aber da ist niemand – nur ich. Kurz schließt er mich für die Kameras in die Arme. Es blitzt und klickt von allen Seiten. Ein paar Mal lächelt er gekonnt in die Kamera, bevor er sich mäßig unterkühlt von mir abwendet.

Er hat mich nicht erkannt. Wäre mir auch so gegangen, hätte er sich nicht vermutlich jüngst eine Pizza mit einem Extraberg Knoblauch einverleibt.

Ich schaue ihn mir genauer an: Sein schwarzes schulterlanges Haar wird durch die Sonnenbrille auf seinem Kopf gebändigt. Die Jeans betont sein knackiges Hinterteil, während das blaue Oberhemd lässig über der Hose hängt. Seine Augen scheinen dunkel wie das Treppenhaus zu sein, in dem wir uns verknotet hatten. Er ist eindeutig indianischer Abstammung. Ist das der Grund, warum Lucy mich für dieses Treffen bestimmte?

Er flüstert „Stöckelschuh-Helen" etwas zu, zweifellos nichts Erfreuliches. Man könnte meinen, er wäre leicht gereizt. Seid mal leiser da im Hintergrund, ich würde gern was verstehen! Angestrengt versuche ich, von den Lippen abzulesen: Das hätte „keinen Bock" heißen können. Geht mir auch so. Na, dann kann ich ja jetzt gehen. Entschuldigung, wo ist hier der Ausgang? Ich habe auch keinen Bock. Vorsichtig schleiche ich zur Tür und drehe mich unauffällig dabei nach allen Seiten um. Keiner achtet auf mich, alles schaut ausschließlich zu Mr. Greyeyes. Gleich habe ich die Tür erreicht, dann bin ich wieder frei.

„Halt, wo willst du hin?"

Helen hat mich entdeckt und sich sofort von Danny losgelöst. Wie viele Augen hat diese Frau?

„Kümmert ihr euch bitte um Malina, die ersten Fotos können von ihr gemacht werden."

Danny schaut zu mir herüber und mustert mich von oben bis unten. Ich versuche, diesem Blick auszuweichen und an eine Eisscholle zu denken. Aber selbst das Männchen, welches sich gerade mit einem großen Hüftschwung auf mich zubewegt, kann mich nicht vor diesem Blick retten. Kann Mr. Greyeyes nicht woanders hinsehen? Achte nicht auf ihn, denk an einen weißblauen Eisberg, der gerade still und friedlich an dir vorbeizieht. Das Männchen platziert mich auf einen kalten Stuhl vor einer Leinwand. Danny schaut nicht mehr, puh!

„Aaach, deine Wimperntusche krümelt", entrüstet sich das Männchen in einem viel zu femininen Tonfall. Es wackelt händefuchtelnd davon, um mit einem weichen Tuch zurückzukommen.

„So, Malinachen, dann streck mir mal dein Näschen entgegen!"

Artig tue ich, was es sagt. Es wimmelt hier nur so von Verrückten. Ich muss aufpassen, dass ich hier heil wieder rauskomme.

Von allen Seiten bekomme ich Anweisungen, wie ich mich auf meinem Stuhl zu platzieren habe.

Den Kopf nach oben, den Kopf nach unten, den Rücken gerade, die Haare zur Seite und dann wieder zur anderen Seite. Klick. Blitz. Blitz. Klick. Blitz. Die Arme in die Hüfte, das Haar nun nach hinten. Blitz. Klick. Blitz. Blitz. Und erneut lächeln. Blitz. Blitz.

Ich denke an meine Eltern. Es wird Zeit, dass ich mich bei ihnen melde – sie fehlen mir. Mein Bruder lebt ebenfalls in New York, doch wir haben keinen regelmäßigen Kontakt. Er vagabundiert von einem Stadtteil zum nächsten und studiert seit Jahren immer was Neues. Ich will mich eben nicht festlegen, hatte er mir mal geantwortet, als ich ihn sorgenvoll daraufhin ansprach.

„Malinalein, sieh bitte in die Kamera!", rügt mich das Männchen.

Mein Blick wandert zu Danny Greyeyes. Er hält sich am anderen Ende des Raumes auf, umringt von einigen Leuten. Was war das bloß für eine komische zweite Begegnung mit ihm? Er hält wohl nicht viel von seinen Fans. Gut, ich bin kein Fan, aber man sieht's mir ja nicht an, oder doch?

„Hier ist das Vögelchen, hierher, huhu!"

Ich weiß gar nicht, in welche Linse ich zuerst schauen soll. Es blitzt von allen Seiten.

„Mäuschen, wenn du für eine Kamera posierst, musst du auch hineinsehen."

Eine?

„Fotomodel zu sein bedeutet, mitzudenken, mitzufühlen und völlig bei der Sache zu sein, Schätzchen."

Verständnislos schüttelt das Männchen mit dem Kopf.

„Aber ich bin kein Fotomodel", protestiere ich.

„Ach, Kleines, sicher bist du eins – ab jetzt jedenfalls. Glaubst du etwa im Ernst, ich lasse ein Gesicht wie deines wieder gehen? Ich heiße übrigens Charles, meine Freunde nennen mich Charly."

Das Männchen reicht mir seine zarte Hand.

Model – ich! Was für eine abstruse Vorstellung! Wo ist meine Eisscholle?

„So, Leute ...", „Stöckel-Helen" klatscht ein paar Mal in die Hände, um für Ruhe zu sorgen, „... nun machen wir ein paar Aufnahmen mit den beiden zusammen. Danny, kommst du bitte!"

Danny Greyeyes schaut durch den Menschenkreis, der ihn umringt, hindurch und zieht angestrengt eine Augenbraue nach oben.

„Okay, Chef, bin schon da."

Er begibt sich zu mir und stellt sich direkt neben mich. Gemeinsam blinzeln wir in die Kameras, mal in die eine, dann in die andere. Dannys Hand umgreift meine Schulter. Blitz. Blitz. Klick.

„Schaut euch mal in die Augen!", fordert Charly uns auf.

Ich würde ehrlich gesagt lieber gehen. Danke, war nett. In seine Augen sehen, wie soll das gehen? Ich bin schon aufgeregt genug und schaffe es lediglich, meinen Kopf in aufrechter Position zu halten. Ansonsten bin ich steif wie der Dielenboden in diesem Raum. Schon mal versucht, einen steifen Hals zu bewegen? Da passiert einfach nichts, egal, wie sehr man sich bemüht. Mr. Greyeyes schaut mich bereits an, das kann ich spüren, aber mein Kopf bewegt sich nicht.

„Malinchen, nun stell dich nicht so an! Sieh deinem Schwarm endlich in die Augen!"

Schwarm? Könnte mein Schwarm eventuell die Hand von meiner Schulter nehmen? Vielleicht gelingt es mir dann, mit meinem Oberkörper herumzuschwingen. Hand ruht nach wie vor auf Schulter.

„Malina, Schätzchen, was ist nun?"

Plötzlich packt mich Danny Greyeyes an den Schultern und dreht mich zu sich herum.

Danke, von allein wäre mir das nie gelungen. Erstarrt blicke ich von einem Browneye ins andere. Hin, her – kann mich für keines entscheiden. Dieser Blick! Mir läuft es heiß und kalt den Rücken hinab. Sein Mund verformt sich zu einem unergründlichen Lächeln. Ich kann nicht lächeln, immer noch bin ich versteinert. Ein Glas Wasser könnte jetzt nützlich sein. Mir ist so anders. Ich spüre, wie sich mein leerer Magen schmerzlich zusammenzieht. Er wird sich doch hoffentlich nicht selbst verdauen? Es war wohl keine gute Idee, heute nicht zu frühstücken und das Mittagessen auch gleich wegzulassen.

„Lächeln, ihr beiden", Charly ist schonungslos.

Klick. Blitz. Klick. Blitz.

„Danny, leg deine Arme um Malinas Hüften und schaue ihr weiter in die Augen, ja?"

Nein, das halt ich nicht aus! Ich lass mich nicht gern von fremden Männern umarmen – auch nicht, wenn sie Greyeyes heißen. Mir wird übel. Wie wäre es mit etwas Essbarem? Oh, was für wunderbare Gebilde tun sich da vor meinem Auge auf! Weiße Schleier schmücken mein Gesichtsfeld mit verschiedensten Mustern und verwandeln sich langsam in Finsternis.

Nach einer Weile erlange ich mein Bewusstsein zurück und nehme aufgeregte Stimmen wahr. Wo bin ich? Woher kommen die unstimmigen Gesänge? Tausende kleiner Feuerameisen krabbeln in meinen Beinen und Armen. Ich öffne die Augen und langsam formt sich ein Bild. Mir schwant, was gerade passiert ist. Als die Sicht endlich klarer wird, erkenne ich das Gesicht mit den Browneyes über mir.

„Sie kommt zu sich."

„Gott sei Dank!" Charly drängelt sich dazu. „Kindchen, was machst du für Sachen? Los, was zu trinken, schnell!"

Charly hebt meinen Kopf an und drückt mir das Glas Wasser an den Mund. Die kühle Flüssigkeit rinnt meine Speiseröhre hinab und belebt meine Sinne.

„Wahrscheinlich war alles ein bisschen viel für dich." Verständnisvoll streicht Charly mir übers Haar.

Ja, das kann man wohl sagen. Könnte aber auch an meinem hohlen Magen liegen, dass meine Kondition nachlässt.

Ich darf mich einige Zeit auf der Couch ausruhen. Helen hat beschlossen, das Fotoshooting zu beenden und nach einer kleinen Pause zum Interview überzugehen. Vor mir auf dem Tisch liegt ein trockenes Brötchen. Das ist für mich. Magenknurrend hatte ich um einen kleinen Energiespender gebeten und sie haben das halbe Studio – auf der Suche nach Nahrungsmitteln – auf den Kopf gestellt. Einer der Beleuchter hatte noch ein Brötchen in seiner Tasche gefunden. Das gehört jetzt mir. Ich hab zwar keinen Hunger, aber meine Vernunft rät mir, meinen Magen zu befüllen.

Danny hat sich vom Acker gemacht, jedenfalls kann ich ihn unter den vielen Leuten nicht mehr ausmachen. Auch gut, ich hab genauso wenig Interesse an ihm wie er an mir. Was hat er vorhin im Treppenhaus zu mir gesagt? Er hätte nachher noch so ein albernes Treffen mit 'ner Tussi. Die Tussi bin wohl ich.

Das (un-) ersehnte Abendessen

Inzwischen befinde ich mich in Zimmer 9. Das Interview mit der Dame vom Star-Magazin scheint sich dem Ende zu nähern und meine Frage, was ich hier soll, konnte ich mir nicht beantworten. Bis jetzt wurde ich nicht ein einziges Mal angesprochen. Das Interview findet allein mit Mr. Greyeyes statt. Klar, warum sollte sie mich auch interviewen wollen? In ihren Augen bin ich schließlich ein unbeschriebenes Blatt.

„Miss Bergstroem ...", erschrocken fahre ich hoch und bin nach dem Abgleiten meiner Gedanken sofort auf Sendung. Mrs. „Star-Magazin" spricht mich tatsächlich an.

„... wie lange bereits schwärmen Sie für Danny Greyeyes?"

Ich? Wovon redet sie? Muss ich darauf jetzt antworten?

Helen, die neben mir sitzt, boxt mich in die Seite. Das hilft aber auch nicht weiter. Mir fällt nichts Gescheites auf diese Frage ein.

„Seit einiger Zeit", höre ich mich antworten.

Mildes Gelächter der anwesenden Personen dringt durchs Zimmer.

„Und welche Songs mögen Sie am liebsten, Miss Bergstroem?"

Luuuuucyyyyy! In was hast du mich hier reinmanövriert?! Wie hießen diese dämlichen Songs noch mal? Ich hatte sie auswendig gelernt – jedenfalls einige. Ehrenwort! Aber jetzt ... Sie fallen mir nicht mehr ein, sind aus meinem Kopf verschwunden.

Danny Greyeyes schaut aufmerksam zu mir herüber.

„Alle", antworte ich mechanisch.

„Ah ja, sie sind wirklich ein eingefleischter Fan, nicht wahr?!

„Ähm, sicher."

Vielleicht sollte ich über dieses Erlebnis ein Buch schreiben, mit dem Titel: „Meine Freundin Lucy wirft mich den Wölfen zum Fraß vor".

„Also gut, dann wäre ich mit meinem Interview fast am Ende. Haben Sie noch Fragen an Danny, Miss Bergstroem?"

Mrs. „Star-Magazin" zwinkert mir zu, als wollte sie sagen: „So, Mädel, das ist deine Gelegenheit. Frag ihn alles, was du schon immer von ihm wissen wolltest!" Trotzdem hab ich keine Fragen. Will nur noch weg.

Ich schüttle mit dem Kopf.

Kurz darauf sitze ich in Zimmer 3. Helen plant mit Adam Fox, der inzwischen dazugestoßen ist, das intime Abendessen mit mir und Dannys „Brown eyes". Charly sitzt neben mir und versucht, mir einen Fotomodelvertrag aufzuschwatzen.

„Schätzchen, ich biete dir die Chance deines Lebens. Dein Gesicht muss auf alle Titelblätter und du weißt das."

Ich weiß von nichts.

Danny steht plötzlich im Türrahmen. Er sieht zu uns herüber und verdreht die Augen.

Was soll das heißen? Mit welcher Berechtigung tut er das? Ich finde es auch nicht wirklich toll, mit ihm essen zu müssen, höchstens mein Magen womöglich, aber *ich* bestimmt nicht. Deshalb muss er nicht so geringschätzig zu mir herübersehen. Endlich marschiert er ab und schon fühle ich mich befreiter.

„Hier unten musst du unterschreiben, dann können wir gleich nächste Woche loslegen. Was sagst du, Kleines?"

„Tut mir leid, aber das ist nichts für mich", antworte ich ihm tonlos.

„Du lehnst ab? Helen, hast du das mitbekommen? Das Mädchen lehnt es ab, von mir fotografiert zu werden."

Helen blickt überrascht zu mir.

„Kind, weißt du, wie viele Mädchen davon träumen?", macht sie mir klar. „Man erhält bloß einmal im Leben eine solche Chance. Du hättest unerschöpfliche Möglichkeiten und finanziell würde sich einiges für dich ändern."

„Es mangelt mir nicht an Geld und ich träume von anderen Dingen. Trotzdem vielen Dank für das Angebot."

Mr. Adam Fox lacht.

„Was für eine ungewöhnliche Entscheidung, Miss Bergstroem. Sie sind wahrscheinlich die einzige Frau auf diesem Globus, die den Mut hat, ein solches Angebot auszuschlagen. Darf ich fragen, weshalb?"

Ich bin selbst beeindruckt. Zum ersten Mal habe ich mir nichts aufzwängen lassen. Lucy wäre stolz auf mich. Wie ist mir das gelungen?

„Weshalb sind Sie Manager geworden und nicht Automechaniker?"

Meine Gegenfrage scheint ihm als Antwort zu genügen. Er lächelt mich an und nickt.

Ich atme tief durch. Wenn doch alles schon vorbei wäre, mit so viel Trubel um meine Person kann ich nicht umgehen.

Auf der Fahrt zum Restaurant sitze ich Danny Greyeyes ohne Modelvertrag in der Stretchlimousine gegenüber. Er unterhält sich angeregt mit dem Kameramann und einem Fotografen, während Helen ununterbrochen telefoniert. Wie sehr sehne ich mich nach friedvoller Stille. Ich stelle mir eine verschneite Landschaft vor. Sachte rieselt der Schnee auf den Boden und dämpft jedes Geräusch ins Nichts hinein. Leider dringt dieses chaotische Unterhaltungsdurcheinander immer noch in meinen jungfräulichen Gehörgang. Das pausenlose Blitzlichtgewitter des Fotoapparates hindert die Farbstäbchen in meinen Augen, ihre Arbeit zu verrichten. Ich sehe schwarze Flecken in meinem Gesichtsfeld. Die Videokamera zeichnet ununterbrochen auf.

Gleich werden wir an irgendeinem Nobellokal halten, in dem das intime Abendessen mit Danny stattfinden wird. Wahrscheinlich bekomme ich keinen Bissen runter. Wie soll das auch gelingen, wenn ich meinen Mund vor lauter Aufregung nicht mal zum Sprechen öffnen kann? Meine Hände können besser reden als ich. Alles, was ich zu sagen habe, schreibe ich auf. Meine Bücher sind praktisch meine Stimme.

Mein Verleger hat dies sofort erkannt. Als ich ihm mit meinem ersten Manuskript gegenübersaß und ihm absolut nichts zu sagen hatte – denn es stand ja alles über mich in diesem Buch – lachte er nur und nickte zustimmend. Wir haben die Zusammenarbeit nie bereut. Ich schreibe, er verlegt, die Menschen kaufen. Reden müssen wir kaum miteinander, die Schecks erhalte ich per Post. Damit bin ich zufrieden. Ich käme auch wortlos zurecht, aber die Gesellschaft ist nun mal auf Kommunikation ausgelegt. Beim Bäcker, am Ticketschalter, beim Friseur – überall muss man was sagen.

Interessiert mustere ich Danny Greyeyes' Gesicht. Es bilden sich sympathische Falten um seine faszinierenden braunen Augen, wenn er lacht. Auf der Stirn graben sich ein paar Grübchen zwischen den Augenbrauen in die Haut hinein. Er besitzt ein Mienenspiel, das ihm einen charakterfesten Ausdruck verleiht. Ich schätze ihn auf Mitte dreißig, dabei hatte ich ihn mir jünger vorgestellt.

Kurz nachdem der Wagen sein Ziel erreicht hat, hechtet alles aus dem Gefährt. Mir bleibt es unweigerlich vorbehalten, zum Schluss auszusteigen. Der Kameramann hilft mir mit einem breiten Grinsen aus dem Sitz in seinen kameralosen Arm hinein. War das jetzt 'ne Anmache? Mir kommen seine zahllosen lüsternen Blicke im Wagen in Erinnerung. Ich hatte sie taktvoll übersehen. Danny Greyeyes sieht mit einem scharfsichtigen Stirngrübchenblick herüber. Hastig arbeite ich mich aus dem anzüglichen Arm heraus.

Das Restaurant, vor dem wir stehen, wirkt auf mich recht vornehm. Die Preise der Speisekarte übersteigen wahrscheinlich die Höhe des Eifelturmes, falls es überhaupt eine Speisekarte gibt.

Helen wendet sich mir zu.

„Komm mal zu mir, Kindchen!"

Brav tue ich, was sie sagt.

„Der Inhaber des Lokals ist bereits informiert, dass wir noch letzte Aufnahmen von euch am Tisch machen. Danach verschwinden wir und überlassen euch eurem Schicksal, ha, ha, ha."

Ich komme mir blöd vor. Danny geht es augenscheinlich nicht anders. Seine Stirngrübchen werden tiefer und sein Blick senkt sich müde zu Boden. Er vergräbt die Hände locker in seinen Hosentaschen und geht vor mir durch die Tür.

Der vorbereitete Tisch befindet sich in einer lauschigen Ecke. Der Fotograf knipst wie wild drauflos. Nein, Mr. Danny Greyeyes besitzt nicht die Höflichkeit, mir meinen Stuhl zurechtzurücken. Er setzt sich wortlos an den Tisch und schaut sich um. Zwei Gläser Champagner werden serviert und die Kerzen angezündet. Helen bittet uns, freundlich in die Kameras zu schauen.

Ich gebe zu, das Treffen ist wirklich albern, Mr. Greyeyes, aber die „Tussi" Malina kann gar nichts dafür. Dieser Zirkus, der hier veranstaltet wird, ist schließlich nicht auf ihrem Mist gewachsen. Danny ist bedauernswert, wie kann man freiwillig ein Star sein wollen?

Endlich, der Rummel um uns legt sich. Das Kamerateam und Helen verlassen nach einer kurzen Verabschiedung und einem vieldeutigen Augenzwinkern das Lokal. Meine Füße kippeln unauffällig im gleichmäßigen Takt. Wie soll ich ein Gespräch mit jemandem beginnen, für den ich bis jetzt Luft war? Mein Unbehagen, das enorm anwächst, wenn ich Unterhaltungen mit mir unbekannten Personen führen muss, lässt mich chronisch verstummen.

Danny Greyeyes macht den Anfang.

„So, die hätten wir vom Hals."

Ich nicke beipflichtend.

„War wohl ein aufregender Tag für dich. Erlebst du sicher nicht alle Tage, nicht wahr?"

Nicke erneut.

Sollte ich auch mal was sagen?

Die Vorspeise wird serviert – glücklicherweise –, dann fällt meine Schweigsamkeit bestimmt nicht so auf. Wir greifen gemeinsam nach dem Brot und unsere Hände treffen sich im Brotkorb. Peinlich berührt ziehe ich meine Hand sofort zurück.

„Aber nein, bitte schön!" Danny hält mir den Korb unter die Nase. Zaghaft nehme ich mir ein Stück Brot heraus. „Erzähl mal, was machst du so?"

Diese Frage wird *mir* gestellt? Wäre das als „eingefleischter Fan" nicht mein Part gewesen? Ich glaube kaum, dass ein Rockstar sich für mein Leben interessiert, vor allem nicht, wenn es sich die meiste Zeit in einem weit entfernten, einsamen Land wie Grönland abgespielt hat.

Ich würde ja gern was erzählen, nur was? Was mach ich denn so? Bücher schreiben und Völkerkunde betreiben. Na ja, ein Interview habe ich auch schon gegeben. Da wurde ich aber über meine Bücher befragt und wusste im Vorfelde genau, was ich zu antworten hatte. Jetzt soll ich einen Vortrag darüber halten, was ich so mache. Für die Antwort bräuchte ich mehr Vorbereitungszeit. Ich müsste mir vorab ein paar Notizen machen und jedes Wort wohlüberlegt ausarbeiten. Aus dem Stegreif kann ich doch kein Referat über mich selbst halten.

„Redest wohl nicht gern. Na macht nix, ich hab auch nichts dagegen, wenn wir diesen Blödsinn schnell über die Bühne bringen. Mein Manager meinte, mir könnte mehr Publicity nicht schaden. Darum dieser ganze Rummel heute."

Aha!

„Und offenbar profitierst du ebenso davon, hast gleich einen Fotomodelvertrag unterschrieben. Gratuliere dir! Könnte was draus werden. Siehst ja nicht übel aus."

Danke.

Das Hauptgericht wird serviert. Ich würde gern etwas richtigstellen, doch möchte ich seinen Redefluss nicht unterbrechen.

„Du legst wahrlich ein stattliches Tempo vor. In der Vergangenheit hat fast jede meiner Freundinnen nach wenigen Wochen einen Werbevertrag oder eine kleine Filmrolle in der Tasche gehabt. Dir reichen wenige Stunden in den Gebäuden meiner Plattenfirma, ohne dass wir uns kennen. Ihr Frauen seid erstaunlich; wenn ihr mit eurem Kopf nichts erreichen könnt, dann auf andere Weise oder – na ja … no comment!"

Die Zündschnur einer Sprengladung in meinem Bauch wurde ausgelöst. Um eine Explosion zu vermeiden, erwäge ich zu gehen.

„Ich benötige nicht die Hilfe anderer Leute, um aus meinem Leben etwas zu machen", höre ich mich pikiert dementieren …

„Das Mädchen und der Star"
von
Sabine Richling
Erschienen bei BoD als Taschenbuch und
E-Book

Neuauflage des heiteren, romantischen Liebesromans „Ein Iglu für zwei".

Was passiert, wenn man mit einem berühmten
Musiker gesehen wird?
Genau in diese Lage gerät die schüchterne Buch-
autorin Malina. Denn alle Welt schaut jetzt auf sie
und denkt, sie wäre mit ihm zusammen. Wäre ja noch
schöner! So einem aufgeblasenen Schürzenjäger
würde sie doch niemals ihr Herz schenken.
Sie will sich dem Rampenlicht entziehen, doch
dann begegnet sie dem attraktiven Musik-Star erneut …

„Kein Sex mit einem Millionär"

von

Sabine Richling

Erschienen bei BoD als Taschenbuch und
E-Book

Das Leben könnte so schön sein. Wäre Leonie
nur nicht mit dem falschen Mann verheiratet.
Seit zwanzig Jahren klebt sie an ihrem Angetrau-
ten, der sich zu einem Millionär und überhebli-
chen Patriarchen gemausert hat. Leonie ist Geld
nicht wichtig, darum will sie ihr Luxusdasein an
den Nagel hängen und endlich wieder „normal"
leben – ohne Mann. Doch dann lernt sie Leon,
den vermögenden Immobilienhändler, kennen
und es knistert gewaltig. Sie wehrt sich gegen
ihre Gefühle, doch Leon ist ein exzellenter Ver-
führer …

„Im Jenseits schmeckt die Liebe süßer"

von

Sabine Richling

Erschienen bei BoD als Taschenbuch und
E-Book

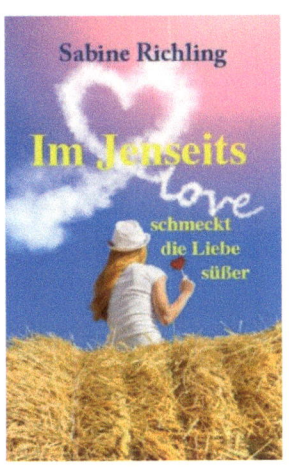

Die siebzehnjährige Lina ist in der Lage, mit
Verstorbenen zu reden. Welch verrückte Gabe,
die Segen und Fluch zugleich ist!
Dabei will sie nur eines: ein normales Leben
führen und den attraktiven Florian näher kennenlernen. Und tatsächlich spricht er sie eines
Tages in der Schule an. Er weiß von ihrem Talent
und bittet sie um Hilfe. Lina möchte ablehnen,
denn so hat sie sich die erste Verabredung mit ihrem Schwarm nicht vorgestellt. Aber sein
Charme ist verboten sexy und auch er besitzt
eine geheime Begabung.

Als Lina ein rätselhaftes Zeichen aus dem Jenseits erhält, ist sie zutiefst verunsichert. Sie befürchtet, sterben zu müssen. Oder versteht sie alles ganz falsch?

Die spannende Liebesgeschichte voller emotionaler Momente.

Witzig, romantisch und übersinnlich

Sabine Richling ist 1968 in Berlin geboren und aufgewachsen. Nach Abschluss einer kaufmännischen Ausbildung arbeitete sie viele Jahre in einem Handelsunternehmen. Später wechselte sie zu einem Hamburger Verlag. Inspiriert durch die Verlagsluft schrieb sie die ersten Entwürfe einiger Kurzgeschichten. Eine Erkrankung riss sie aus dem Berufsleben, daher widmete sie sich verstärkt dem Schreiben.

Heute schreibt sie am liebsten Beziehungskomödien und unterhaltsame Kurzgeschichten. Im Dezember 2012 veröffentlichte sie den romantischen und humorvollen Roman „Ein Iglu für zwei", der aufgrund seines Erfolges anschließend als Hörbuch und in englischer Sprache erschien. 2019 wurde die bezaubernde Lovestory unter dem Titel „Das Mädchen und der Star" neu aufgelegt.

Es folgten die amüsanten Liebeskomödien „Gefühlschaos inklusive", (heute unter dem Titel „Verlieben ist Chefsache") und „Liebe braucht keine Hexerei".

Bald entdeckte sie ihre Leidenschaft für Fantasy und Mystik. Es blieb unausweichlich, einen Roman zu schreiben, der alles vereint: Liebe, Romantik, Fantasy und Science-Fiction. Also holte sie sich Schützenhilfe und kreierte mit ihrer Freundin Christina Lelewell den Fantasy-Romantik-Roman „Die Macht der schwarzen Perlen" (demnächst unter dem Titel „Sternenmann sucht Erdenfrau"), der im Dezember 2015 in zweiter Auflage erschien und ein Genre bedient, das in seiner Form neu interpretiert wurde.

Zur gleichen Zeit arbeitete sie an dem Fantasy-Romantik-Thriller „Dach der Hölle", der inzwischen ebenfalls in zweiter Auflage erschienen ist.

Im Oktober 2016 ging ihr neuer humorvoller Liebesroman „Kein Sex mit einem Millionär" an den Start für Fans der knisternden Romantik.

Und für Liebhaber des Übersinnlichen schrieb sie den Liebesroman „Im Jenseits schmeckt die Liebe süßer", den es seit September 2017 zu kaufen gibt.